ハヤカワ文庫JA
〈JA1546〉

グイン・サーガ外伝㉗

サリア遊廓の聖女 3

円城寺 忍
天狼プロダクション監修

早川書房
8942

PAVANE FOR A PARAMOUNT PROSTITUTE

by

Shinobu Enjoji

under the supervision

of

Tenro Production

2023

カバーイラスト／丹野 忍

目次

本書は書き下ろし作品です。

サリア遊廓の聖女3

第十話　オルセーニ河の追跡

1

「――え？」

マリウスは仰天した。

「誰？」

（我だ。お主の手のなかにおるものよ）

「――ミオ？」

吟遊詩人はぎょっとして、仔猫の顔をまじまじと見た。丸いヘーゼルの瞳が大きく開き、薄いピンクの鼻の横では髭が賢《さか》しげにゆれている。仔猫は少し首をかしげながら、また小さく鳴いた。とたん、マリウスの脳裏に再び声が響きわたった。

（お主が抱きあげてくれたおかげで、ようやく話ができる。――やれやれ、さすがに五百年も経つと、我の魔道の力もすっかり衰えたものだな。こうして小さな脳に憑依し、

しかもお主に触れられていなければ、心話すらままならぬというのだからな)

「——誰だ、あんた」

(なんだ、判らんのか)

声に嘆息が混じったような気がした。

(先ほど、会《お》うたではないか。ほれ、洞窟で迷いかけていたお主を、正しき道へと導いてやったのを忘れたか)

「え？——あっ！」

しばし首をひねったマリウスは、思わず声をあげた。

「残留思念！」

(さよう)

声は満足げだった。

(肉体が消滅してから早や五百年、霊魂と成り果てた我が命の灯も消えかけ、もはや最後の入寂《にゅうじゃく》を待つばかりと思うておったが、よもや我が一族の末裔《まつえい》に出会うことができようとは。こうして話をできるというのは嬉しいものだの。お主のおかげぞ。礼を云う)

「ぼくのおかげ……？」

(うむ。お主に流れる聖王家の青い血、その秘めたる聖なる力が、我が魂にいくばくか

のエネルギーを取り戻させたのだ。さすがは遙かカナンの昔、いにしえの闇王国パロスから綿々と続く我が一族の血のなせる技よ)

「我が一族って……」

マリウスはうろんげに仔猫をみた。

「あんたは聖王家の人間だったとでもいうのか？　そもそも、なんであんたはぼくが聖王家の一族だと知っているのさ」

(むろん、この地下にありながらも、常に我が末裔の一族のことを観相しておったからな。もっとも他にすることとなどなかったというのが正直なところだが。物理的な魔力が衰えてしまえば、もはや我に残されたものは、この聖なる血のもたらす絆の力と、ヤーンより賜《たま》いし僅かな観相の力より他はない)

残留思念――あるいは霊魂は含み笑いをした。

(さればこそ、いま我が祖国パロがどのような状況にあるかはむろん、お主が何者で、お主の兄が何者であるかも、お主ら兄弟ふたりの間になにがあったかも、すべて承知しておる)

「ふうん。――で、それもあんたが聖王家の血を引いているからだ、というわけ」

(まさしく)

声に力がこもった。

（我が名はアルドランという。覚えはないか）

「アルドラン」

　マリウスは考えこんだ。

「聞き覚えはある。あんたが生きてたのは、五百年前だって？」

（さよう）

「五百年前……ああ、もしかして、絹戦争の？　あのとき、参謀を務めたのが確かアルドラン、王族出身の魔道師だった」

（ほう、よく勉強しているな）

　三毛猫はにゃあと褒めるように鳴いた。

（お主、あまり学問は得意ではないようだが）

「うるさいな」

　マリウスはむっとした。

「歴史は好きなんだよ。歴史というか、その物語はね」

　絹戦争とは、かつて東方のキタイとの絹の交易権を争い、クムとパロの間で起こった戦いである。クム大公タルエリ、パロ聖王アルウィンがともに自ら軍を率いてぶつかり合う全面戦争となったが、最終的にはアルウィンが再起不能の重傷を負い、パロの敗北に終わった。その際、参謀アルドランもクムに捕らえられたとされるが、その後の消息は誰も知らぬ。

(我はこの地下牢に幽閉された)

　アルドランは云った。

(クムの魔道公ガムゥに強力な結界を張られ、もはや身動きはとれなんだ。やがて我が肉体は朽ち、精神のみが残り——それもいまいましい結界のせいで、この地下を漂うばかりであったが。よもやこうして、再び人と言葉を交わすことができようとはな)

　仔猫は背中をしきりと舐めた。

(ともあれ、お主に流れる青き血に触れたおかげで、我も多少の魔力を取り戻した。傍系とはいえ、さすがは我が末裔。なかなかの精神エネルギーの持ち主だな。そのおかげでこうして仔猫への憑依がようようかなったというわけよ)

「なら、魔道も使えるの」

(なかなか難しいの。ごくごく初歩の魔道以外はな。お主のエネルギーでは)

「ふん。ぼくのエネルギーではね」

　マリウスは横目で猫をにらんだ。

「どうせ、これが兄ならもう少しマシだった、とか思ってるんだろう」

(馬鹿なことを)

　仔猫は小さくひげをふるわせた。

（精神エネルギーではお主も兄にひけをとらんよ。そのように自らを卑下するものではない。お主と兄とでは精神の向かう先が違うだけのこと。兄の精神は理に向かい、お主の精神は情へと向かう。それだけのことよ）

「ふうん……」

マリウスは首をかしげた。

「よく判らないな」

（判らぬか）

仔猫はあくびをした。

（そもそも、我が魔道の力を完全に取り戻すまでのエネルギーを与うるものなど常人にはおらん。いかに聖王家の末裔といえど無理だ。かの予言者たる王女でさえもな。それこそ豹頭王のような巨大なエネルギーの持ち主でない限りはな）

「豹頭王——？」

（知らぬか。まあよい。いずれお主にもわかる。それもそう遠くはなかろう）

「…………」

（さて、こうしていても時が移る）

三毛猫は長い尻尾を一振りすると、マリウスを見あげて小さく鳴いた。

（行くぞ）

「行くって、どこへ？」

(なんだ。お主、かの娘を助けたいのではないのか)

「ワン・イェン・リェン？　もちろん、そうだけど……」

マリウスはまわりを見まわした。地下道に変わった様子はなく、イェン・リェンたちがどこへ消えたか、見当もつかぬ。

「どこへ行ったのか、わかるの？」

(むろん)

仔猫はうなずいた。

(なにしろ、一部始終を見ておったのだからな。お主が倒れてから、まだ半ザンほど。なにしろおなごの足だ。道なき道の地下水路ゆえ、そう遠くまでは行っておらぬだろう)

「地下水路？」

マリウスは聞きとがめた。

「メッサリナたちはここから地下水路に抜けたの？」

(さよう)

「でも、どこから？」

マリウスは困惑した。

「どこにも抜け道はみあたらないけれど……」

（判らぬか。目の前にあるではないか）

「目の前って……」

マリウスはとまどいながら周囲を見まわした。

どうみても、地下道にまったく変わった様子はない。ヒカリゴケの淡い光に照らされた周囲の壁も天井も、分厚い岩に覆われたままだ。地下水路との間には、巨大な鉄格子がそびえている。マリウスは鉄格子をつかみ、思い切り揺さぶってみたが、当然ながらびくともせぬ。

「どこに抜け道があるのさ。もったいぶらずに教えてよ」

（簡単なことよ）

仔猫はにやりと笑ったようだった。

（抜け道は常に目の前にあったのだ。云うたであろう。そもそも、この洞窟は結界なのだ。あの忌々しいガムウが我を封じるために遺した結界が、この洞窟には張られているのだ）

「結界――？」

（お主とて学問所の徒であったのだ。結界とはどのようなものか、多少は承知しておろう。結界とは、いわば精神に作用する場だ。磁場によって磁石が引きつけられ、あるいは跳ね返され、あるいは閉じこめられるように、結界は人間の精神に直接働きかけることによって、その行動を支配する場なのだ。結界にはさまざまな種類があるが、最も多いのは、この地下牢の結界のように、他者の精神に作用し、その干渉を阻むためのものだ。そのような結界は、精神生命体と化した我ら魔道の徒にとっては、いわば物理的な障壁となる。一方、お主のように常人に近いものにとっては無意識の忌避《きひ》となる。その先へ進んではならぬ、あるいは、その先に進むことはできぬ、と無意識のうちに思いこませるものだ。その作用は、さまざまなかたちで現れる。単に、なんとなくその先へ進みたい気分ではなくなる、という程度のものもあれば、より具体的な幻影の障壁となって現れる場合もある。幻影と云っても、本人にとっては具象としか思われぬ、見えもすれば触れられもする強力な幻影だがな。さて、お主の目の前にはなにがある？　お主と地下水路とを妨げているものはなんだ）

「幻影——結界がみせる幻影だって？」

（さよう）

「幻影……まさか……」

　マリウスは再び、おそるおそる鉄格子に触れた。

「この鉄格子……これが幻影だということ？」

（さよう）

仔猫は満足げだった。

(幻影だ)

「でも、とても信じられないよ。こんな……」

マリウスは再び鉄格子をつかみ、揺さぶった。

「こんなのが幻影――?」

(ガムウの結界も時を経て、ずいぶんと薄まったものだが、それでもなお我を封じ、お主に鉄格子の幻影を信じさせるほどには強力なのだな)

仔猫は小さく鼻を鳴らした。

(ならば、我の視界を貸してやろう。魔道の徒たる我には、地下水路との隔てはこのように見える)

「――あっ!」

ふいに視界が一変し、マリウスは思わず驚きの声をあげた。アルドランの言葉とともに、目の前から鉄格子が消え失せたからだ。そのかわり、地下水路と洞窟の間には、半透明のぶよぶよとしたゴムのような分厚い膜があった。それはまるで伝説のイド――ノスフェラスの貪食《どんしょく》な不定形の怪物を思わせるように、ふるふると細かく波打っていた。その向こうには、地下水路を流れる川がうっすらと透けていたが、その姿はまるで陽炎《かげろう》のようにゆらゆらと揺れていた。

（判るか。これが我にとっての結界の障壁だ。触ってみろ。お主が鉄格子だと思うておったものが、こんどはどのように感じるか）

マリウスはおそるおそる膜に触れてみた。それはまさしく見た目の通り、ぶよぶよと柔らかく、弾力があり、そっと押すとぐにゃりと伸びて彼の手を押し返した。マリウスはぞっとして手を引っこめた。

（人の感覚など、さように当てにならぬものよ。鉄格子と思うて触れれば、冷たき金属の感触。膜と思うて触れれば、柔らかきゴムの感触）

仔猫は賢しげに首をかしげた。

（だが、その膜もまた、鉄格子と同じく、お主にとっては幻影に過ぎぬ。すべては精神への作用なのだ。実際に鉄格子や膜がそこにあるわけではない）

「そんな……」

（したがって、結界は破ることができる。反発しあう磁石も、その反発力を上回る力をもって近づければ密着させることができるように、巨大な精神エネルギーの持ち主であれば、結界を力づくで突破することも可能だ。たとえば《北の賢者》ロカンドラス、〈闇の司祭〉グラチウス、《ドールに追われる男》イェライシャ――そういった大魔道師の類であれば、木っ端魔道師の結界など薄い壁紙のようなものだ）

「………」

（また力づくで結界を破れるほどのエネルギーを持たぬものでも、結界を破る方法はある。純鉄の囲いが磁場を遮断するように、結界の場を遮断する、あるいは弱めるものを用いればよい。先ほど、かの魔女どもがその結界を破ったのはそれだ。魔女どもは結界破りの秘薬を使い、その薬を自らの体に吹きつけることで結界の場の作用を弱め、地下水路へとすり抜けたのだ。あるいは――）

仔猫は尻尾を大きく振った。

（自らの意識を変容させることで、結界を無力化させることもできる。先ほども云うたが、結界とは人間の精神に直接働きかける技。その先に進むことはできぬ、と無意識のうちに思いこませるもの。なれば、結界の存在を認識し、その先に進むことができる、と意識的に自らに思いこませることができれば、結界を破ることはできる。理論上はな。むろん、そのためには自らの無意識と闘い、それに勝利するという極めて困難な課題を克服せねばならぬのだが）

「…………」

（いずれにせよ、もはや魔力もほとんど失い、魂のみとなった我のみの力では、このガムウの残した結界――相当に年月を経て、弱体化した結界さえも破ることは無理だ。だが、お主であれば破ることはできる。お主が持つ精神エネルギーを極限まで解き放つことができればな）

「ほんとうに——？」

　マリウスはもう一度、おそるおそる膜に触れてみた。

「これが破れるの？　ぼくに？　でも、そんなこと、どうやって？　精神エネルギーを極限まで、って云われても……だって、結界破りの秘薬もなにもないのに」

（そのようなものは必要ない）

　仔猫は前足を一振りした。マリウスの目の前に、再び鉄格子が現れた。

（できるのだ、お主ならば。お主が普段からやっていることと同じことをすればよい）

「同じことって……」

（お主は詩人であろう）

　仔猫は諭すように云った。

（たとえば、お主が歌うとき、お主の身は酒場にあるやもしれぬ。あるいは街の広場や神殿にあるやもしれぬ。またお主が詩を紡ぐとき、お主の身は宿の暗い部屋にあるやもしれぬ。だが、そのときお主の心はどこにある？　いにしえの宮廷の恋を歌うとき、お主の心はまさにそのいにしえの宮廷にあるのではないか？　空飛ぶ鳥の詩を紡ぐとき、お主の心はその鳥とともに天高くあるのではないか？　お主は歌うとき、詩を紡ぐとき、必ずや没我の境地にあるはずだ。そのとき、お主は周囲にあるはずの酒場を感じるか？　あるいは宿の部屋の狭さを感じるか？　そうではあるまい。お主はいにしえの宮廷の雅にして華やかなる空気を、そして無限に広がる空高く飛ぶ鳥の喜びを、そのすべての官能でもって感じているのではないのか？）

「あ……」

（それと同じことだ。お主がこの結界を破るためにせねばならぬことは、まさにそれと同じことなのだ。目を閉じよ。そして集中するのだ。結界の作用により、お主の無意識が作りだした鉄格子のイメージを五感から排除するのだ。そして、結界の作用を意識のなかで無力化するのだ。お主が持つ、その類い稀なる想像の力をもって、結界が生み出した幻影と闘え。その闘いに勝利すれば、ガムウの結界が見せる幻影は消え失せる。いわばお主が描く心的表象が、偽りの五感を消失させるのだ。判るか、末裔よ）

「判った……と思う」

マリウスはゆっくりとうなずいた。

「つまり、この鉄格子を心のなかで消せばいい、ということだね。ぼくがいま目にし、触れているこの鉄格子は存在しないのだ、と自分に思いこませればいい」

（そうだ）

「そして、ぼくの心を飛ばせばいいんだ。この地下牢ではなく、精神の隔てのなくなった地下水路へと」

（そうだ。そのとおりだ）

仔猫はにやりと笑ったようだった。

（これはお主の詩人としての力量を試すものでもあるぞ。お主が本当に想像のつばさを極限まではばたかせることができるのであれば、結界は破れる。そうでなければ破れぬ。さて、お主は、どうかな）

「そんなもの」

マリウスはむっとした。

「できるさ。できるに決まっているだろう」

（ほう、頼もしいな）

「見てろよ」

マリウスはそっと目を閉じた。

（この鉄格子の硬く、冷たい感触……ほんとうは存在しないのに、それでもぼくの行く手を阻むもの……）

マリウスは仔猫を懐に収めると、無意識が生み出したという鉄格子をそっと握りしめてみた。

（それはぼくに、あのころのことを思い出させる。そう――誰からも顧みられず、パロの宮廷に閉じこめられ、狭い部屋からほんの少しだけ見える外の世界に憧れていたころの自分を）

（ぼくは空を自由に飛ぶ鳥に憧れ、野に咲き誇る花に憧れ——夜になれば満天を彩る無数の星に憧れ……そしてなにより、冴え冴えとぼくを照らしてくれた銀の月《イリス》に憧れていた。まるでカレニアの泉で女神イリスの水浴をみて、恋に落ちてしまった吟遊詩人のように——あの哀しい神話のマリウスのように）

（ぼくはなんど空想しただろう……イリスに恋い焦がれるマリウスのことを。女神への恋に落ちると同時に、呪いをかけられてしまったことに気づかなかった彼のことを。愛しい女神に見とれるうちに自らの脚が石と化し、その場から動けぬようになっていたことすら気づかずに、ただその美しい光景に心奪われ——そして幸福のうちに朝霧となって消えてしまった彼のことを……）

知らず知らずのうちに——

マリウスの心はタイスの地下を離れ、いにしえの森深くにひっそりとあった湖の畔《ほとり》にいた。木陰に身を隠した彼の前には、優雅に水浴みを続ける銀色の髪の女神がいた。彼の周囲はしんとして暗く、頭上からは木々の隙間を通してちらちらと星も見えていたが、彼はそれには目もくれず、ただ目の前の美しい女神に見とれていた。

ひんやりとした風が木々の間を抜け、梢の葉をさやさやと鳴らし、マリウスの髪をふんわりと揺らしてゆく。遠くから気の早い鳥たちのさえずりが漂ってくる。そして目の前の泉からは、ちゃぷり、と水を小さく打つ音が心地よく響いてくる。水面からたちのぼるわずかなもやが星々の光に揺らめいてみえる。そして、その揺らめきの向こうには白い――雪花石膏《アラバスター》よりもさらに白い美神の裸身が透きとおるように輝いていた。

（ああ……）

マリウスは忘我の境地にあった。

（なんて美しいんだろう。なんという美しさなのだろう……天空の月は、地上にあってもこれほどまでに美しいのだ）

（ぼくはずっとみていたい。たとえ不敬でも、たとえ呪われても、たとえ――自らの体がこの世から消え失せてしまったとしても……）

（ああ、朝がくる……朝がくれば、月《イリス》は姿を隠してしまう。まだずっと、いつまでもみていたい。できればもっとそばへ行きたい。イリスの足もとに身を投げ出して、このままそばに置いてほしいとすがりたい。でも、ぼくはもう――この世には……）

マリウスの意識のなかで――

朝の柔らかな日の光が森に差しこみ、彼の体をそっと温めはじめた。彼の体は少しずつ緩み、溶け、ゆらゆらと陽炎のように蒸発していった。いつしか泉には薄く霧が立ちこめ、彼の周囲をさやさやと包んでいった。マリウスのからだは次第に透きとおり、薄くなり、散り散りになり――やがて小さな水の粒となって、霧とともに森の泉を漂いはじめた。それとともに、マリウスの心もまるで森と泉を覆いつくすかのように大きく広がっていった。彼の心は木々のあいだをするりと抜け、水面《みなも》をかすめ、天空を駆けのぼり、どこまでも、どこまでも気ままな風に乗って流れていった。

（ああ、ぼくは自由だ……）

マリウスは幸福感に包まれていた。

（もう、ぼくを縛るものはない。ぼくの行く手を阻むものはない。宮廷の掟もしきたりも、ひととのしがらみさえも、ぼくをその場に留めることはできないのだ。もはや霧と化したぼくのことは……）

（ぼくは、もう……自由なんだ……）

（──末裔よ）

（ぼくは……自由……）

（──末裔よ、戻ってこい）

（ぼくは……）

（戻ってこい、末裔よ！　結界は破れた！）

「──えっ？」

マリウスは首筋に小さな牙の鋭い痛みを感じ、我にかえった。

「な、なに？」

（もう終わった。末裔よ。よくやった）

「終わった、って……え？」

マリウスはやや呆然として周囲を見渡した。

そこはもはや、かの狭い地下道ではなく、広大な地下空間であった。天井は高く、幅も広く、上にも横にもヒカリゴケがびっしりと生え、その淡い光が洞窟を青く照らしていた。マリウスの周囲には平らな岩が広がっており、目の前にはとうとうと川が流れている。その水音が周囲の壁に反射して、うねるような騒音を生み出していた。

「ここは……地下水路？」

（さよう）

「いつのまに――？　まさか、幻じゃないよね……」

（幻でなどあるものか）

仔猫はにゃあ、と一声鳴いた。呵々とした笑い声が頭に響く。

（見事であった。お主は見事やり遂げたのだ。そのお主の類い稀なる空想の力でもって、みごとガムウの結界を破ってみせたのよ。ああは云うても、多少の手助けはいるだろうと思うておったが、いやいや見事なものだった。やはりお主の精神エネルギーは並大抵のものではないぞ。やれやれ、おかげで我も五百年ぶりにようようガムウの忌々しい結界から抜けることができたの。改めて礼を云う）

「礼なんかはいいけど……でも――あれ？」

マリウスは気づいた。抜けてきたはずの地下牢の出口が見えぬ。

「地下牢はどこ？」

（むろん、お主の後ろにある）

「え？　でも……」

マリウスはまたしても困惑した。なぜなら、彼の背後はおろか、地下水路のどこを見渡しても、あの地下牢へと続く道は見えなかったからだ。

広々とした地下水路の両脇はすべて分厚い岩に覆われており、どこぞへ通じる小さな洞《ほら》すら見えぬ。マリウスは試しに、あたりの壁を手当たり次第に叩いてみたが、ごつごつとした岩の感触が返ってくるだけだ。

（なんだ、まだ判らぬのか）

仔猫はあきれたように首を振った。

（云うたであろう。あの地下牢は、ガムウの残した結界であると。お主がいま叩いておるのが、まさにその結界よ。あの結界は、我らを地下の洞窟に閉じこめると同時に、地下水路から地下牢を隠すものでもあったのだ。お主に見えている岩の壁も、その感触も、すべては結界が生み出した幻に過ぎぬ。もっとも、その幻があればこそ、かの地下牢は荒々しき地下の住人の目も逃れてきたのだがな。だから、もし――）

仔猫がにやりと笑った気配がした。

（もし、お主が地下牢に戻りたいのであれば、また念じればよい。そこに岩壁などない、それは幻影に過ぎぬ、とお主の意識がもたらす想像の力をもって、無意識が生み出す幻影を凌駕《りょうが》すればよいのだ。どうする？　戻るか？　我は御免こうむるが）

「とんでもない。でも……」

マリウスはまだ狐につままれたような思いながらも、自らを得心させた。

「でも、まさか本当に自分に結界を破ることができるなんて」

（ガムウの結界は弱まっておったからな。結界が強ければ、そもそも普通の人間には結界の存在を感知することもできぬ。だが、ごく弱い結界であれば、そしてその結界の存在を認識さえすれば、こうして意志の力で破ることはできる。ことにお主のように意志の強い人間であればな）

「――ぼくは意志が強くなんかないよ」

マリウスは憮然として云った。

「子供のころからずっと、臆病者だ、優柔不断だ、と云われ続けてきたんだから」

（またそのようなことをいう）

仔猫はまたも嘆息した。

（そんなことはない。もし、お主の意志が本当に弱いのであれば、お主はいまごろ意に染まぬまま、兄の云うがままに、その側近として仕えさせられておっただろうよ。お主がいまここにあるのは、お主の意志の強さがなせるものだ。意志の弱いものは、決して自らの運命に逆らおうとはせぬ。農民に生まれたものは農民となり、大工に生まれたものは大工となり、商人に生まれたものは商人となり、貴族に生まれたものは貴族となる。好むと好まざるとだ。だがお主はそうではなかろう。お主は運命に逆らい、お主のなりたいもの、お主が本来の自分であると信じるものになったのだ。そうではないか）

「――そう、なのかな……」

（そしてお主は人を傷つけることを好まぬ。さればこそ、かの出奔に至るまで、お主は自らが去ることで兄を傷つけることを怖れ、苦しんできたのではないか。それまでお主を宮廷に留めさせたのは、兄を傷つけたくないというお主の意志に他ならぬ。かのモンゴールの公子の一件もそうよの。お主に再び祖国と兄を捨てさせたのは、非情な政争のはざまで無残に命を落とす弱きものたちの姿をそれ以上見るに堪えなかったお主の心だ。そしていま、お主がなんのゆかりもないはずの娘を救わんとしておるのも、あの娘を決して傷つけたくはないからだ。そうではないか？）

「――そうだね。そうかもしれない」

（なすべきをなす、あるいはなしたきをなすということだけが意志ではないのだ。忌むるをなさぬ、というのも立派な意志だ。そしてお主のそれは、必ずしも己が傷つくことを怖れるがためだけの意志ではない。そこには人を傷つけることを厭《いと》い、人が傷つくのを見ることを厭う、お主の優しき心がある。ときには己のために人が傷つくらいなら、己が傷つくほうを選ぶようなところさえもお主にはある。ことに乱世にあっては、優しきことは弱きことと断罪されがちではある。事実、お主はそのように兄やその周囲の者より断罪され続けてきたのであろう？　だが、我は必ずしもそうは思わぬ。このような乱世の時にさえ、常に優しき心根を持ち続けることもまた、強さなのだと我は思う）

「…………」

（もっと自信を持て、末裔よ。お主は決して弱くなどはない。その優しさを恥じるな。現にお主は自らの意志の力で、こうしてガムウの結界を破ってみせたのだからな）

「——さっき、別の人にも同じようなことをいわれたよ」

マリウスはぽつりと云った。

「ぼくの優しさは、ぼくの強さなんだって。本当にそうなのだろうか」

（そうだとも）

仔猫は力強くうなずいた。

（さあ、こうしていても時が移る。さっそく娘を掠《さら》ったものどもを追おうではないか。お主のその強き意志をもって——我はわずかに取り戻した魔力と、この獣の鋭い嗅覚で、必ずやお主を娘のもとへ導いてしんぜよう。こうして五百年ぶりに結界から抜けることができたのだ。その礼はせねばならぬ。末裔よ、決して我を離すなよ。我を離せば、も

はやお主と心話をかわすことはできなくなるゆえな）

「ああ」

マリウスはうなずき、仔猫をしっかりと胸に抱いた。仔猫がにゃあ、と小さく鳴くと、マリウスの足もとに青い鬼火が二つ灯り、あたりを少しだけ明るく、ゆらゆらと照らしはじめた。地下を流れる幅二十タッドほどの川の両脇には、同じほどの幅のたいらな岩場が続いており、水路は左右に林立する黒い熔岩の柱のあいだを抜けながら、はるか先の暗闇の奥へと続いていた。マリウスは問うた。

「それで、どっちへいけばいい？　上流？　下流？」

（わからぬか）

仔猫はにやりとしたようだった。

（お主なら判るのではないか、と思うのだがな。ほれ、耳を澄ませてみよ）

「――――？」

マリウスはいぶかしく思いながらも、素直に目を閉じ、耳を澄ませてみた。すると、上流のほうからかすかに、ぴーっ、と笛のような音が聞こえてきた。

「あの音――」

マリウスははっとした。

「あれは笛の音だ。髪飾りに仕込まれていた笛の音」

（そのようだな。魔女めらは上流へ向かったようだ。――そして）

仔猫は得たりとばかりに鼻をひくつかせた。

（オロイ湖に通じているであろう下流ではなく、どこへ抜けるともしれぬ上流へ向かうということは、魔女めらの背後におる真の黒幕は、おそらく――噂に聞く《冥王《レーデス》》だろうな）

「《冥王》？」

マリウスは面食らった。《冥王《レーデス》》とはクムの神話でいう黄泉の神だ。

「神さまってこと？」

（いや、神ではない。渾名《あだな》だ。この地下の王国の若き支配者よ）

「地下の、王国――？　それって……」

（我も結界に封じられていた身ゆえ、地下に巣食う魔のものどもからの伝聞に過ぎぬが……）

仔猫は前足をなめ、つるりと顔をなでた。

（もともと、この地下水路には魔物、半人半妖、あるいは何らかの事情で地下に落とされた人間どもが無秩序に跋扈《ばっこ》しておったようだが、数年ほど前に突如として現れた若者が《水賊》――人間どもと、半人半妖の《スライ》どもを配下に収め、広大な地下水路の大半を支配したのだという。その出自はまったく定かではないが、この地下水路で生まれた没落貴族の末裔である、あるいは天から使わされた半人半神である、さらには地下で凝り固まった古くからの怨念の具象である、など、さまざまな噂がある。そしてその正体はどうあれ、共通しているひとつの噂がある。それは、その《冥王》がいずれは、地上世界の支配をも目論む野望を抱いているというものだ）

「野望……」

マリウスははっとなった。

「そうか、地上を支配するという野望……そのために《冥王》は《館》の娘たちを掠ったのかもしれない。そして魔女メッサリナとともに、なにか大がかりな魔道を起こそうとしているんだ」

（はて、《冥王》の狙いは我には判らぬが、ともあれ、急がねばならぬぞ。かの笛はおそらく、《冥王》への合図なのだろう。となれば、いつ魔女めらが《冥王》の一味と合流してもおかしくない。そうなれば多勢に無勢、我らにとってはかなり厄介なことになる。ましてや地下水路の奥深くにあるという《冥王》の宮殿に入ってしまえば、救出はかなり困難になろう）

「そうだね」

マリウスはうなずいた。

「もしメッサリナたちがその宮殿とやらを目指しているのなら、おそらく、掠われた他の十一人の娘たちも、そこにとらわれているんだ。それにヴァレリウスがいっていた最後の鍵――ワン・イェン・リェンが加われば、なにが起こるか判らない。もし、おそろしい魔道が行われるのだとすれば、イェン・リェンも、他の娘たちも、その贄《にえ》として消滅してしまうかもしれない。だから、その前にイェン・リェンを救わないと。そしてイェン・リェンさえ渡さなければ、おそらく魔道は発動しない。そうすれば他の娘たちも、殺させずに救うことができるかもしれない」

（ともあれ、すぐに発つとしよう。油断してはならぬぞ。このあたりにも《冥王》の手が及んでいてもおかしくはないのだ。いつ敵が襲ってくるかは判らぬ。またどこに思わぬ陥穽《かんせい》が潜んでいるやもしれぬ。魔物どもに出くわすやもしれぬ。決して軽挙妄動に走るではないぞ。判ったな、末裔よ）

2

「――大丈夫かい。疲れただろう」

優しげな魔女の声に、遊女ははっとして顔をあげた。いつしか機械的に歩を進めながら、物思いにふけっていたらしい。目の前に浮かぶ青白い鬼火が小さく上下に揺れながら、たよりなく足もとを照らしている。

いつの間にか、だいぶ上流に進んできたとみえる。オルセーニ河――地上の人々からは、黄泉と現世を隔てるといわれる川の名で呼ばれる地下水路も、だいぶ幅が狭くなり、流れも速く、細かく曲がりくねりながら、周囲の岩を深くえぐって流れている。川の両岸は小高い急峻な崖となり、ジャスミンたちが歩く巨大な岩塊から川面までは、もはや二タールほどの段差がついていた。林立する熔岩の柱の間隔は狭まり、まるで複雑な迷路のように広がって行く手を迷わせる。もし、崖沿いの狭い通路のような空間から少しでも離れてしまったら、たちまち自らの居場所を見失ってしまうだろう。

「だいじょうぶよ」

ジャスミンはぶっきらぼうに答えた。確かに疲れてはいるし、足も痛むが、ここで弱音を吐くわけには行かぬ。

「全然だいじょうぶ」

「だいじょうぶなもんかね。かれこれ一刻《ザン》ほども歩いてきたんだ。しかも、歩いてきたのは街中の道なんかじゃない。こんな洞窟なんだ。普段、蓮華楼からほとんど出ない暮らしをしてきたお前さんが平気なわけがない。そもそも、ずっと内履きのままだったんだろう？　あたしもそうと気づいていれば、もう少しまともな履き物を用意してきたんだが、あいにくそんな草履《ぞうり》みたいなものしかなくてね……少し休もうかね、ジャスミン」

「平気だってば」

「無理をしなさんな。ほれ、ずいぶんと足を引きずっているじゃないか。お前さんが履いているのは、こんな岩場を歩くような履き物じゃないんだ。とにかく休むよ。ほら」

メッサリナは足をとめ、あたりを見まわすと、少し奥まったところにある平らな石の上に座るようにジャスミンを促した。

「ここにお座り。足をおみせ」

「平気だっていうのに」

「いいから」

メッサリナは渋るジャスミンをなかば強引に座らせると、そのほっそりとした白い脚をもちあげ、草履と内履きを脱がせた。その足の裏をみるなり、魔女は顔をしかめた。

「うわっ」

メッサリナはジャスミンの脚をそっとおろした。

「こりゃあ、ひどい。血豆だらけじゃないかい。かかとなんか、割れて血がにじんでいるよ。よくぞ我慢したものだ。さっさといってくれりゃあいいのに」

「でも、リナおばさん。そんな暇はないもの。早く行かないと」

「ここまできて、そんなに急ぐこともないよ。どれ、すぐに手当をするからね」

魔女は印を結んで鬼火の数を少し増やし、あわただしく背負い袋をさぐりはじめた。

「なにも慌てる必要はないんだ。ずいぶんと上流にのぼってきたし、宮殿だってそう遠くはないはずさ。そもそも用心棒も詩人も眠らせたし、たとえ目を覚ましたって、あいつらにあの結界は破れやしない。闇妓楼《やみぎろう》の連中だって、あの火事の騒ぎでどこぞへ消えちまった。もう追ってくるものなんぞはいないんだ。だからほんとうは動かずに合図の笛だけ吹いて、《冥王》の助けを待っていたっていいくらいなんだからね。——おお、そうだ。イェン・リェンも休ませてやらなければね」

魔女は、いまだ黒蓮の幻夢から醒めやらず、ぼんやりとたたずんでいる少女を、また少し離れた石の上に座らせた。

「あんたも、足の裏はひどいことになっているだろうね。まあ、黒蓮のおかげでいまは痛みを感じていないだろうが、手当はしておかないとね。万が一にもあんたを五体満足なまま、《冥王》のもとに届けられないなんてことがあったら大変だからね。ここで少し待っておいで」

魔女は少女が素直に石に腰かけ、じっとしているのを確かめると、ジャスミンのもとへ戻った。背負い袋から小さな石のすり鉢や乳棒、さじ、さまざまな薬草が入っているとおぼしき包みや瓶をいくつも取り出すと、ジャスミンの横に並べてゆく。ふいに沈香《じんこう》のような独特の匂いがあたりに強く漂いはじめた。

「どれ、いそいで塗り薬を調合するからね。こいつを塗れば、痛みも少し和らぐはずさ」

メッサリナはかいがいしく準備をはじめた。それを眺めながら、ジャスミンは内心でほっと一息ついていた。口では強がって見せたが、ももやはぎは痙《つ》りそうなほどに張っているし、足の裏にはしびれるほどの痛みがひびいている。無理もない。このような人の手も入っていようがない洞窟の硬い地面を、普段はほとんど外出することなどない自分がずっと歩いてきたのだ。

とはいえ、その地下水路が思ったよりも歩きやすかったことは確かだ。ことに下流では川の両岸にたいらな岩盤が広がっており、その滑らかさは、まるで人の手で整えられたものであるかのようだった。ときおりゆるやかな段差を刻みながら延々と続く岩盤は、あたかも誰かが粘っこいクリームを大量に流し、それがそのまま冷えて固まったような、そんなかたちにも見えた。黒灰色の岩盤の表面が、ときには鬼火の光を映すほどに艶めいていたのは、長い年月のなかで幾度となく、増水した川の水がその上を洗ってきたからなのだろう。

だが、その歩きやすかった岩盤も、上流に近づくにつれてだいぶ様相を変えてきた。岸辺のたいらな岩盤の幅は狭くなり、ところどころに大きな段差も目立つ。その凹凸は川から遠ざかるほどに激しく、少し離れると柱状の熔岩の塊が立ちならびはじめる。塊の間隔は奥に行くほど狭くなり、柱は太くなり、まるで石と化した地下の森林のようだ。じめじめと湿った空気には、次第に卵の腐ったような臭いが混ざりつつあった。それは、かつてはこのあたりで火山が活発に活動していただろうことをほのめかすものであった。

ジャスミンたちが一服したあたりは、少し開けた広場のようになっていた。さしわたし十タッドほどの広場のなかほどにはくぼみがあり、そこから熱い温泉が湧いていた。むろん、周囲は暗く、メッサリナが灯したいくつかの鬼火を除けば、ツチボタルの緑の光と、ヒカリゴケの淡青《たんせい》の光しかみえぬ。あたりはしんと静まりかえり、聞こえてくるのは崖下からの激しい水の流れの音だけだ。ずいぶんと奇妙なところにきてしまったものだ、とジャスミンは思った。

ふと横に目をやれば、少し離れた石にイェン・リェンがうつむきがちに座っている。じっと一点のみを見つめ、身じろぎひとつしない。ジャスミンはそっとため息をついて云った。

「――ねえ、リナおばさん」

「ん？」

「イェン・リェンの黒蓮はまだ解けないのかしら」

「さて、どうだろうね」

メッサリナは手際よく、薬を磨り、練り合わせながら云った。

「いったい、どのくらいの黒蓮を使われたのかが判らないからね。もう五日にはなるんだろう？　なにか他に強い魔道がかけられている様子はないから、そろそろ自然に解けてもおかしくはないけどね。あたしも、こうと知っていれば解毒の黄蓮を用意してきたんだが、あいにくいまは手持ちがない」

「そう……」

「もっとも宮殿に入るまでは、このままのほうがかえっていいかもしれないよ。こんな得体の知れない地下の洞窟なんぞを延々と歩かされるんだ。幼いころからなかなかに無鉄砲で度胸のいい子だし、お前さんやあたしのことはすっかり信じているだろうが、それでも怯えて騒ぎ出さないともかぎらない。そうなったら面倒だ。となれば、なかなか捗《はか》はいかないが、このまま黒蓮の夢のなかでおとなしくしてもらったほうがいいだろう。さっきもいったが、決して急ぐ必要はないんだからね」

「そう……なのかしら」

「そうさ。とにかく《冥王》にお前さんたちを届けたら、すぐにでも黄蓮を使うさ」

「なら、いいけれど」

ジャスミンは、ぼんやりと腰かけているイェン・リェンからつと目をそらした。

「ところで、おばさん。あの人……《冥王》はどうしているの？」

「さて。相変わらずじゃないのかね。もっともお前さんたちが姿を消したと知ったときには、珍しくずいぶんと焦っていたけれどもね。いまも必死に探しちゃあいるだろうが。

――どれ、薬ができた。足をおあげ。塗ってやろう」

ジャスミンは素直に足をあげた。メッサリナは泉に浸した清潔な布をきつく絞り、遊女の足の裏を優しくぬぐうと、丁寧に薬を塗り込みながら云った。そのかがんだ胸もとから、ミロク十字のペンダントがのぞいている。

「それにしても、お前さんと《冥王》も、ずいぶんと不思議な縁でつながれていたもんだね。最初に会ったのは、あのころなんだろう？　あたしがお前さんの面倒を見てたころ」

「ええ」

「もう、かれこれ十二、三年にはなるのかね。まあ、あのころはお互い、まだまだ子供だったろうが、それがいまや、かたや地下の知られざる王国の支配者、かたやタイス一の最高遊女《ハオターリャン》だってんだからね。そしてこうして手を組んで、大胆なことを仕組んでいる。神さまというのも不思議なことをなさるもんだ」

「そうね。そうかもしれない」

ジャスミンはしばし沈黙した。崖の下からは激しい水音が聞こえてくる。

「ねえ、おばさん。ほかの娘たちはどうしているの?」

「ちゃんと上手く隠してあるよ。まあ、だいぶ急いじまったから、まだ手配が滞っているところもあるが、ともあれ全員、揃えることができたからね。準備はちゃんと進んでいる。ぎりぎり間に合ったというところだ。あとはイェン・リェンとお前さんを届ければ、もう終わったも同然だね」

「終わってはいないわ」

ジャスミンは小さく首を横に振った。

「終わってはいない。ちっとも終わってなんかいない。おばさんも判っているでしょう? 終わってなんかいないのよ。むしろ、まだ始まったばかりなんだわ。それはあの人にとっても同じこと。それなのに、わたくしのわがままで……」

「なにをくよくよと気にしているのかね、お前さんは、いったい。それとも——」

　メッサリナはジャスミンを鋭く見た。

「もしかして、チェン・リーたちのことを気に病んでいるのかい」

「…………」

「図星かい」

　メッサリナはため息をついた。

「お前さんは肝腎なところで、そういう甘いところがあるね」

「——甘い、のかしら」

「まあ、そうだね。なんてったって、あたしはかつて、ひとさまの命を奪うことを生業《なりわい》にしていたんだ。お前さんみたいにくよくよしていたら、あんな稼業はなりたたないからね。まあ、それでもノヴァルの奴はひと思いに殺してやったってところは褒めてやるけれどもさ」

「だって」

　ジャスミンは抗議した。

「チェン・リーも、マリウスさまも、ノヴァルとは全然違うもの。悪人じゃない」

「まあ、判るけどね。とにかく、やるべきことをやったんだ。チェン・リーたちのことだって、殺したわけじゃない。そろそろ目を覚ますころだろう。あたしは殺したってかまわなかったんだからね。いっそ、そのほうが面倒がなくていい。毒なら山ほど持ってるんだ」

「そんな……」

「ま、お前さんがそれを嫌がるのは判ってたから、眠らせるだけにしといたがね。チェン・リーと例の笛のおかげで、あたしはお前さんのところにいきつくことができたんだし。あいつはあたしにつけられていたなんざあ、これっぽっちも気づいちゃいないだろうが。ともあれ、しょせんはあいつも廓《くるわ》の男なのさ。遊女の気持ちなんざあ、判るわけもない。お前さんもそれは判っただろう？　だから利用するだけしちまえばいいのさ」

「………」

「あのディーンやら、マリウスやらいう、うさんくさい吟遊詩人だってそうさ。お前さんが昔つとめていた邸の坊っちゃんだって？　確かに品のいい、いかにも人のよさげな顔はしていたけれどもね。それももう、十何年も前の話だし、どうやらモンゴールじゃあ、お尋ね者だっていうじゃないか。悪人じゃない、ってお前さんはいうが、あの詩人がイェン・リェンを助けたのだって、どんな下心があるもんか、知れたもんじゃない。

あたしはそう思うけどね」

「そうかしら……」

「とにかく、お前さんがいま気にすることじゃない。あんな闇妓楼の思わぬ横槍だって入っちまったにもかかわらず、なんとかここまできたんだ。いまはそれでいいじゃないかね。他のことは、あとで考えればいいのさ。——ほれ、できたよ。これで少し楽になるだろう。どれ、立ってごらん」

ジャスミンは立ちあがり、二、三度かるく足踏みしてみた。たしかに痛みはだいぶ治まり、メッサリナが足に巻いてくれた布が少し衝撃を和らげてくれている。

「ありがとう。いいみたい」

「そうだろう。どれ、それじゃあ、ワン・イェン・リェンの足もみてやるとするかね。——いや、ちょっと待った」

魔女がふいに上流を見た。それと同時にジャスミンも気づいた。

「聞こえたかい」

「ええ。笛の音だわ」

「来たね」

メッサリナはうなずいた。

「ジャスミン、こっちも合図を」

「ええ」

ジャスミンは髪飾りの笛を取り出し、いくどか鋭く吹いた。するとすぐに上流からまた応答があった。かなり近い。

「やれやれ」

メッサリナはほっとしたように、石に腰かけた。

「間違いない。《水賊》たちだ。これで安心だね。しばらく、ここで待つとしようか」

「そうね」

ジャスミンも少しほっとして微笑んだ。

「おばさんもずいぶんとお疲れのようだし」

「ふん。もう若くはないからね。そもそも、こんな冒険をするような柄じゃあないんだよ、あたしは。――おお、灯りが見えたよ」

オルセーニ河の上流、無数に立ちならぶ熔岩の柱の向こうから、松明がちらちらと見え隠れしながら近づいてくる。メッサリナとジャスミンも立ちあがり、そちらへ少し早足で歩み寄っていった。崖沿いの狭い通路を大きく曲がった先に《水賊》たちはいた。全員が黒装束に身をかため、頭も目を除いて黒い布で包んでいる。人相風体はいっさい判らず、男なのか、それとも女なのかさえ判然としない。話には聞いていたものの、初めて目にするその姿に、ジャスミンは少々怖じ気づいた。だが、メッサリナは顔見知りであるらしく、《水賊》たちの見分けもつくようすで、ひとしきり久闊を叙したあとで、リーダーとおぼしき先頭の者に話しかけた。

「スーイン。ご苦労だったね。助かったよ。ようやくジャスミンたちを見つけてきたよ」

スーインは無言で小さくぶっきらぼうにうなずいた。その頭巾からわずかにのぞく目は冷たく光っていた。

「どれ、それじゃあ案内しておくれ。それと、そこの泉のそばにワン・イェン・リェンがいる。連れてきてくれるかい？　あたしもさすがにしんどくてね。いまは黒蓮の催眠がかかっているし、おそらく足を痛めているから、誰かがおぶってやってくれるとありがたい。とにかく、これ以上傷つけないように、丁寧にね」

スーインは再び黙って頭を下げると、後をふりむき、小さく合図して部下を三人選びだし、少女のもとへ向かった。メッサリナはジャスミンを振りかえって微笑んだ。

「もうだいじょうぶだ。お前さんもよく頑張ったね。あと少しだよ。あと少しでお前さんの夢が叶う。楽しみにしておいで」

ジャスミンは黙って微笑みかえした。だが、その胸にはまだ、この男たちを本当に信じていいのだろうか——という疑念が渦巻いていた。むろん、《冥王》のことは信じているが、その部下たちはどうにも得体が知れぬではないか。

　無言でたたずむ《水賊》たちに囲まれながら、ジャスミンは知らず知らずに奥歯をかみしめていた。そのとき小さな異変が起こっていたことに彼女が気づくのは、まだ少し先のことだった。

ふいに――

少女の世界に光と音が戻ってきた。

それまで灰色であった風景が突如として色を取り戻し、くぐもっていた音のひとつひとつがまるで粒のようにくっきりと感じられるようになったのだ。

それは深い眠りからの目覚めに似て、しかもまったく違うものだった。まるで長く、あいまいな、ぼんやりとした夢のなかで漠然と感じていた奇妙な世界が、突如として現実のものと化し、周囲に出現したかのような、そんな不思議な感覚であった。そして少女は突然に、なにかに腰かけたまま、うつむいて地面を見つめている自分に気づいたのである。

（あたし……）

少女は呆然として自分の手を見、体を見、のろのろと顔をあげてあたりをみまわした。

それは生まれてこのかた、西の廓から一度も出たことのない彼女にとって、目にしたことはむろん、そのような場所に自分がいようとは想像もしたことのない光景であった。

少女はそっと手をおろし、自分が腰かけているものに触れてみた。それはごつごつと硬く、冷たく、少し湿った岩に他ならなかった。

（なに、これ）

地面には、少女の影がゆらゆらと揺れていた。少女はゆっくりとあたりを見まわした。

そこは、これまで絵本でしか見たことのない暗い洞窟だった。目の前には熱水が噴き出す小さな泉があり、そのまわりは少し開けている。そのさらに外側にはごつごつとした熔岩の柱がまるで林のように無数に立っており、その奥は深く、どこまで続いているのか判らない。少女のすぐ背後もまた、同じように岩の柱が連なっており、その向こうは暗闇のなかに消えている。

左をみると、少し離れたところで崖になって落ちこんでいるようであった。その下からは激しい雨が絶え間なく打ちつけているような音が鳴り、周囲の岸壁に反射して轟々と響いている。そして周囲には誰もおらぬ。

(ここはどこ？　いったい、どうなっているの？)

少女は必死で記憶をたどった。

(そう、あたしは蓮華楼にいた。それは間違いないわ。そしてノヴァルさまに呼ばれて……それからどうしたのだったかしら……)

楼主に呼ばれたのははっきりと覚えている。そのとき、その様子がなんとなくおかしいと思ったことも思い出した。だが、そのあとの記憶がまったくない。そこから先はずっと、延々と灰色の夢の世界をさまよっていたような気がする。少女は体に目をやった。いつもの遊女見習い《イェリャン》のお仕着せを身につけてはいるが、あちらこちらが汚れ、すれてしまっている。もう何日も洗っていないような、饐《す》えた匂いさえ漂ってくる。少女は思わず顔をしかめた。

内履きには、草履がかぶせてあった。足の裏がじんじんと痛み、はぎもももも妙に張っている。頭には分厚い包帯が巻かれていた。こわごわ押してみると、鈍い痛みが走る。

いったいなにがどうなっているのか、まったく判らない。いまもまだ、自分は夢を見続けているのだろうか、とさえ思えてくるが、すっかり覚醒した五感が、そうではないことをはっきりと告げていた。

（ここはどこなの――？　いままで見ていた夢はいったい……）

長く見ていたはずの夢は、もはや断片しか記憶に残っていない。ただ、誰かに手を引かれ、ずっと暗闇のなかをさまよっていた――そんなあいまいな光景だけがかすかに浮かぶ。だが、それ以上はなにも思い出せない。

（あれは夢……それとも現実――？）

（あたしはいったい……）

（怖い……）

突然の目覚めの衝撃がおさまるにつれ、じわりと恐怖が忍びこんできた。崖の下から吹きあげてくる冷たい風が妙に生臭い。少女は怯えながら、ふと上を見あげて思わず目を見張った。

（あれは――）

少女の頭上には、青白い鬼火がゆらゆらと揺れていた。その奇妙な光に少女は身震いし、立ちあがって後ずさった。それはまるで噂に聞く人魂――かの西の廓の廟《びょう》のそばの池に、夜な夜な飛びかうという死んだ遊女たちの魂のような冷たい炎だった。

（いったい、なにがどうなっているの――？）

とにかく、とてつもなくおかしなことが起こっている。少女は狂ったようにあたりを見まわした。そして気づいた。崖沿いの道の向こうから、何者かが近づいてくる。

（なに――？）

少女はあわてて近くの石柱のかげに走りこんで隠れ、そっと様子をうかがった。まもなく、泉の向こうから数人の男――あるいは女――が現れた。全身をぴったりとした黒い服でつつみ、その体は濡れているように見えた。頭もまた黒い布で覆われ、まるで丸い球のようだった。背丈もほぼ揃っており、遠目ではまるで見分けがつかぬ。

（――――！）

それをみて、少女は声にならぬ悲鳴をあげた。その姿に、ひとつの光景がぼんやりと脳裏に浮かびあがってきたのだ。

蓮華楼からここに至るまでに見ていた灰色の夢のようなおぼろげな記憶――手を引かれ、暗く細い洞窟のような道を逃げた先に待ちかまえていた、大勢の黒装束の男たち。そして白い仮面の細身の男。たちまちのうちに捕らえられ、縛られ、乱暴に担がれて運ばれ、閉じこめられた地下の牢――それはうつつのものとは云いきれぬ曖昧な記憶にすぎぬ。だが、それでも少女の本能が強く警告を発するには十分な凶々しさを秘めていた。そう、あの白い仮面の男――あれはかつて廟のそばで、少女を掠おうとしたあの男ではなかったか。

（だったら、あの黒いひとたちは――！）

再び、自分を捕らえようとしているのだ。その証拠に、泉のまわりに誰もいないのに気づくと、慌てたように周囲を見まわしはじめたではないか。

（ひっ……）

少女は悲鳴をあげそうになる口を手で押え、あたりを冷ややかに照らす鬼火の光を避けながら、熔岩の森の奥へとあとずさった。どうか、このままあの男たちがどこかへいってしまいますように、と少女は必死に祈ったが、それもかなわなかった。男たちはそれぞれ松明を手に、周囲の熔岩の森のなかにまで探索の手をひろげはじめたのだ。

（いや……いや、いや！）

少女は男たちから身を遠ざけながら、さらに熔岩の森の奥へ、奥へと這うように潜りこんでいった。徐々に鬼火は遠くなり、闇が深まってゆく。あたりはしんと静まりかえり、激しい水の音以外はなにも聞こえぬ。視覚はほとんど奪われ、かすかなヒカリゴケの青白い光のなかに、熔岩の輪郭がかろうじてぼんやりと浮かんでみえるだけだ。

それは、不夜城たる西の廓で育った少女にとって、ほとんど経験したことのない闇だった。周囲の闇から亡霊たちが冷たく見つめているような気がして、少女はなんども背後を振りかえった。だが、たとえそうだとしても、あの不気味な黒装束の男たちにつかまるよりはましに思えた。あの男たちに捕まってしまったら、自分の命はもうないだろう――少女は本能的にそのことを感じていたのだ。

（とにかく遠くへ、遠くへ――あの男たちの手の届かないような遠くへ逃げなくちゃ）

少女はさらに暗いほうへ、奥のほうへと潜りこんでいった。周囲に漂う腐臭が強くなる。それでも少女は必死で逃げ続けた。あの夜――大事な髪飾りを落としてしまった夜、廓の脇で細身の男に抱きかかえられ、押し倒されたときの恐怖がよみがえる。あのときに感じたのは、まさに死神の息吹そのものだった。そして、幾人も行方知れずになった《館》の幼なじみたち――彼女たちを待っていた運命も決して明るいものではあるまい。おそらくは少女と同じように、わけもわからぬうちに拉致され、地下の闇のなかへ連れ去られてしまったにちがいないのだ。

（逃げよう。とにかくもっと遠くへ……）

だが、疲弊した足はもう、思うようには動いてくれなかった。地面は激しく凹凸し、ときに鋭い角が少女の足裏を容赦なくえぐる。とうとう、少女はつまずき、派手に転んでしまった。とっさについた両手に石が刺さり、強く打ちつけた膝にしびれが走る。

（痛っ……）

膝を抱えてうずくまる少女の瞳から涙がこぼれた。気づけば、ずいぶんと熔岩の森の奥深くに入り込んでしまっていた。怪物のような奇怪な黒い岩が無数に並び、それを青白い光がぼんやりと照らしだしているさまは、かつて盗み見した黄表紙が描く地獄のようだった。だが、ほんとうの地獄はひしひしと、少女のそばに迫りつつあった。重なる岩の向こうでは、ちらちらと松明の炎が無数に揺れている。あの黒装束の男たちは、少女のことをまだあきらめていないのだ。

（ああ……）

少女は絶望した。疲れと痛みが蔦《つた》のように絡みついてくる。しかも、無数の松明は徐々に、容赦なく、執拗に少女に迫ってくるのだ。

（だめ、逃げなきゃ……）

少女は最後の気力を振りしぼり、そばの岩にすがって立ちあがると、足を引きずりながら歩きはじめた。

だが——

松明の灯りに気を取られるあまり、少女は気づいていなかったのだ。彼女の背後に、別の手が迫っていたことを。

それに気づいたときには、もう遅かった。

しんと静まりかえった不気味な熔岩の森――

その深い闇のなかから突然、何者かが飛び出し、少女をいきなり抱きかかえたのだ！

（――――！）

悲鳴をあげようとした少女の口は、男の手によって塞がれた。必死に逃れようとばたつかせた腕も、男によって抑えられた。なおも抵抗する少女の耳もとに、ふいにささやきかけられた男の声。

そのとたん――

少女は――遊女見習いのワン・イェン・リェンは恐怖のあまり、その場に凍りついてしまったのである。

3

「──あぶない！　静かに！」

マリウスはもがく少女を抱きとめ、その口をあわてて押えながら、耳もとにささやきかけた。

「あぶないよ、イェン・リェン！　落ちるよ！」

「──え？」

もがいていたワン・イェン・リェンは、その声に凍りついた。ヒカリゴケの光に淡く照らされた足もとには、岩が引き裂かれたかのような深い穴が開いていた。熔岩の森をさまよっていた彼女は、気づかずにその穴にはまるところだったのだ。

「これ……」

イェン・リェンは身震いし、力を抜いた。マリウスはほっとして力を緩めた。頭の包帯は相変わらず痛々しいが、イェン・リェンの動きは機敏で、言葉もしっかりしており、しばらく前のぼんやりしていた彼女とは別人のように見えた。少女はゆっくりと振りかえり、マリウスの顔をみつめた。

「マリウスさま──？」

「イェン・リェン、よかった。無事で」

マリウスはワン・イェン・リェンをそっと降ろした。

「ごめんね、驚かせてしまって。あぶないところだった」

「…………」

イェン・リェンはもう一度足もとに目を落とし、あやうく彼女の命を奪うところだった深い穴をみつめた。マリウスがすんでのところで少女を見つけ、助けることができたのは僥倖というほかはない。もっともマリウスとて、霊魂と化した魔道師から視界を借りていなければ、その穴はおろか、イェン・リェンを見つけることもできなかっただろう。

「マリウスさま……」

イェン・リェンはマリウスを見あげた。

「ここはどこなの？　マリウスさまは、どうしてここにいるの？」

「どうやら正気に戻ったようだね」

マリウスは少女の頭をそっとなでた。

「なにがあったのか、あとでちゃんと教えてあげる。でも、いまはとにかく逃げよう」

マリウスは周囲を見まわした。熔岩の森のあちらこちらから、数え切れないほどの松明の光が威圧するように漏れてくる。

「あれは、きみを追っているんだよね」

「うん」

「多いな」

マリウスはつぶやいた。

「まだ川には出ないほうがいいね。——イェン・リェン、歩けるかい？」

「——うん」

「足は痛くない？」

「——だいじょうぶ」

気丈にも歩きはじめた少女だったが、明らかに足を引きずっており、すぐにつまずいてバランスを崩してしまった。マリウスは慌てて少女を抱きとめた。

「無理そうだね」

マリウスは唇を噛んで思案した。

「どうするかな」

（しばらく身を隠してはどうだ？）

仔猫に憑依した魔道師から心話があった。仔猫はマリウスの懐におさまっている。

（近くにちょうどよさそうな洞がある。そこならば、お主の力を借りれば、我の魔力でも多少の結界は張れそうだ）

（――わかった）

マリウスは心話を返すと、少女に背を向けてしゃがみながら云った。

「よし、まずは隠れてやり過ごそう。さ、ぼくの背に乗って」

「ありがとう。――でも、だいじょうぶ？」

素直におぶわれながら、少女が不安そうに云った。マリウスは背の少女をなかば振りかえり、微笑みかけた。

「だいじょうぶ。ちゃんとミオが助けてくれるから。――なあ、ミオ」

その声にマリウスのふところから仔猫が顔をだし、にゃあ、と小さく鳴いた。イェン・リェンは目を丸くした。

「――ミオ！　どうして？」

「ミオは凄いんだよ」

マリウスはいたずらそうに微笑んで見せた。

「ぼくがこんなに暗い洞窟のなかでも、きみをちゃんと見つけることができたのは、この仔のおかげなんだ。ミオは鼻も目もよく利くから――ね、ミオ」

その声に仔猫がいたずらっぽく、また小さく鳴いた。イェン・リェンの目がさらに丸くなった。

「マリウスさま、ミオと話ができるの？」

「――ああ、まあね」

　マリウスはぎこちなく笑ってみせた。

「ほら、ぼくはなんてったって詩人だからね。鳥や魚、虫や獣の言葉だってわかるのさ。調子のいいときには、花や木の言葉だって、風のささやく声だってわかるんだから」

「ほんとに――？」

「ほんとさ。なんていったって、伝説の詩人マリウスなんだよ、ぼくは。――さあ、行くよ。しっかりつかまっていて」

　マリウスはアルドランの視界を借り、魔道師が心話で伝えるがままに、暗い熔岩のあいだを進んでいった。ほどなくして、少し奥まった岩壁に狭い洞がみえた。その入口は小柄なワン・イェン・リェンでも、這って入らなければならぬほど狭い。仔猫はマリウスのふところから飛び出すと、その洞に駆けこんでいった。

　マリウスも洞をのぞいてみた。得たり、とばかりにアルドランが小さな鬼火を灯すと、洞の全体がほんのりと浮かびあがった。洞はそこそこひろく、床も比較的たいらで、マリウスとイェン・リェンのふたりであれば十分に体を伸ばし、横になることもできそうだった。奥は三、四タッドほど先で行き止まりのようだが、空気は新鮮で、不思議とその流れも感じられる。あるいはどこかに外に通じる隙間があるのかもしれない。さらに都合のいいことに、洞の壁沿いにはきれいな湧き水がちょろちょろと流れていた。マリウスはほっとして頭を抜き、不安そうに様子をうかがっていた少女を振りかえった。

「うん、ここならとてもよさそうだよ。ここでしばらく隠れていよう。——イェン・リエン、お入り」

マリウスは少女を促し、ともに洞のなかへ入ると、床に腰を下ろした。すかさず仔猫がよってきて、マリウスの膝に飛びのった。そのとたん、心話が響いてきた。

（結界を張った）

魔道師は云った。

（だが、やはり強力なものは張れなんだ。ゆえになるべくおとなしくしておれよ。あまり騒ぐと、勘のいいやつならば気づくかもしれん）

（うん）

（娘が怯えぬよう、外音は遮断しておる。《水賊》どものようすは我が観相しておるゆえ、まずは娘を休ませてやることだな）

（わかった。——ところで、アルドラン）

（ん？）

（さっき、地下牢の結界を破ったときに、ぼくに礼をしてくれるって云ってたよね）

（ああ）

（ならば、ひとつお願いがある）

（なんだ）

（ワン・イェン・リェンを守ってあげて欲しい）

　マリウスは仔猫の目をじっと見つめた。

（もし、ぼくになにかがあって彼女を守ることができなくなっても、できる限り、彼女を助けてあげてほしい。ジャスミンに裏切られてしまったイェン・リェンには、もう他に味方がいないんだ。頼めるかな）

（――わかった）

　仔猫は小さくうなずいた。

（いまの我の力でどこまでできるか判らぬが、お主と娘を守るために精いっぱいのことはすると約束しよう）

（ありがとう。頼んだよ）

　マリウスは心で念を押すと、少女に話しかけた。

「さ、イェン・リェン。少しお休み」

　マリウスは革の上着を脱ぐと、たいらな岩場に敷き、そこにワン・イェン・リェンを寝かせた。

「元気が戻ったら、地下から脱出するからね。それまでしっかり休んで。もし眠れるなら、眠ってしまったほうがいい」

「わかった。――ねえ、マリウスさま」

「うん？」

「ミオを抱っこしてもいい？」

「ああ、もちろん」

マリウスは仔猫を少女に渡した。少女は仔猫を胸に抱き、床の上で丸くなった。しばらくすると、静かな寝息が聞こえてきた。

（よほど疲れていたんだろうな……）

マリウスは少女のそばで壁に背をもたれさせ、しばらくその様子を見守っていた。ほのかな鬼火に照らされた洞の壁には、ところどころに小さな鉱物がちりばめられ、それが灯りを反射して、幻想的な光景を作りだしていた。結界に閉ざされた洞の外からは何も聞こえず、しんと静まったなかに湧き水がちろちろと流れる音だけが響いている。その音に誘われるように、マリウスもまた、いつしか眠りに落ちていった。

（――末裔よ）

アルドランの声が夢のなかにするりと滑りこんできた。マリウスはたちまち目覚め、周囲を見まわした。洞のなかに変わりはなく、隣からは少女の寝息が聞こえてくる。マリウスの膝の上からは、仔猫の榛《はしばみ》色の瞳がまっすぐに彼をみあげていた。

(どうした？　外のようすは？)

(かんばしくない)

仔猫は小さく首を振った。

(おそろしいほどの数の《水賊》たちが、このあたりを探索している。奴らは娘をあきらめるつもりは毛頭ないようだ。もう五、六ザンは経っただろうが、人数は増えるばかりだ。この洞の近くにも何度も現れた。結界がなければ、とうに見つかっていたやもしれぬな)

(そうか……)

マリウスは唇を噛んだ。

(なら、夜を待つしかないかな)

(奴らに夜という概念があればな)

アルドランの言葉に、マリウスははっとした。

(そうか、ここは地下だから、夜も昼もないのか)

(そういうことだ。だからおそらく、奴らが探索の手を休めることはなかろう。交代で常に追っ手を繰り出してくると考えたほうがよい。あるいはこのまま数日は続くやもし

れぬ）

（うーん……）

マリウスは思案した。この小さな洞にイェン・リェンとふたり、何日もこもるのは無理だ。幸いにして湧き水はあるが、食料はない。マリウス自身、闇妓楼に潜入する前に食事を口にしたのが最後だ。あれからどれほどの時間が過ぎたか、しかとはわからぬが、空腹もかなり限界に近いのは確かだ。おそらくワン・イェン・リェンとて、同じことだろう。

（だったら、どこかで隙を見つけて逃げ出すしかないか）

（そのようだな）

（あなたの結界で、ぼくらを隠しながら逃げることはできないのかな）

（難しいだろうな。残念ながら、いまの我の魔力では、このような洞を利用して結界を張るのが精いっぱいだ。我にできるのは、これまでのようにお主に視界を貸してやることくらいだな）

（わかった。じゃあ、追っ手が離れたら教えてくれる？）

（うむ）

（頼むよ）

マリウスは、かたわらで眠っているイェン・リェンを起こし、事情を説明した。

「そんなわけだから、注意して逃げなくちゃならない。イェン・リェン、足の具合はどう？」

「まだ痛いけど……」

イェン・リェンは小さく屈伸して確かめた。

「だいぶ疲れはとれたみたい。だいじょうぶ、歩ける」

「そうか。じゃあ、少し頑張ってね。いざとなったらおぶうから」

マリウスは洞の入口から耳を澄まし、そっと外のようすをうかがった。いまのところ、近くに追っ手の気配は感じられぬ。

（どう？　アルドラン）

（うむ。だいぶ追っ手は離れている。いいかもしれぬぞ）

（よし）

マリウスはイェン・リェンを振りかえり、うなずきかけた。

「イェン・リェン、いくよ。ぼくの手をしっかり握って、絶対に離さないでね」

「うん」

マリウスは仔猫を懐におさめ、少女の手を引きながら、慎重に洞を出た。

アルドランの視界を借りて見る地下水路は、血のように赤い奇妙な光に満ちていた。

熔岩はうっすらと暗赤色に光っている。そのなかを時折、少し強い光がちらちらと走り抜けてゆく。おそらくは地下に棲まうねずみの類だろう。天井にも同じような光が集まっているが、あれはコウモリだろうか。アルドランがいうには、この視界をもたらしているのは彼が発する精神波の反射であり、生物、特に精神エネルギーの強いものほど明るく見えるのだという。魔道師どもがよく周囲の気配を探るとき、結界を薄く広げるというが、それがどうやらこれらしい。コウモリが音波を利用して暗闇を飛ぶのと同じような原理だ、というのだが、マリウスには理屈はよく判らぬ。

熔岩の森の向こうには、人のかたちの強い光がいくつも見え隠れしている。マリウスはイェン・リェンを抱きかかえ、追っ手からできるだけ身を離しつつ、薄赤く光る岩の狭い隙間を縫うように下流側に向かって進んでいった。なんどか追っ手が迫ってきて肝を冷やしたが、そのたびにじっと身を縮めてやりすごした。少女の体は震えていたが、それでもけなげに声をあげずに耐えていた。

（だが、末裔よ）

魔道師の憂えるような心話がマリウスの頭に響いた。

（このまま、この熔岩の森を進むわけにはゆかぬぞ。まもなく、例の場所につきあたる）

（ああ、判ってる）

マリウスはそっと唇を噛みながらこたえた。むろん、彼も気づいていた。この先には最大の難所が待っている。

マリウスたちが上流に向かっているとき、一個所、岸壁から大きな岩塊が川に向かってせり出している場所があった。そこでは川岸が幅一タッドほどまで狭まり、それが距離にして二十タッドほども続いていた。そこを通り抜けるあいだだけは、熔岩の森から出て敵に姿をさらさねばならぬ。

川の流れもまだ激しく、もし足を滑らせて落ちてしまえば、たちまち流されてしまうだろう。この狭い回廊をいかにして追っ手に見つからずに通り抜けるか――それがイェン・リェンを連れて逃げきれるかどうか、その成否を握る鍵になることは明らかだった。

（なにか、いい手はないかな。たとえ見つかっても、追っ手を足止めできるような、そんな手が）

（考えてみよう）

アルドランはしばらく黙考すると、やがて、すぐ戻る、待っておれ、と云い残してどこかへ姿を消した。マリウスは、少女をなだめながら、その帰りを待った。しばらくしてアルドランが戻ってきた。仔猫がマリウスの肩に飛びのると、すかさず心話があった。

（ひとつ、思いついたことがある）

（うん）

（下流から上ってくる間の道中、いくつか気になるものをみかけた）

(なに?)

(岩のところどころに、穴が開いており、石と粘土で塞がれていたのだ。自然に塞がれたものではない。明らかに人の手で塞がれたものだ。かの細道にも同じようなものがあった。最初は人が足を穴に取られぬよう、道を整えたもの、と思っておったが、それにしてはおかしい。なぜなら、急な岩壁——決して人が歩くことのない場所にも、同じようなものがあったからだ)

(そうなのか。全然気づかなかった)

(そこでいま、そのような場所のひとつを調べてきた。それでわかった。あの石で塞がれた穴からは、どうやら沼気《しょうき》が吹き出している。おそらく、このあたりが太古に火山であったこととも関係があるのだろう。あの細工は、その沼気の噴出を防ぐためのもののようだ)

(沼気——?)

マリウスはどきりとした。

(毒なの?)

(いや、それ自体はたいした毒ではない。毒ではないが——)

仔猫の瞳がかすかに光った。

(よく燃える。ときには爆発する。そのような意味では、危険なものだ)

(毒ではないが、危険、か)

(うむ。そこでだ。我の考えはこうだ)

アルドランは、マリウスに自らの考えを伝えた。マリウスは真剣に耳を傾けた。そのようすをワン・イェン・リェンが不思議そうにみあげている。

(――なるほど)

アルドランの話を聞き終わってマリウスが云った。

(賭けだね。でも上手くいけば、逃げ切れるかもしれない)

(どうする)

(やろう)

マリウスは決意した。

(とにかく、このままではいずれ捕まってしまうのは間違いないんだ)

(では、案内しよう)

マリウスは少女の手を引き、アルドランに従って熔岩の森を進んだ。ほどなくして森がいきなり途切れ、目の前に巨大な岩塊があらわれた。

(さて、末裔よ。ここからが肝心だ。準備はよいか)

(ああ)

マリウスはうなずいた。手には先ほどひろった、追っ手が打ち捨てていったとおぼしき消えた松明の棒がある。

（追っ手のようすは？）

（まだ、だいぶうろついている。すきを見て飛び出すぞ。遅れるなよ）

（ああ）

（少し待て）

アルドランが様子をうかがう。マリウスもまた、借りた視界であたりを見まわす。数人の追っ手が赤く光って見えるが、やや離れている。

（よし――行くぞ！）

アルドランの合図とともに、マリウスはイェン・リェンを抱えるように身をかがめ、森の外へと飛び出すと、そのまま一目散に、アルドランが示す場所へと走った。そこには魔道師の言葉どおり、粘土と大きな石で塞がれた穴があった。仔猫が固まった粘土に飛びつき、鋭い爪で崩しはじめた。マリウスは手にした太い棒をてこのように石にあてがい、はがしにかかった。それをみてワン・イェン・リェンも加わり、棒の先端にぶらさがるようにして体重をかけた。穴を塞いでいた石が少し、ぐらりと動いた。

（もう少し！）

マリウスとイェン・リェンは息を合わせ、棒に渾身の力を込めた。仔猫も懸命に粘土を掻きだしている。石はほんの少し抵抗したが、ついにマリウスたちの力に屈し、ごろりと横に転がった。その下からあらわれた小さな岩の裂け目から、たちまち沼気が勢いよく吹きだしてきた。

「よし！」

マリウスはイェン・リェンにうなずきかけた。そのとき背後から鋭い指笛の音が響いた。はっとして振りかえると、あちらこちらから松明を持った黒装束の者たちがいっせいにわいてきた。先頭のものからは、わずか二十タッドほどしか離れていない。

「行こう！」

マリウスは少女の手を引いて逃げ出した。すかさず肩に仔猫が乗ってくる。背後からは何人もの追っ手が迫ってきた。マリウスのうなじがちりちりと騒ぐ。だが、追っ手の先頭が、かの岩の裂け目に差しかかったとき――

勢いよく吹き出す沼気に、その松明の炎が引火した！

ぼんっ、という凄まじい爆発音と同時に、強烈な熱風がマリウスを襲った。その背中を渦巻く炎がいっしゅん舐めた。マリウスは、バランスを崩しかけたイェン・リェンを慌てて抱きとめながら、身を低くして少女をかばい、振りかえり――そして目の前の光景に言葉を失った。

それはあたかもダルギウスの溶鉱炉――太陽神ルアーの炎の剣を鍛えたといわれる刀鍛冶の炉もかくやの光景であった。ごうごうと揺らめきながら吹きあがる炎に、永遠の闇に閉ざされていた地下水路は、にわかに昼の明るさに包まれた。先頭を走っていた《水賊》の全身もまた、激しい炎に包まれていた。その炎は後続の《水賊》たちにも、次々に燃え移っていった。まるでそれ自体が巨大な松明のようになった《水賊》たちは、凄まじい悲鳴をあげながらオルセーニ河に落ちてゆき、そのまま急流に飲まれて消えていった。巨大な炎の柱の向こうでは、大勢の《水賊》たちがもはやなすすべもなく、ただ右往左往するばかりであった。

巨大な炎に守られながら、マリウスたちは下流へと逃げた。だが道幅は狭く、眼下には急流が激しく渦を巻いている。もし、足を踏み外してしまえばひとたまりもない。そして追っ手たちが炎を乗り越えてくれば、もはや身を隠すものはなにもないのだ。

（焦るでないぞ。末裔よ）

魔道師の警告に心のなかでうなずきつつ、マリウスは少女をかばい、足もとを確かめながら歩を進めた。だが、ようやくその難所のなかほどに差しかかったとき――

「――イェン・リェン！　ああ、イェン・リェン！」

突然、川の向こうから、悲鳴のような女の声がマリウスの耳を打った。マリウスはぎくりとして振りむいた。十数タッドを隔てた向こう岸から、美しい女が声を限りに叫んでいた。そのまわりを何人もの黒装束のものたちが囲んでいた。

「イェン・リェン！　ワン・イェン・リェン！　いかないで！　いってはだめ！」

「――え？」

女の声に、ワン・イェン・リェンの足が止まった。少女は声の主を振りかえり、目を見張った。

「ジャスミンさま――？」

「イェン・リェン！」

遊女は泣き叫んでいた。髪は乱れ、顔は汚れ、その凜とした表情は見る影もないほどに崩れていた。それは最高遊女《ハオターリャン》としての誇りを体現したかのような普段の彼女とは、まるでかけはなれた惨めな姿であった。

「ああ、イェン・リェン、いってはだめ！　マリウスさま、お願い！　イェン・リェンを返して！」

「そうはいかない！」

マリウスは、イェン・リェンを抱きしめながら叫びかえした。

「イェン・リェンを返すわけにはいかない！　もう、きみたちのたくらみは終わったんだ！　おとなしく《冥王》のもとへ戻るがいい！」

「マリウスさま！」

ジャスミンは悲鳴のように叫んだ。

「ああ、マリウスさま。誤解です。誤解なんです。わたくしは――わたくしは、ただ、わたくしの……わたくしの……」

「――イエン・リェン」

マリウスは泣き叫ぶ遊女に背を向け、少女に早口で云った。

「さあ、いこう。約束どおり、ぼくがきみを廓の外へ逃がしてあげる。急ごう」

「え……でも……」

イエン・リェンは迷うように、マリウスとジャスミンを交互にみつめた。

「でも、どういうこと――？　ジャスミンさまは、あの黒い人たちに捕まったの？　だったら、助けないと……」

「違う」

マリウスはきっぱりと云った。

「ジャスミンは、奴らの仲間なんだ。彼女はきみをだまして、自分のたくらみに利用しようとしていたんだ」

「――え？」

「詳しいことはあとだ。でもとにかく、ジャスミンは、きみの命を奪おうとしていたんだ。きみをおそろしい魔術に利用しようとしていたんだよ」

「うそ……うそだわ、そんな……」

少女の目が丸くなった。

「ジャスミンさまが、あたしを殺そうとしているなんて、そんなのうそ」

「信じられないのも無理はない。でも、ほんとうなんだ。イェン・リェン。はやく逃げよう」

「でも……でも……そんなこと……」

まだ混乱しているようすのイェン・リェンに、別の声がかかった。

「――イェン・リェン！　だまされるんじゃないよ！」

マリウスはまたしても振りかえり、声の主を睨みつけた。泣き崩れている遊女の横に、魔道師のマントをはおり、フードをはねあげた女の姿があった。イェン・リェンが息をのんだ。

「――リナおばさん？」

「イェン・リェン、だまされるんじゃない！　その男はお前の味方なんかじゃないんだ！」

魔女はマリウスを指さしながら叫んだ。

「その男は吟遊詩人なんかじゃない。暗殺者だ。モンゴールでお前とたいして変わらない、いとけない男の子を殺して追われている、おそろしい殺し屋なんだ！」

「違う！」

マリウスはかっとして叫んだ。

「でたらめをいうな！　ぼくはミアイルを殺してなんかいない！　殺すものか！　あれは――」

「イェン・リェン！　その男から離れるんだ、早く！」

「イェン・リェン、メッサリナのいうことなんか聞くな！　あいつもきみを狙っているんだ」

「でも……でも……」

少女は明らかに混乱していた。

「ジャスミンさまと、リナおばさんが、あたしを――？」

「イェン・リェン！　マリウスさま！」

ふたたびジャスミンの悲痛な声が届いた。

「イェン・リェン、いかないで！　戻ってきて！　マリウスさま、イェン・リェンを返して！　お願いです。その娘は……イェン・リェンは……」

ジャスミンは川岸から身を乗り出すように、両手を大きく少女に向けて伸ばし、喉も裂けようかという声で叫んだ。

「――わたくしの娘なんです！　イェン・リェンは、わたくしが腹を痛めて産んだ、ほんとうの娘なんです！」

「え……」

その声にイェン・リェンは大きく目を見開いた。

「そんな……ジャスミンさまが――あたしの、母さま……？」

「イェン・リェン、だまされちゃ駄目だ！」

マリウスは少女の手を引きながら云った。

「あんなのは嘘だ！　ジャスミンがきみの母親であるわけがない。年齢があわない。もしそうなら、ジャスミンがきみを産んだのは、いまのきみとたいして年も変わらない、遊女になる何年も前のことじゃないか。それなら、きみが《館》で育つ道理はないんだ。《館》の子は、遊女が産んだ子なんだから！」

「でも……」

「イェン・リェン、早く！」

マリウスはもう一度、少女の手を引いた。だが少女は怯えたように手を振りはらうと、マリウスから離れるように後ずさった。

「あたし……あたし……」

少女はいやいやをするように首を振った。

「だって、信じられない……ジャスミンさまが、あたしを殺そうとしているだなんて……それに、もしほんとうにジャスミンさまが、あたしの母さまだったら、あたし……」

「イェン・リェン！」

マリウスはがくぜんとして、少女を引き留めようとした。だが少女は怯えたように首をすくめて身を引いた。

「イエン・リエン、ジャスミンのいうことなんか信じるな！　メッサリナの言葉も！　ジャスミンはきみの母親なんかじゃない。ぼくは暗殺者なんかじゃない。ぼくを信じて、イエン・リエン！　ぼくはきみを助けたい。きみだけはなんとしても助けたいんだ！　これまで助けられなかった子たちの分も――お願いだ、イエン・リエン、ぼくを――」

（あぶない！）

突然、マリウスの脳裏に心話が響きわたった。同時に、マリウスの頭に猫が覆いかぶさった。

「えっ？」

驚いたマリウスの耳に、なにかが風を切り、突き刺さる小さな音が聞こえた。マリウスははっとして対岸を見た。メッサリナの右手には吹き矢が握られていた。そして――

「――ミオ！」

イエン・リエンが悲鳴をあげた。マリウスの頭から、力を失った仔猫のからだがゆっくりと離れていった。その背中には、小さな吹き矢が刺さっていた。意識を失った仔猫はそのまま、崖下に向かって落ちていった。

「ミオ――ミオ！」

イェン・リェンは叫びながら、落ちていく仔猫に向かって必死に手を伸ばした。その小さな体が崖から大きく乗り出し、伸ばした手がかろうじて仔猫を捕らえた。だが、少女の体もまたそのまま大きく傾き――

イェン・リェンは仔猫を胸に抱いたまま、眼下の急流へと真っ逆さまに落ちていった。

「イェン・リェン！　ああ、イェン・リェン！」

「イェン・リェン！」

マリウスとジャスミンの悲鳴が交錯した。マリウスはとっさに少女を追って急流に飛びこんだ。一瞬の落下、激しい衝撃――凍るほどに冷たい地下川の水がマリウスをたちまち包みこむ。マリウスは水中ですばやく体勢を立て直すと、川底を蹴って浮かびあがり、半ば気を失って浮いていたワン・イェン・リェンをしっかりと抱きかかえた。その体をオルセーニ河の急流がたちまち容赦なく押し流してゆく。

「イェン・リェン！　マリウスさま！」

流されてゆくマリウスたちを追って、ジャスミンたちが叫びながら岸辺を走っているのが見えた。マリウスは岸にあがれる場所を必死に求めた。だが、両岸はいずれも絶壁で、どこにも手がかりは見あたらぬ。体を支えようにも、この地下深くを流れる川にはむろん、流木のひとつも浮かんではいない。ところどころにみえる中州のように突き出た岩も、どれもつるりとしてつかまる場所などはひとつもなかった。

（ああっ……）

冷たい川の流れのなかで、マリウスの体力は急速に奪われていった。衣服は水を吸って重くなり、体にまとわりついてその自由を奪った。必死で伸ばした足も川底をむなしく滑り、マリウスは何度も川に沈んだ。鼻と口から容赦なく侵入してくる大量の水に、マリウスは激しくむせた。それでも彼がワン・イェン・リェンの体を支えつづけられたのは、この娘だけは死なせたくない、という彼の執念のなせるわざであっただろう。

だが、ついに――

（だめだ……）

最後のうめきとともに、マリウスはとうとう力尽きた。冷え切った体はゆっくりと川に沈んでゆき、力を失った手からは少女の体が静かに離れていった。マリウスは必死に手を伸ばそうとしたが、もはや体は少しもいうことを聞いてはくれなかった。

川底に沈んだマリウスの口から最後の息が漏れ、ごぼりと大きな泡となって浮かんでいった。すべての意識が失われる寸前、マリウスは水中の闇のなかから無数の手が彼に伸ばされるのをみた。それは死の娘アリーナーの透きとおる冷たい手であったのか、あるいは死者を黄泉へと送る川守りカロンの硬い骸骨の手であったのだろうか――

地の底を流れる死の川の底深く、マリウスは無数の死の手に誘われるがままに、ドールの領《し》ろしめす黄泉の国へと静かに運ばれていったのだった。

第十一話　告白

1

（——ディーン）

浅い眠りに落ちていたマリウスの耳に、優しい声がすべりこんできた。

額から濡れた手布がそっと外され、ほてった熱を空気のかすかなゆらぎが少しだけ冷ましてゆく。と、布をちゃぷりと水に浸し、きゅっと絞る音がして、額にまた冷たい手布があてられた。ひんやりとした柔らかな手がマリウスのほほをそっと撫でてゆく。痛みを和らげてくれる手布の冷たさと、ほほに感じる手のひらの滑《すべ》らかさが心地よい。ほのかな優しい花の香りに包まれて、マリウスはしばらく味わったことのなかった安らぎをおぼえていた。

（よかった。少し熱がさがってきたみたい）

声にほっとしたような響きがまじった。その声は少しかぼそげで、発せられるなり風に溶けていってしまいそうな柔らかさだ。だが、マリウスは知っている。普段はつつましく、おとなしいその小さな声の主が、ひとたび歌えば屋敷の広間いっぱいに広がる豊かで深いアルトの持ち主であったことを。マリウスは、まだ重いまぶたを少しだけ持ちあげてみた。そこには、二重の大きな濡れた瞳で彼を見つめる美しい女性がいた。長い髪をいつものようにざっくりとうしろでまとめている。

（――かあさま）

マリウスは、その懐かしい母――エリサにそっと呼びかけた。いつしか彼は、四、五歳のころの幼い自分にもどっていた。

（あら、ディーン。目が覚めたの？）

エリサは微笑み、マリウス――ディーンのほほをそっと両手で包みこむと、その額に優しく口づけた。ディーンは息をそっと深く吸いこんだ。たちまち、懐かしい花の香りが鼻孔を陶然と満たしてゆく。当時のパロの貴婦人たちはこぞってサルビオの香水を身にまとっていたものだが、ディーンの母はその押しつけがましい香りを嫌い、異国の花のエキスを慎ましく身につけて、柔らかな香りをほんのりとただよわせることを好んでいたものだった。

（ぐあいはどうかしら。おつむはいたくない？　おなかは？）

（おなかはだいじょうぶ。でも、おつむはちょっと痛い……）

（あら……）

エリサの眉がくもった。

（ディーン……かわいそうに……）

（でも、だいじょうぶ。かあさまのお顔を見たら、少し元気が出てきた）

（あら）

エリサはちょっと嬉しそうに、ディーンの頭をそっとなでた。ディーンは照れて少し頸《くび》を縮めた。

（かあさま、ぼく、のどがかわいちゃった）

（そう。では、少しお待ちなさいな。――エッナ、エッナ！）

エリサが軽く両手を叩くと、これまたとても懐かしい侍女が顔を見せた。ディーンよりは少し年上のまだごく幼い少女で、スカートがふわりとゆれる黒いお仕着せの服にレースのふちどりの白いエプロン、リボンのカチューシャがよく似合って可愛らしい。顔立ちはエリサによく似ており、ディーンとは姉弟のようだ、と云われたものだ。エリサは侍女に優しく命じた。

（エッナ、さましたカラム水をもってきてちょうだい。少し薄くして、お砂糖をたっぷり入れてね）

（はい。エリサさま）

少女は品よくあいさつをすると、部屋を下がっていった。エリサはディーンに向きなおって微笑んだ。

(――ねえ、かあさま)

ディーンは甘えるように母をみた。

(ずっと、ぼくのそばにいてくださる?)

(ええ、もちろん)

母はまた微笑んだ。

(あなたはわたくしのたからものですもの。いつでもずっと、あなたのそばにいたいと思っているのよ)

(よかった)

ディーンは笑みをかえした。

(ぼくね、かあさまもとうさまもみんな、ぼくをおいて遠くへゆかれてしまう夢をみていたの。だから……)

(ばかね、ディーンは)

エリサは寂しげに微笑みながら、ディーンの柔らかな髪をなでた。幼いディーンは嬉しくなってそっと目を閉じ、母の手の心地よいぬくもりをたのしんでいた。

あの頃のディーンは元気な男の子であったが、それでも小さなこどもの常で、こうしてよく熱を出しては母に看病してもらっていたものだった。少々複雑な出自ゆえ、あまり屋敷から外に出してもらえることはなかったが、当時はまだその理由も分からず、誰もがそういうものなのだろうと思っていたものだ。遊び相手といえば、ディーンとさほど年の変わらぬお付きのものが四、五人ていどで、そんな彼らといつも庭や屋敷のなかでかくれんぼをしたり、あるいは母をまじえて一緒に歌ったり、母が読みあげる物語をきいたり、そんなふうにして過ごしていたのだった。

母は、屋敷のなかではディーンを他の侍女や小姓とさほど区別せず、同じように褒め、同じようにしつけ、ディーンが王子であるということをそれほど意識させないようにしていたようだった。その母の真意はいまとなっては知るよしもないが、もしかしたらディーンが聖王家には向かぬ性格と見抜いてのことであったのかもしれぬ。あるいはそうして形式張らずに育てられたことこそが、ディーンが聖王家の一員であることそのものに耐えきれず、市井の吟遊詩人を志す遠因となったとも思える。

やがてエッナがカラム水を盆に載せて戻ってきた。たちまち部屋に甘いかおりが満ちた。

(ありがとう、エッナ)

(エリサさま)

侍女は優雅な礼をしながら云った。

（ただいま、祭司長さまがお戻りになりました）

（あら、アルシスさまが？）

エリサは少しあわてたように立ちあがり、手でかるく髪をととのえた。

（どうしましょう。なにもご用意してませんでしたわ。――エッナ、アルシスさまのカラム水も用意してちょうだい）

はい、とこたえて部屋を出ようとするエッナを低い男の声が制した。

（ああ、なにもいらないよ、エッナ。またすぐに出かけるからね）

そういいながら姿を見せたのは、黒髪に少し白いものが混じった痩身の男であった。祭司長の緋のマントをはおり、きれいにととのえた口ひげが柔和な笑みをふちどっている。父さまだ、とディーンは思った。

（アルシスさま。おかえりなさいませ。お出迎えもせずに、申し訳ございません）

そそくさと身なりを整えたエリサが、優雅に貴婦人の礼をした。ディーンの父アルシスは鷹揚にうなずきかけて云った。

（ああ、かまわないよ。私も学問ギルドとの会合が急に延期になったものだから、さきぶれもせずに帰ってきてしまった。――どうだ、ディーンのようすは）

（だいぶ熱も落ち着いてきたようですわ。まだ頭がいたいというので、起きるのは無理みたいですけれど）

（そうか。まあ、落ち着いてきたというのであればよかった。昨夜はずいぶんと高い熱で心配したからな——熱が下がっても、しばらくはおとなしくしているんだぞ、ディーン）

（はい、父さま）

ディーンは素直にうなずいた。アルシスはディーンの枕もとにかがみ込むと、口もとを少しほころばせながら、息子の柔らかな髪をくしゃくしゃとなでた。ディーンも会えなくなって久しい父に微笑みかけた。アルシスはディーンのあたまを軽くぽんと叩くと、エリサに向きなおった。

（ところで、エリサ）

（はい）

（そういうわけでな。午後は思いがけず時間が空いたので、これからルーナの森まで遠乗りに行こうと思うのだが、お前も一緒にゆかぬか）

（あら、わたくしも、ですか？）

エリサは軽く目を見開いた。口もとが緩み、その片頰にえくぼが浮かんだ。

（ルーナの森……わたくし、あの森が大好きですわ。いつも涼しくて、爽やかで、小鳥の声がにぎやかで。——アルシスさまと初めてお会いしたのも、ルーナの森でしたわね）

ディーンはどきりとした。乗馬はアルシスとエリサ——パロ聖王家の第一王子とヨウィスの血を引く町娘という、身分違いのふたりを結びつけたきっかけとなった趣味である。ディーンはおそるおそる母の表情をうかがった。美しい母は静かに微笑んでいた。

（ルーナの森へも、久しく出かけておりませんでしたものね）

エリサの声はおだやかだった。

（わかりました。久しぶりにお供させていただきます）

（おお、そうか。ではすぐに支度をしなさい）

（はい、アルシスさま）

（母さま……）

ディーンの声に涙がまじった。

（行ってしまうの？　ぼくをおいて——ずっといてくださるのではなかったの？）

（ごめんなさいね、ディーン）

エリサは耳もとでささやいた。その目にもまた涙が薄く浮かんでいた。

（わたくしはいかなければならないの。あなたもわたくしにとって、とても大事だけれど……いつまでも一緒にいてあげたいのだけれど、でもわたくしには、アルシスさまをひとりで行かせてしまうことはできないの）

（母さま……）

（ほんとうにごめんね）

エリサはディーンの頬を手でそっと包んだ。

（わたくしはあなたを置いていかなければならないの。どうしても。あなたのためにも）

（どうして――？）

ディーンは涙声で聞いた。

（どうして、行ってしまうの？　どうして、それがぼくのためなの？）

（ディーン）

エリサは問いには答えぬまま、哀しげな微笑みだけを残して立ちあがった。

（もう行かなければならないわ。でも、あなたはきっとだいじょうぶ。――あとはたのみましたよ）

（母さま！）

（さあ、アルシスさま、まいりましょう）

エリサは思いを振りはらうように振りかえると、ディーンのもとから離れていった。

（――母さま！　ああ、母さま！）

遠ざかってゆく母の背中に向かい、ディーンは泣き叫んだ。ディーンは必死に両手を伸ばし、母の残像をその手に収めようとした。次第に小さくなってゆく母の背中の向こうには、それを待つ子供たちの姿があった。金髪を肩で切りそろえた少年、浅黒い肌の半裸の少女、美しい黒髪の少女――その子たちはみな、マリウスに目を向けることなく、嬉しそうにエリサをその輪のなかに迎えいれた。

（ああ……）

ディーンは張り裂けそうな胸を抱えながら、その光景を見つめていた。エリサは子供たちをそっと抱きよせ、部屋の外からあふれ出す白い光のなかへと去っていった。ディーンはなおも必死に、ベッドから乗り出すようにして、母の背中に向かって手を伸ばし続けた。

（母さま！）

ディーンは宙を必死でかき抱き、涙で声を詰まらせながら叫び続けた。

（母さま！　いやだ！　ぼくをひとりにしないで！　もっと、ずっとぼくのそばにいて！）

（母さま、帰ってきて……）

（母さま！　母さま！）

（母さま……）

「――母さま！」

その自分の声に驚いて、マリウスは目を覚ました。

あたりは薄暗く、霞がかかったようでよく見えぬ。頭の芯が鈍く疼《うず》く。あたりの空気はほんのりと暖かく、漂う花の香りが濃い。周囲は静まりかえってはいるが、かすかな息づかいと衣擦れが聞こえる。

（どこだ、ここは――？）

マリウスは頭痛に顔をしかめながら、そっと目だけを動かし、あたりをうかがった。

「――気がつかれましたか」

耳もとで、優しげな声がした。マリウスはかすむ目をゆっくりと声の主に向けた。ぼんやりとした視界のなかに、女とおぼしき白い顔がおぼろげに浮かびあがった。細かい造作は見えぬが、綺麗な卵形の輪郭に、ざっくりとまとめた長い髪には見覚えがある。

そう――なにしろ、たったいままで彼はその人の夢を見ていたのだ。

「母さま――？」

「いいえ」

その声の主は、小さく笑いながら応じた。

「わたくしは、あなたのお母さまではございませんよ」

「母さま……じゃない？」

「ええ」

「母さま……ああ、そうか……ぼくはなにを云っているのだろう」

マリウスはぼんやりと恥じた。次第に目の焦点が合ってくる。

「じゃあ、あなたは……」

「マリウスさま」

女は優しく微笑んでいた。だが、その笑みはどこか哀しげだった。それは夢でみた母
エリサの表情にそっくりだった。

「わたくしがおわかりになりませんか」

「ああ……」

マリウスはそっとため息をついた。

「そうか――ジャスミン、か」

「ええ」

ジャスミンはまた微笑んだ。

「ようやく気がつかれましたのね」

「きみがここにいる、っていうことは、ぼくは……」

マリウスはゆっくりとあたりを見まわした。

「とうとうきみたちに捕まった、っていうことか」

「そんな、捕まった、などと……」

ジャスミンは小さく首を振った。

「マリウスさまは恩人ですもの。そんなことはいたしません」

「よくいうよ。恩人だなんて。ぼくを油断させて、毒矢を刺しておいて」

「それは、その……」

口ごもるジャスミンを冷ややかに見ながら、マリウスは尋ねた。

「で、ここは、どこなの」

「地下の宮殿の一室です」

「地下の宮殿――？」

「ええ。《冥王《レーデス》》の」

「《冥王》」

マリウスはしばし考えた。

「ああ、地下水路の支配者か」

「――ご存じですの？」

ジャスミンは少し驚いたようだった。マリウスはうなずいた。

「うん」

「いったい、そんなことをどこから――？」

「いってただろう、メッサリナが」

マリウスは少々意地悪く云った。

「ひとはそうそう隠しごとなんかできないってね」

「マリウスさま……」

ジャスミンは小さくため息をつき、マリウスの頬をそっと撫でた。その温もりとともに、茉莉花がふんわりと香る。

「あなたはほんとうに不思議な人ですのね。——でも、よかった。目を覚まされて。あなたはもう、三日も意識を失っておられたのですよ」

「三日——？」

マリウスは眉をひそめた。

「そんなに？」

「ええ」

「いったい、なにが……」

「覚えておられませんか」

「——いや」

マリウスは眉をひそめた。

「よく覚えていない。イェン・リェンを連れて地下を逃げていたのは覚えているけれど……それからどうなったんだろう」

「マリウスさまは、川に落ちたイェン・リェンを助けようとして、急流に巻き込まれて溺れられたのです。その節は――」

　ジャスミンはベッドの横にひざまずき、深々と頭を下げた。

「ワン・イェン・リェンをお助けいただき、ありがとうございました。そして数々のご無礼、まことに申し訳ございませんでした。深くお詫び申し上げます」

「イェン・リェンが川に落ちた、って……あっ！」

　マリウスの記憶がふいにはっきりと甦り、彼はあわてて身を起こした。

「そうだ、ぼくは川に落ちたあの娘を追って――あの娘は無事なの？　それにアル……じゃない、猫は？　仔猫のミオは？」

「ええ、おかげさまで。あの娘も。あの娘の大事なミオも」

　ジャスミンは微笑んだ。

「マリウスさまがあの娘を抱えあげてくださっていたおかげで、《スライ》たちがかろうじて間に合ったのです。あと少し遅れていたら、どちらも助からなかったかもしれません」

「スライって――？」

「タイスの地下水路に棲まう半人半妖のものたちですわ。《冥王》さまに仕えるものです。半魚人、などと呼ぶものもいるようですけれど――イェン・リェンが行方知れずになったとき、もしや川に落ちたのではないかと、《冥王》さまが命じて川底を探させていたのです。それが幸いでした。ほんとうに、マリウスさまもイェン・リェンも助かってよかった」

「《冥王》か。その名のとおり、ほんとうに地下の支配者だというわけだ。――そして」

マリウスはジャスミンを鋭く見た。

「きみたちの陰謀の黒幕でもある。そうだろう？」

「陰謀だなどと」

ジャスミンは哀しげに笑った。

「そのような大層なものではありませんわ。わたくしどもが行っていたことは」

「でも……」

マリウスはベッドの縁に腰かけ、ジャスミンをにらんだ。

「あれは本当なんだろう？　エウリュピデスが云っていたこと――西の廓の神隠しは、メッサリナの仕業だということ」

「はい」

「そして、きみと《冥王》もその仲間だった」

「――はい」

「だったら、その娘たちはどうなったんだ？　そして、イェン・リェンは？　というか……きみたちは彼女たちをどうしたんだ？　もう、おそろしい魔道に使ってしまったのか？」

「おそろしい魔道、ですか」

ジャスミンは小さく笑って首を振った。

「そんなものに娘たちを使ったりはしませんわ。そもそも、わたくしが魔道をつかっていったいなにをするというのです？」

「それはぼくには判らない。だけれど、きみたちは――特に《冥王》には大きな野望があると聞いた。いずれタイスの地下だけではなく、地上をも支配する野望があると。だとしたら、魔道を使う動機は、少なくとも《冥王》にはあることになる」

「マリウスさま……」

ジャスミンは目を見張った。

「ほんとうに驚いたかたですわね。そんなことをどうして……そもそも、《冥王》のことを知るものは、地上にはほとんどいないはずですのに。いったい、どこからそんなことをお知りになったのです？」

「それは……」

マリウスは口ごもった。すべてアルドランから聞いた話だが、そのことをうかつに口にするわけにはゆかぬ。

「それは、云えない」

「まあ、よろしいですけれど……」

ジャスミンは小さくため息をついた。

「でも、マリウスさまは誤解なさっているのです。わたくしたちが《ミーレの館》出身の娘たちを掠ったのは確かです。でも、それには、マリウスさまが考えておられるような怖ろしい目論見があったわけではありません。《冥王》だって、それに近い野望を持っていることは確かですけれど、そのために稚《おさな》い娘たちの命を奪おうとするような、そんなひとではありませんわ」

「なら、娘たちはみな無事なの？」

「ええ、もちろん」

「ワン・イェン・リェンも」

「もちろんです。まだ床に伏してはおりますけれど、意識はもうしっかりしておりますわ。いま、わたくしたちが願っているのは、あの娘の健康だけです。そもそも、わたくしがあの娘の命を奪うようなことをするわけがありません。だって――」

ジャスミンはそっと目を伏せた。

「あの娘はわたくしの実の娘なのですから」

「それ、ほんとうなの？」

マリウスは疑問の目を向けた。

「だって、つじつまがあわないじゃない。確かに顔立ちは似てるけれど……でも、イェン・リェンは十二歳で、きみは二十六歳だよね、確か。だったら、きみがあの娘を産んだのは十四くらいということになる。きみがいつ遊廓に入ったのかは知らないけれど、まだ遊女ではなかったことは確かだ。それこそ、闇妓楼にいたのでもない限り」

「ええ」

ジャスミンはうなずいた。

「わたくしはまだ、遊女見習い《イェリャン》でした」

「だとしたら、それって西の廓では許されないことなんだろう？　もちろん、遊女見習いが恋をしてはいけない、とはぼくはまったく思わない。けれども西の廓では、遊女見習いが誰かといい仲になるっていうのは、遊女がそうなるよりもずっと厳しい御法度なんだって聞いたよ。そんなことになったら、相手はもちろん、遊女見習いのほうだってただではすまないって。でも、きみはいまや、西の廓に二人しかいない最高遊女《ハオターリャン》のひとりだ。だったら……」

「子供というのは、マリウスさま」

ジャスミンは哀しげに微笑んだ。

「男と女が恋をしなければできない、というものではありませんのよ。ことに遊廓では」

「そんなことはわかってるよ」

マリウスは憤然としていいかえした。

「ぼくは《館》の子たちとだって会ってきたんだから。でも、あの子たちの母親はみな遊女なんだろう? むしろ遊廓だからこそ、遊女見習いの子なんてありえないんじゃないの」

「すべてお話しいたしますわ」

ジャスミンは真面目な顔をして、少しいずまいを正した。

「なにもかもお話しいたします。わたくしになにがあったのか、どうしてロイチョイにやってきて、どうして子を産み、どうして遊女となったのか。そしてわたくしたちがいま、なにをしようとしているのか……それはマリウスさまにもかかわりのある話ですから」

「えっ?」

マリウスは驚いた。

「ぼくに?」

「ええ」

ジャスミンはうなずいた。

「とても古い話ですけれど――そう、わたくしが蓮華楼に遊女見習いとして入ったのは、いまから十三年前、十四になる少し前でした。わたくしはアムブラの生まれで、小さな商店を営んでいた両親のもとで弟とともに暮らしておりました」

「アムブラ」

マリウスはつぶやいた。

「やっぱり、パロか」

「お気づきでしたか」

ジャスミンは微笑んだ。

「わたくしはアムブラで生まれ育って――しかし、父が急に亡くなり、それから店が上手くゆかなくなってしまい、わたくしたちは、たちまちその日の暮らしにも困るようになりました。母は必死に働き口を探して、わたくしたちを育てようとしてくれましたけれど、どんどん貧しくなるばかりで……それでとうとうわたくしが身売りをすることになり、女衒《ぜげん》に連れられてタイスにやってきたのです」

「それで蓮華楼に売られたというわけ」

「ええ。とても不安でしたわ。一度もパロから――それどころかクリスタルから出たことなどなかった娘が、ひとりで遠い異国へ送られたのですもの。でも、わたくしにはもう、覚悟を決めるより他にどうしようもありませんでした。これもひとえに、母と弟を救うため、と自分に言い聞かせ、遊女見習いとしての修業に励みました。幸い――と云ってよろしいのか判りませんけれども、パロではお邸づとめの経験がございましたから、礼儀作法はひととおり身につけておりました。十三、というのは遊女見習いを始めるには少し遅い年齢でしたが、それでも先代の楼主にはずいぶんと褒められたものですわ。もちろん、遊女見習いなど、決してわたくしが望んだものではありませんけれど、それでも褒められるというのは嬉しいものでした。わたくしはいっそう真剣に修業に励んだものです。おかげで、将来の蓮華楼を背負って立つ金の卵だ、などともいわれたものですわ。――ところが、半年ほどが経ったとき、思いもよらぬことがわたくしの身に起こりました」

「思いもよらぬこと、って……」

「知らぬ間に、わたくしは身ごもっていたのです」

「――え？」

マリウスは耳を疑った。

「知らぬ間に――って、どういうこと？　相手は？」

「判りませんでした」

ジャスミンは小さく首を横に振った。

「そもそも、わたくしには自分が身ごもってしまうようなこと、まったく身に覚えがなかったのですから」

「身に覚えがないって……」

「わたくしが身ごもっていることに気づいたのは、そのころ蓮華楼に出入りしていた産婆でした。ちょうど蓮華楼の遊女がひとり客の子を身ごもってしまい、その様子を見に訪れていたのです。その産婆が、わたくしのようすを見て不審に思い、調べたところ、それがわかったのです」

「そんな……」

「わたくしが身ごもったことは、ただちに秘密にされました。遊女見習いに誰かの手が付いてしまうなどとはもってのほか。もし外に漏れてしまえば西の廓の頂点に立つ蓮華楼の恥となりますから。外はもちろん、蓮華楼の者にもそのことは伏せられ、知っていたのは、その産婆と先代の楼主だけでした。わたくしは、表向きは重い病におかされたことにされ、すぐさま蓮華楼の離れに移され、閉じこめられました。といっても、いまの離れではなく、火事で焼け落ちる前の離れですけれども――そのとき、わたくしの世話をしてくれたのがリナおばさんでした。もっとも、私の監視もかねて、というところでしたけれども」

「リナおばさん――メッサリナ、だよね」

「ええ」

「なぜ、メッサリナが？」

「リナおばさんは、薬草などのことをよくご存じですから。それでタイスで医者と産婆を務めていたのですわ。先代の楼主の信頼も厚くて——わたくしが身ごもったことに気づいたのもリナおばさんでした。それで彼女が監視役に選ばれたのです」

「なるほど……」

「最初はリナおばさんのこと、怖いひとだと思いました」

ジャスミンは薄く笑った。

「ずいぶんと厳しく問い詰められましたもの。それはもう怖ろしい顔で……相手は誰なのか、お前は誰と不貞を働いたのか、と。わたくしはただただ怯えながら、わかりません、身に覚えがありません、と首を横に振るしかありませんでした。でも、それからほどなくして、わたくしへの尋問はとつぜん終わりました。リナおばさんは、わたくしのことを疑って悪かった、と謝ってくれました。わたくしに不貞などなかったことがわかった、と云ったのです」

「どういうこと？」

マリウスは眉をひそめた。

「きみが身ごもった子の父親はいない、ってこと？」

「そうではありません。お伽噺《とぎばなし》ではありませんもの。女がひとりだけで身ごもることなどできません。わたくしを身ごもらせた男は確かにいたのです。でも、そのころのわたくしには、それが誰かを知る術も、わたくしに本当はなにが起こったのかを知る術もありませんでした。わたくしはそのままなにも知らされることなく、離れに閉じこめられ、リナおばさんひとりに世話を受けながら日々を過ごしたのですから」

「メッサリナは教えてくれなかったの？」

「ええ」

ジャスミンはうなずいた。

「楼主から固く口止めをされていたそうです。でも、わたくしにはお腹の子の父親が誰か、などということはたいした問題ではありませんでした。わたくしは、自分が身ごもっていることだけが怖ろしかった。だって、わたくしはまだ恋すらも知らない、十四になるならずの娘だったのですもの。それなのに、まったく身に覚えのないままに、自分のお腹が少しずつ膨らんでいき――やがて乳が張るようになり、お腹のなかで赤児が動いているのを感じるようになり……それがわたくしには怖ろしくてたまらなかった。まるで、自分が自分でないものに変わってゆくような――自分が別の生き物に乗っ取られてゆくような、そんな気分でしたわ。早くお腹のなかのものを出してしまいたい。早く元の体に戻りたい。そればかりをわたくしは考えていました。リナおばさんはそんなわたくしを哀れんで、とても親身になってくださいましたけれど、わたくしは毎日怯えてばかりで――でも、あと二月《ふたつき》ほどで臨月を迎えようとしたころのことでした」

ジャスミンはふっとため息をついた。

「わたくしは思いがけない出会いを果たしたのです。《冥王《レーデス》》との……まだ幼かった彼との出会いを」

2

いつしかマリウスは、ジャスミンの語る数奇な運命の物語に引きこまれていた。

ジャスミンと《冥王《レーデス》》の出会い——それは思春期を迎えたばかりの少女と幼い少年が偶然に出会うという、通常であればなんの変哲もない、どこにでもありそうな出来事であっただろう。だが、誰のものとも判らぬ子を宿し、ひとり隔離されて怯えながら暮らしていた少女と、地下で精神を狂わせた母から生まれ、地上の光を一度も目にすることなく育った少年にとっては、それは特別な、神の恩寵としか思えぬような運命的な出会いであったのだ。

二人が初めて出会ったのは、少女が離れの奥の部屋で地下水路へと通じる隠し扉を偶然見つけたときのことだった。巧妙に隠された扉を好奇心の赴くままに開き、その入口を固く閉ざした鉄格子の向こうに見えた階段を覗きこんだ少女と、頭上から突然に差し込んだ地上の光に驚き、地下からその源を見あげた少年——そのふたりの視線が重なった瞬間、運命の歯車が大きく回ったのだ。

その孤独なふたつの魂は、たちまちのうちに惹かれあい、固い絆で結ばれた。年齢は少女のほうがだいぶ上であったが、それでもふたりはかけがえのない友となった。少年は毎日のように少女のもとを訪れ、鉄格子をはさんでいつまでも語り続けた。少女は少年にこっそりと地上の珍しい菓子を渡し、少年は少女に地下の美しい宝玉を送った。ふたりが肌を触れあわせることができたのは、鉄格子を通して伸ばした指先だけであったが、それでもその逢瀬は、孤独なふたりの心に温もりを与えるには十分なものであった。

だが、少女が臨月を迎えてまもなくのころ、その逢瀬は突如として終わりを告げた。少女が隠し扉を覗いていたところを当時の楼主に見つかってしまい、その扉も奥の座敷も、固く鍵で封じられてしまったのだ。激しく叱責を受けた少女は、会えなくなった友のことを思って嘆き、哀しんだが、まだなんの力ももたぬ彼女には、もはやどうする術もなかった。

「──そしてまもなく、わたくしは離れの一室で、誰にも知られることなく子を産みました」

ジャスミンは淡々と言葉を続けた。

「そのときにはほっとしましたわ。幸い、リナおばさんのおかげで年齢のわりには安産ですみましたし、これで元の体に戻れると、そのことだけがとても嬉しかった。ようやく厄介な憑き物を落とすことができた──そんな気分でしたわ。でも、産み落とした子を抱かされ、はじめて乳を含ませたとき——それまでは思いもよらなかった感情がわたくしのなかに湧いてきたのです。その子を——わが子を愛しい、と思う感情が」

「………」

「それは、とても不思議な気分でしたわ。まだ出産の疲れと痛みで、朦朧《もうろう》としておりましたけれど——それまでわたくしの身に巣食う邪魔ものでしかなく、早く外へ出してしまいたい、どこかへ捨ててしまいたいとさえ思っていたものが、その泣き声を聞き、その肌の温もりを感じ、まだ見えぬだろう目を時折開けながら夢中でわたくしの乳を吸うさまを見ているうちに、ああ、この子はわたくしの分け身であるのだ、わたくしの愛し子に他ならぬのだと——わたくしは間違いなく、この子の母なのだと、ふいに強く思ったのです。なんとも無力で、なんとも無防備で、それでも懸命にわたくしを求めて、小さな手でしがみついて……これほど愛しいものが、この世にあるものだろうかと——けれど」

　ジャスミンは目を伏せた。

「わたくしがわが子を抱くことができたのは、たった一日だけでした」

「すぐに引き離されてしまったんだよね」

　マリウスはそっと云った。

「そしてその子は《館》に送られてしまった」

「ええ。不幸にも——といっていいのか、幸いにも、といっていいのか判りませんけれども……」

本来、遊女見習いが子を産むことなど決してあってはならぬ。したがって、ジャスミンが産んだ子は、その場でひそかに始末されていてもおかしくはなかった。だが、偶然にも同じころ、蓮華楼の別の遊女が子を死産していた。そこでジャスミンが産んだ子は、その遊女が産んだことにされ、そのまま《ミーレの館》に送られたのだ。

「わたくしにできたのは、その子のおくるみにひそかに髪飾りをしのばせることだけでした。それは《冥王》がわたくしに送ってくれた大切な髪飾り——その花びらの細工にしのばせた笛を吹けば、僕はいつでも会いにくるよ、と云われて渡された大切なものでしたけれど……そのときのわたくしには、そのほかにわが子に与えられる特別なものなど、なにもありませんでしたから」

だが、西の廓では、遊女が産み落とした子の出自を示すものを与えることは固く禁じられている。その髪飾りも、子がジャスミンから引き離されてまもなく取りあげられてしまった。幸いだったのは、髪飾りを見つけ、取りあげたのがメッサリナであったことだ。

「リナおばさんとはそれきり、何年も会うことはありませんでしたけれど……」

ジャスミンは続けた。

「あの方はわたくしの事情をご存じでしたし、乳を与えたときのわたくしの様子を見て、わが子に対して芽生えたわたくしの思いにも気づいていました。リナおばさん自身も娼婦のころ、同じようにわが子と引き離された経験があったそうですから……それでわたくしを不憫《ふびん》に思い、髪飾りを捨てずに取っておいてくださったのです」

「ああ、なるほど」

「一方でわたくしは産褥《さんじょく》が明けると、ようやく病が癒えたと偽って蓮華楼に戻りました。それからはまた遊女見習《イェリャン》いとしての修業をはじめて……それからもいろいろなことがありましたわ」

ジャスミンは遠い目をした。

「十七で遊女となり、ヨー・ハンさまに水揚げしていただき、ほどなくして大地震と大火事が起こり……焼け出されたわたくしたちは、東の廓の仮宅での窮屈な暮らしのあと、再建された西の廓に戻り、高級遊女《ハオリャン》としてのいまの暮らしが始まって――でも、なによりの転機が訪れたのは、二年前のことでした」

「二年前」

マリウスは少し考えた。

「そうか。ワン・イェン・リェンだね」

「そうです」

ジャスミンはうなずいた。

「二年前、十歳になったあの娘が《館》を出て、蓮華楼の遊女見習いとなり、わたくしのまえに現れたのです。驚きましたわ――はじめてわたくしのもとを訪れ、挨拶をしたイェン・リェンの結った髪に、あの髪飾りが刺してあるのをみたときには。まさか、と思いました。この娘はわたくしの娘なのだろうかと。もし、本当にそうならば、その娘が数ある妓楼の中で、よりによって蓮華楼に送られるなど、そんな偶然があるのだろうかと。でも、それは偶然ではありませんでした」

「偶然ではない――？」

「ええ、メッサリナのはからいでした」

当時、メッサリナは御用医者として《ミーレの館》に通うようになっていた。ある日、高熱を出したワン・イェン・リェンを診察した彼女は、そのうなじに特徴的な星形のほくろを見つけ、それがジャスミンが産み落とした娘にあったものと同じであることを確かめた。メッサリナは巧みに手回しし、ワン・イェン・リェンが十歳になった時、遊女見習いとして蓮華楼に送られるように手配した。そしてジャスミンが気づくことを願って、イェン・リェンに髪飾りをこっそりと持たせたのである。

「ワン・イェン・リェンから髪飾りのこととリナおばさんのことを聞いたわたくしは、すぐにひとを頼み、ひそかにリナおばさんと再会しました。そして、ワン・イェン・リェンが確かにわたくしの娘であることと、あのとき——イェン・リェンを身ごもったとき、わたくしの身になにが起こったのかを知ったのです」

「それは——？」

「わたくしは、黒蓮を使われていたのだそうです」

ジャスミンの瞳がかすかに光った。

「わたくしは、あろうことか蓮華楼のなかで黒蓮を使われて意識を失い、なにも判らぬうちに陵辱《りょうじょく》され、しかもその記憶を消されていたのです。そのため自分がそのような目にあったことも、身ごもってしまったことも判らず、リナおばさんが気づくまで、なにも知らずに暮らしていたのですわ。あの卑劣な男のせいで」

「卑劣な男」

マリウスは少し考えた。

「もしかして、楼主？」

「ええ。ラオ・ノヴァルです」

ラオ・ノヴァルは、若いころから身近にあった黒蓮のさまざまな効用に興味を抱き、闇魔道師にひそかに学んで催眠の術を身につけていたらしい。もっとも黒蓮のみならず、他の薬物にも詳しかったようだ。先日の事件の際、彼が世に知られざるティオベの秘薬を使うことができたのも、そのような素地があったからやもしれぬ。

ノヴァルはそうして身につけた術を自らの邪な欲望――稚い娘に対する欲望を満たすために使っていた。彼は遊女見習いをひそかに呼び出しては術をかけ、意識を失った娘を陵辱していたのである。だが、ジャスミンが妊娠したことをきっかけに、その悪事が露見した。もっとも妊娠に気づいたのが、やはり薬物に詳しいメッサリナでなければ、それがノヴァルの仕業であるとは見抜けなかっただろう。いずれにせよノヴァルの所業は、当然ながら父親の逆鱗《げきりん》に触れた。そして表向きは修業と称して蓮華楼から追放されていたのだという。

「大地震のときに先代の楼主が亡くなって、それでラオ・ノヴァルが戻ってきて楼主を継いだのですけれど……」

ジャスミンは小さく首を振った。

「そのときにはまさか、あの男がわたくしを陵辱した相手だとは、つゆほども思いませんでしたわ。戻ってきてからのノヴァルは、とても頼もしくみえましたから。なにしろ蓮華楼ばかりか、西の廓そのものをも再建したのですもの。わたくしには立派な楼主にしか見えませんでした。とても信頼していましたわ。あのような悪癖など微塵《みじん》も見せませんでしたし、遊女見習いにわたくしのようなことが起こることも、少なくとも表向きはありませんでした。でもきっと、蓮華楼とは別のところで、その欲望を満たしていただけなのでしょうね。あの男が闇妓楼とかかわっていたのも、もともとはそのためだったのかもしれません」

「――こんなことを聞いていいのかどうかわからないけれど」

マリウスはおそるおそる尋ねた。

「その……自分をあんな目にあわせたのがノヴァルだと知ったとき、きみはどうしたの？　相手は蓮華楼の楼主になって、きみはそこの最高遊女になっていて……それまでは心から信頼していたんだよね？」

「ええ。最初はとても信じられませんでした。きつねにつままれたような気分、というのはあのようなことをいうのでしょうね。ただ、とまどうばかりで……なにしろ、わたくしには陵辱された記憶がないのですもの。しかも、その相手が下卑た有象無象《うぞうむぞう》ではなく、頼もしい楼主その人であるというのが、どうしても結びつかなくて……それに、もう遊女になって何年も経っていましたし、それこそ何十人もの客と意に沿わぬまま、褥《しとね》をともにしてきておりましたから。いわばわたくしは入れ替わり立ち替わり、男たちに陵辱され続けてきたようなものですわ。ですから、そのような男がひとり増えただけと思えば、いまさらことを荒だてなくても……という気持ちもありました。でも――」

ジャスミンは軽く唇をむすんだ。

「ワン・イェン・リェンと蓮華楼で暮らす時間が増えるにつれ、この娘はわたくしの子なのだという実感がだんだんと湧いてきて、あの娘に対する愛しさがつのってきて……

ある日、ふと思ったのです。もし、わたくしの娘がなにも判らぬうちに、わたくしのような目にあわされたら、と——その光景がまざまざと脳裏に浮かんできたとき、心底ぞっとしましたわ。そしてわたくしは、ようやくノヴァルに対して激しい怒りを覚えたのです。そして強く思いました。このままワン・イェン・リェンを遊女にしてはいけない——わたくしと同じ人生を歩ませるわけにはいかない、と。そしてこの娘と母娘として、廓の外でまっとうに生きてゆきたいと」

「………」

「同時に、西の廓に対しても強い憤りを覚えましたわ。わたくしたちが遊女であるというだけで、なぜわたくしたちの意志など顧みることもなく、陵辱され続けなければならないのか、なぜ愛し子と否応なく引き離されなければならないのか、と。わたくしが遊女になったのは、わたくしが罪を犯したからではありません。ましてやイェン・リェンが遊女の子として生まれたのは、あの娘の咎《とが》では決してありません。それなのに——と。そして思ったのです。わたくしは幸い、わが子と再会することができましたけれど、他にもたくさん、わが子に会いたくても会えない遊女がいるはずではないか、その母子を引きあわせる術はないものだろうか、と」

「それできみたちは、《館》出身の遊女見習いを救い出そうとした、ってこと？」

「ええ」

「母親に会わせるために」

「ええ」

「じゃあ、あの神隠しは、ほんとうにきみたちの仕業なの？　そして、それはただ、あの娘たちを母親のもとに戻すためだったってこと？」

「ええ、そうです」

「でも……」

　マリウスは疑問をぶつけた。

「それにしては、神隠しにあった娘は、なんていうか……ずいぶんと変わった娘たちばかりだったよね。双子とか、肌の色や目の色が少し変わった娘とか――なぜ、そんな娘たちばかりをきみたちは選んだのさ。ぼくは聞いたことがあるんだ。魔道は異質を好む、ってね。その魔道師はいっていたよ。そういう周囲とは違う人々というのは、特に黒魔道師にとっては格好の獲物なのだ、って。だからぼくは、なにか邪な魔道のために彼女たちが使われようとしているんじゃないかと思ったんだ」

「そうでしたか」

　ジャスミンはかすかに苦笑した。

「確かに少し変わった娘たちばかりですものね。でも、それにはいたしかたのない理由があったのです」

「理由？　魔道とは関係のない？」

「ええ」

ジャスミンはうなずいた。

「わたくしたちは――西の廓の遊女は、産んだ子に最初の乳を与えると、翌日にはもう引き離されてしまいます。そして引き離された子はそのまま《館》に送られてしまい、二度と会わせてもらうことはできません。そして、どの子の母がどの遊女であるのか、というような記録はいっさい残されないのです」

「うん。そう聞いてる」

「もちろん、それでもわたくしとワン・イェン・リェンのように、どの子がわが子なのか判ることもあります。でも、それはほんとうに偶然の話で……ワン・イェン・リェンの場合には、たまたまとても変わったほくろがあって、それをリナおばさんが覚えていてくださり、《館》に潜りこんで探してくださったからこそ判ったのですけれど、そうでなければ、あの娘がわたくしの子だとは決して判らなかったでしょう。――マリウスさま、チェン・リーと母親の話はご存じですか？」

「ああ、聞いたよ。たまたま見つかったっていってたけど、詳しくは知らない」

「チェン・リーの母親が見つかったのも、イェン・リェンと同じようなことがきっかけでしたわ。チェン・リーも《館》の出身ですけれど、その素質を見込まれて剣闘士になりました。廓生まれの子が剣闘士になるというのはとても珍しいものですから、ずいぶんと話題になりましたわ。——剣闘士の闘いをご覧になったことはありますか？」

「いや、一度もないよ」

「剣闘士は上半身、裸になって闘うことがあります。実はチェン・リーには生まれつき、背中に大きな痣《あざ》があるんです。彼の母親はそれを覚えていたのですわ。そしてその知り合いが、チェン・リーの試合をたまたま見て、彼の背中の痣に気づき、母親から聞いた話を思い出して……それがきっかけとなってチェン・リーは母親と再会を果たしました。残念ながら、それはチェン・リーにとって、あまりいい思い出にはならなかったようですけれど」

「そうらしいね」

「ともあれ、引き離されたわが子と遊女が再会するというのは、とても難しいことなのです。特に生まれた子が娘である場合には。男の子であれば、《館》を出たあとにはいくらでも廓の外に出る機会はありますから、チェン・リーのように自分で親を探すこともできるでしょう。でも娘はそのまま十歳で遊女見習いにさせられ、十七歳で遊女にさせられ——それからさらに十年間は廓から出ることはできないのですから」

「ひどい話だ」

「ええ。それでわたくしはリナおばさんに相談しました。リナおばさんも、もとはわたくしたちと同じ娼婦でしたから、わたくしの気持ちを判ってくださって――ミロク教徒のお仲間にも手伝ってもらって一生懸命に調べてくださって……そしてとうとう、何組かの母子を探しあてることができたのです」

「でも……だけど……」

マリウスは考えつつ云った。

「どうやって――？　そして記録も残されていないっていうのは判らないんだろう？　どの遊女にも、どの子が我が子かっていうのに……」

「ええ、確かにそうです」

ジャスミンは認めた。

「わたくしたちは、自分の子供が誰か、けっして教えてもらうことはできません。そして、それを知っているものは、廓にも《館》にも、どこにもおりません。なにしろ、記録はなにも残されていないのですから。――それでも、わが子のことですから、わたくしたち母親が覚えていることはいくつもあります。その小ささ、そのぬくもり、その愛らしさはもちろんのこと、髪の色、目の色、肌の色も――そしていま、何歳になっているのかということも」

「あ……」

マリウスは目を見張った。

「なるほど。そうか！」

「お判りですか」

「ああ。その髪や肌の色が、とても変わった子なら——あるいは、その子が双子なら……チェン・リーの痣やイェン・リェンのほくろのように、他の子とはまったく違う特徴を母親が覚えていれば——そして生まれた年がわかっていれば——」

「ええ」

ジャスミンはうなずいた。

「そのような子はとても少ないですけれど、でも少ないからこそ判ることがあるのです。その子が誰の子なのか、ということが」

「そうか——そうだったのか」

マリウスはうなった。

「だから神隠しにあった子たち……きみたちが廓から連れ出した子たちはみな、双子だったり、肌が黒かったり、白かったり、指の数が多かったり——そういうことだったのか！」

「そういうことです。決して邪な魔道に使おうとしたわけではないのですよ」

「なんだ」

マリウスは嘆息した。

「じゃあ、ぼくはすっかり勘違いしていた、っていうことか」

「ええ。──けれど」

ジャスミンは小さく微笑んで続けた。

「たいへんなのはそれからでしたわ。男の子──下男や若い衆はまだしも廓からの出入りが許されていますし、場合によっては廓の外から通うことも許されていますけれども、娘となると廓の外に出ることは一切できません。その娘をどうやって廓の外に連れ出し、母親と引きあわせればいいのか。そして運よく引きあわせることができたとしても、足抜けを決して許さぬ西の廓の手からどうやって逃れさせればよいのか。わたくしもメッサリナもずいぶんと知恵を絞りましたけれど、どうしても良い手が浮かびませんでした。

──でも、そのとき、まるでヤーンの思し召しのように、一通の文がわたくしのもとへ届いたのです」

「誰から？」

「《冥王》《レーデス》です」

ジャスミンと会えなくなった《冥王》は、はじめて心通わせた地上の友であった彼女のことが忘れられず、どうにかして彼女ともういちど会いたいと願い、地下からひそかに廓へと通じる道がないか、探し続けていたのだという。だが、幼かった彼にはまだそれだけの力はなく、また彼の育ての親であった《水賊》たちもそれを容易には許さなか

った ため、その願いが叶わぬままに長い年月が過ぎてしまった。

　ことに八年前の大地震——西の廓に大火事を引き起こした地震は、地下の世界にも大きな影響を与え、それまでわずかに知られていた地上への通路も、そのほとんどが閉ざされてしまった。そのため《冥王》がふたたび地上に至る道を見出し、遊女となったジャスミンを探しあてるまでには、十年ほどの月日が流れてしまっていたのだ。

　文をもらったジャスミンは、すぐにメッサリナに相談した。メッサリナは《冥王》と接触し、医者である自分の助手に巧みに変装させ、ジャスミンのもとへと連れてきたのだという。

「とても驚きましたわ——成長して、立派な若者になっていて、もちろん、幼いころの面影はほとんどありませんでしたけれど、それでも一目で彼だと判りました。あの髪、あの瞳、あの肌——見間違えるはずなどありませんもの」

「どんな姿なの？　《冥王》は」

　マリウスは尋ねた。だがジャスミンはそれには答えず、ただ微笑んで話を続けた。

「《冥王》からの話は驚くべきものでした。彼は、遊女鎮魂の廟の地下に通じる道をひそかに造りあげていたのです。そして彼はわたくしに云いました。ここから逃がしてあげる、と。僕はそのために地上への道を——きみを廓から逃がすための道を探していたのだ。もし、きみの娘も廓にいるのなら、一緒に逃げればいい、と」

「でも、きみは逃げなかった――？」

「ええ。もちろん、逃げたくなかったわけではありません。でも、わたくしは、自分と娘だけが逃げようとは思っていませんでした。とにかくできるだけ多く、わたくしたちと同じような境遇にある娘たちや遊女たちを助けたかったのです。わたくしは少し待てば年季が明けます。そうすれば、大手を振って廓を出てゆくことができる。娘が遊女にさせられるまでには、まだ何年もありますから、それからでも遅くはない、と考えていました。それで《冥王》に事情を話し、わたくしたちのことは後回しにして、他の娘たちを逃がすための手助けをしてほしい、と頼みました。《冥王》は少し不満げでしたけれど、それでも手助けすることを約束してくれました。それでわたくしたち三人は、その計画を進めていったのです」

「どんな計画――？」

「わたくしたちはまず、遊女見習いの娘たちを救い出すことを考えました。遊女が産んだ娘たちは、まずは《館》で暮らし、次に遊女見習いとなり、そして遊女になるわけですけれど――《館》の幼子たちは、まだ母親が遊女として暮らしているものも多くいますし、《館》から外へ出ることもほとんどありません。そして遊女になってしまえば、もう廓はおろか、妓楼の籬《まがき》から外へ出ることさえも難しくなってしまいます。でも遊女見習いなら、廓の外にこそ出られませんけれども、稽古ごとや使いなどで妓楼から外へ出ることは多くあります。監視も遊女ほどは厳しくありません。そして、その母親はもう、わたくしのような特別な事情があるものを除けば、年季も明けて廓の外で暮らしています。ですから、もっとも外に連れ出しやすく、もっとも母親と引きあわせやすいのは遊女見習いだ、と考えたのです」

「なるほど」

マリウスはまたうなった。

「なるほどね」

「それでも、遊女見習いが行方知れずになったとなれば、西の廓がそう簡単に放っておくことはありません。ですから、その目をわたくしたちからそらすための隠れ蓑が必要でした。そのためにわたくしたちは――」

ジャスミンはそっと目を伏せた。

「闇妓楼が復活した、という嘘のうわさを流したのです」

「え？」

マリウスは耳を疑った。

「嘘のうわさ――って、どういうこと？　だって、闇妓楼は実際にあったわけだろう？」

「ええ。ただ、そのころは前の闇妓楼がつぶされてから三、四年くらいしか経っていませんでしたから、まだ復活していないと思っていたのです。でもいまとなって思えば、もう復活していたのかもしれません。きっと復活していたのでしょう。あの《悪魔》の手で——そしておそらくはノヴァルもそれにからんでいたのでしょうね」

その計画を思いついたのはメッサリナであった。彼女は、幼い娘たちを闇で抱かせる妓楼が東の廓に復活した、という話をでっちあげた。そして巧みに老婆に変装し、魔女の占い師としてロイチョイの西と東、南の廓すべてに根気よく潜入し、一年あまりの時間をかけて、その噂をまことしやかにタイスに流布させたのだ。

《館》の娘たちの不運な境遇にとって、その噂はまことに都合のよいものでもあった。西の廓にしてみれば、父も母も不明であり、故郷とてなく、ましてや馴染みの客などいるはずもない娘たちが、廓から足抜けをする理由など思いあたらず、そのようなことがあろうはずもない、と高をくくっていたからだ。そのため闇妓楼がうわさとなれば、西の廓の疑いの目は間違いなく、そちらに向くだろうとメッサリナは踏んだのだ。

その計画はみごとに図に当たった。メッサリナたちが初めて遊女見習い——双子のメイ・インとメイ・ウーの救出に成功したとき、西の廓はいっさい足抜けを疑うことなく、たちまち闇妓楼を疑い、その追及の目を東の廓へと向けたからだ。

「もっとも、リナおばさんはとても反省してましたけれどもね」

ジャスミンは思い出したように苦笑した。

「初めて遊女見習いを連れ出すとき、用心のあまりについ黒蓮を使いすぎて、娘たちに怖ろしい幻をみせてしまったって。――ともあれ、リナおばさんは廟に設けた地下への通路を使って、遊女見習いを無事に救い出しました。そして《冥王》が娘たちをしばらく預かり、ころあいを見てタイス郊外のミロク神殿に届け、母親と再会させることができたのです。とても上手くいきましたわ。娘たちも母親も、涙を流して喜んだそうです。ことに母親は、多くの遊女がそうであるように、廓での過酷な生活のなかで子をなすことができぬ体になっていたものですから、諦めていたわが子を胸に抱くことができた、と……。ただひとつ、誤算だったのは――」

「――闇妓楼がほんとうに復活していたこと、か」

「ええ」

「でも、それは――」

マリウスは首をかしげた。

「かえって、きみたちにとっては好都合だったんじゃないの。西の廓の目を逸らし続けるには。ただの嘘のうわさよりも、ほんとうに闇妓楼があったほうが」

「確かにそうです。でも……」

ジャスミンは目を伏せた。

「闇妓楼がほんとうにあるということは、そこで働かされている幼い娘が何人もいるということですもの。わたくしたちがそれを長く隠れ蓑にすればするほど、闇妓楼にいる娘たちの苦しみが大きくなってしまう。それはわたくしやメッサリナの本意ではありませんでした。もっとも、結局は闇妓楼はあのように燃やされてしまって、とらわれていた娘たちを助けることはできませんでしたけれども……」

「ああ……」

マリウスの胸がずきりと痛んだ。闇妓楼に潜入したときの、あのおぞましい光景が脳裏にまざまざとよみがえる。浅黒い肌の少女の寂しげなまなざしがまぶたをよぎる。ジャスミンは続けた。

「闇妓楼がほんとうに復活してなどいなければ、西の廓の目をもっとそちらに——幻の闇妓楼に引きつけておこう、といろいろ手立てを考えていたのですけれど、そうはいかなくなってしまいました。西の廓が闇妓楼を摘発しようとする手を止めることは許されなくなってしまったのです。ですから、わたくしたちは、西の廓が闇妓楼を摘発する前に、娘たちを急いで廓から救い出さなければならなくなりました。ほんとうはもっと目立たぬように、時間をかけて、いろいろな手をつかって、と考えていたのですけれど……。当然、神隠しの噂はあっという間に広まっていきましたし、西の廓の追及も激しくなりました。もう最後のほうはいつ、わたくしたちの仕業であることが明らかになってしまうかと、生きた心地もしませんでしたわ。でも、ようやくすべての娘を救い出すことができて、あとはわたくしとワン・イェン・リェンだけとなり、少しだけほっとしたときに、ワン・イェン・リェンが鎮魂の廟でエウリュピデスに掠われかけて――それをマリウスさまに救っていただいて――」

ジャスミンはマリウスに小さく微笑みかけた。

「あとはもう、だいたいご存じですわね」

「ああ」

マリウスはうなずいた。

「ノヴァルはワン・イェン・リェンを離れに呼び出し、黒蓮をつかって術をかけ、ティオベの毒が入った茶を自分たちにふるまわせた。そしておそらくは地下に隠れさせていたワン・イェン・リェンに解毒剤を使わせ、自分だけ生きかえった。――そうだったんだろう？」

「ええ。そのようです」

ジャスミンは認めた。

「リナおばさんが確かめました。イェン・リェンは確かに黒蓮の術にかかっていましたし、そのふところにはティオベが入った袋がひとつ、残っておりました」

ジャスミンは自らの懐から小さな袋を取り出し、マリウスに渡した。マリウスは袋を開け、そっと匂いをかぐと、ジャスミンに返した。

「ほんとうだ。確かにティオベ独特の匂いがかすかにするね。——解毒剤は？」

「それらしい袋がありましたわ。中身は残っておりませんでしたけれども」

「やっぱりね」

　マリウスは得心した。

「それで、ノヴァルはワン・イェン・リェンを闇妓楼に引き渡すために、地下の通路から連れ出そうとして——そこへ離れを訪れたきみが現れた」

「ええ。ただ、わたくしが奥の座敷に入ったとき、ノヴァルはイェン・リェンを連れ出そうとしていたわけではありませんけれど」

「——え？」

「あのとき、あの男は——」

　ジャスミンはそっと目を伏せた。そのこぶしがかすかに震えた。

「ワン・イェン・リェンを陵辱しようとしていたのです。わたくしの娘を——まだ年端もいかない幼い娘を。かつてあの男がなにも知らぬわたくしを犯し、産ませた娘を」

「な……」

　マリウスは絶句した。

「なんだって。あの男、イェン・リェンにまで——？」

「ええ。あの男は鬼畜です。鬼畜そのものです。催眠術にかけられて抵抗もできない娘を――しかも、おそらくは乱暴に扱ったのでしょう。頭に傷を負い、血を流している娘を手当てもせずに組み敷いて……あの男は、座敷をのぞいたわたくしにも気づかぬほど、夢中になっていましたわ。まるで獣のようでした。普段の落ちついた楼主の姿からは想像もつかないような姿で……もしかしたら、ティオベのせいで正気を失っていたのかもしれません。でも、あれがやはり彼の本性ではあったのでしょう」

「………」

「血がのぼる、というのは、あのときのわたくしのようなことをいうのでしょうね。あれほどの怒りを覚えたことは、後にも先にもありません。そしてこれこそが、わたくしがかつてこの男にされたことなのだと、はっきりと腑に落ちたのです。もう、ためらいはありませんでした。わたくしは落ちていたイェン・リェンの髪飾りをとっさに拾い、ありったけの力を込めて、あの男のうなじに突き刺しました。あの男は凄まじい悲鳴をあげて逃げていきましたわ。追いかけてとどめを刺したいと思いましたけれど、娘がひどい怪我をしていましたから……でも」

ジャスミンはそっとため息をついた。

「あの男があのまま死んでくれていて、ほんとうによかった。これまでは神さまを恨むばかりの人生でしたけれど、こればかりはせめてもの御慈悲であったのでしょうね」

「――まあ、話はよくわかったよ。でもさ」

マリウスは小さく口を尖らせた。

「そういうことなら、もっと早く打ちあけてくれればよかったのに。そうと知っていれば、ぼくはいくらでもきみたちに協力したんだから。だいたい、ひどいじゃないか。だまし討ちみたいに、ぼくに吹き矢を刺すなんて。きみたちを地下牢から助けたのは、ぼくなんだよ？」

「それについては、お詫びのしようもありません」

ジャス・ミンは深々と頭を下げた。

「言い訳になってしまいますけれど……わたくしも、マリウスさまに助けていただいて、タイスから逃げよう、といっていただいたとき、すべてを打ちあけようかとは思ったのです。でも、メッサリナからは絶対に誰も信用するな、と釘を刺されておりましたし……あのとき、マリウスさまはメッサリナのことを完全に疑っておられましたし、それで……」

「まあ、いいよ」

マリウスは小さく首を振った。

「きみたちのこと、ぼくが勝手に誤解していたのも事実だし」

「でも、いまとなってはわたくしも、もっと早く打ちあけておけばよかったと心から思いますわ。この神隠しのことだけではなく、わたくしの素性のことも。そのすべてをマリウスさまに――いえ」

ジャスミンは顔をあげ、マリウスをひたと見つめた。

「アル・ディーンさまに」

「ああ」

マリウスはかすかに微笑んだ。

「やっぱり、きみはぼくのことを知っていたんだね。メッサリナにぼくの昔の名を教えたのも、きみなんだろう？」

「――ええ」

「なぜ、ぼくがディーンだとわかったの？」

「ディーンさまが蓮華楼に運ばれてきたとき、ペンダントの絵を拝見したからです。エリサさまとディーンさまの絵を。それはわたくしが幼いころ、エリサさまのお邸で毎日のように目にしていたものでしたから――最初は信じられない思いでしたけれど、でも、ディーンさまが目を覚まされて、ご自分の名をマリウス、と名乗られたとき、間違いない、と思いました」

「なぜ――？」

「だって、ディーンさま、あのころからとてもお好きだったじゃありませんか」

ジャスミンは小さく声を立てて笑った。

「詩人のマリウスと月の女神イリスの悲恋の物語が……エリサさまがいつも絵本を読んでくださった、あの物語が。いつもおっしゃっていましたもの。月夜の晩には外に出て、空を見上げながら、小さなキタラを抱えて、吟遊詩人のまねをして――ぼくはいつかマリウスみたいになりたい、詩人になって、世界じゅうを旅したいんだって」

「ああ」

マリウスは嘆息した。

「ああ、そうだね。懐かしい」

「ええ」

「だから、きみはエリサ母さまのことも、母さまがぼくに残した最後の言葉のことも知っていたというわけだ」

「――ええ」

「ということは、ジャスミン。きみは……」

「はい。ディーンさま」

ジャスミンはそっと目を伏せた。

「わたくしはかつて、パロでエリサさまに――エリサさまとアルシスさまにお仕えしていた侍女でした。もちろん、当時の名はジャスミン・リー、などという大層なものではなく、平凡なもので――生まれもアムブラの下町の小さな商人の家でしたから、本来であれば、とてもアルシスさまの別邸にあがることなどできない身分でしたけれど、ご縁をいただいて……他の侍女の方々は大商人や下級貴族の令嬢ばかりで、わたくしはいつも気おくれしておりましたわ。でもエリサさまにはとても可愛がっていただきました。かれこれ二十年近くも前のことですもの。覚えてはいらっしゃらないでしょうけれど、ディーンさまもまるで友人のようにわたくしに接してくださったのですよ。いっしょに庭を駆けまわったり、エリサさまに絵本をいっしょに読んでいただいたり、お歌を教えていただいたり……」

「覚えているよ」

「――え？」

「覚えてるんだよ。ぼくはきみのこと。ちゃんと覚えてる」

マリウスはまた微笑んだ。

「というか、思い出したんだ。さっき見ていた夢でね。母さまと、そしてきみが出てきたよ」

「ほんとうに？」

「ああ。嘘などつくものか」

「ならば、わたくしのほんとうの名も――？」

「もちろん」

マリウスは小さくうなずいた。

「エッナだろう?」

「ああ……」

ジャスミンは目を見開き、口もとを両手で押えた。

「ああ、ディーンさま。それでは、わたくしのことをほんとうに思い出してくださったのですか? ただの侍女だったわたくしのことを——邸にはあれほど大勢の侍女がおりましたのに。それにあのころのわたくしはまだとても幼くて……ディーンさまだって、わたくしよりも幼くていらしたのに、どうして……もしや、ディーンさまはすべての侍女のことを覚えていらっしゃるのですか?」

「まさか」

ディーンは苦笑した。

「ぼくには無理だ。兄のナリスならきっと当たり前のように覚えているのだろうけれど」

「ならば、どうして——?」

「どうしても、こうしてもあるものか。むしろ、どうして忘れていたんだろう、どうして判らなかったのだろう、と自分の愚かさを呪いたいくらいだ。きみのことを——決してただの侍女なんかじゃない、特別なひとだったきみのことを。ワン・イェン・リェンが話していたとおりだ。だって、こんなに——」

　マリウスはジャスミンの頬にそっと手を当てた。

「素顔のきみはこんなに、母さまにそっくりなのに」

「ディーンさま——？」

「きみはただの侍女じゃない。ただの侍女であってたまるものか」

　ひるんだようなジャスミンの瞳を、マリウスはひたと見つめた。

「そう、きみは平凡な侍女のエッナなんかじゃない。ぼくにとって特別な、ぼくの母さまの姪の——ぼくのたったひとりの大切な従姉のエッナだ。そうだろう？」

3

「――ディーンさま！」

ジャスミンは悲鳴をあげた。壁龕《へきがん》の炎が瞳に揺れる。

「どうして、それを？　あのころ、わたくしがエリサさまの姪であることは秘密にしておりましたのに……」

「ぼくだって、だてに密偵稼業を務めていたわけじゃないんだよ」

マリウスは薄く笑った。

「クリスタルを出奔したとき、ぼくは調べたんだ。母さまの家族のことを。おじいさまがアムブラの学者で、おばあさまがヨウィスの人で――おじいさまがかつて、いちどだけぼくにこっそり会いに来てくれていたこと。そして、そのときはじめて知ったんだ。母さまには双子の姉――ぼくにとっては伯母にあたる人がいて……伯母にはふたりの子、姉と弟がいて、姉は侍女として父さまと母さまの――北クリスタルの邸にあがっていたということ。その名はエッナだということ」

「ディーンさま……」

「ぼくはなんて馬鹿だったんだろう、と思ったよ。ぼくが小さいとき、まるでほんとうの姉のように遊んでくれていた侍女のエッナは、ほんとうにぼくの姉といってもいい人だったんだなって。よくいわれていたよね。きみと母さまはよく似ているって。そりゃあそうだよ。だって、ぼくの母さまと、きみの母さまは瓜二つの双子だったんだもの」

「それは……」

ジャスミンの声は震えていた。

「いつのことですか？　ディーンさまがわたくしたちのことを知られたのは……」

「七年くらい前かな」

「そのとき、ディーンさまは、母に会われたのですか？　母は、弟はいま、どうしているのですか？」

「いや、ごめん」

マリウスは小さく首を振った。

「残念ながら会えなかった。きみの母さまと弟はとうにクリスタルを離れてしまっていたんだ。きみたち一家が住んでいたあたりの人にもずいぶんと聞いてみたのだけれど、だれも行き先を知らなくて……その事情もなにか複雑なものがあるみたいで、あまり詳しい話をしてくれる人はいなかった。だから……ほんとうにいいづらいんだけれど、いま、どこでどうしているのかは、ぼくにはわからないんだ」

「ああ……」

ジャスミンは口もとを両手で覆った。その瞳から熱い涙があふれだした。

「なんてこと……」

「きみたちは、ずいぶんと辛い目にあってきたんだね」

マリウスはそっと云った。

「ぼくはそれまで、ずっと何も知らなくて……誰もあまり詳しくは話してくれなかったけれど、おじいさまもおばあさまも、きみのお父さまも、みな不慮の事故で亡くなられたと聞いた。ごめんね、エッナ。ぼくはほんとうに何も知らなかったんだ」

「不慮の事故――？」

ジャスミンは、ぽつりとつぶやいた。

「あんなもの、事故なんかじゃありませんわ」

「――え？」

「あれは事故なんかじゃない。わたくしは祖母も祖父も父も理不尽に奪われたのです。そのうえ、母も、弟もいなくなってしまった、だなんて……それではわたくしはもう、母にも弟にも会うことはできないのでしょうか……ああ、それでも母も弟もどこかで生きていてくれればいいけれど……もしそうでなかったら――ふたりとももし亡くなってしまっていたりでもしたら、わたくしはなんのために身を売り、タイスまでやってきたというのでしょう……」

「ジャスミン……いや、エッナ……」

「ほんとうに……ほんとうに……」

ジャスミンが声を絞り出すようにつぶやいた。

「ほんとうに怖ろしいひと……」

「おそろしい人？」

マリウスはぎくりとした。

「それって、どういう……」

「ほんとうに怖ろしいひとですわ、あのかたは……祖母を奪い、父を奪い——店も、家も、なにもかもを奪い、わたくしを異国に身売りさせ……それでも飽き足らず、母と弟までも追い出してしまうなんて……」

「——エッナ？」

マリウスはジャスミンの顔をのぞきこみ、ぎょっとした。遊女の顔はおそろしくゆがみ、その目はつり上がり、血走り、激しい怒りを露わにしていたからだ。マリウスはおそるおそる問うた。

「エッナ、だいじょうぶかい？　いったい、なにがあったの？　そのおそろしいひとというのはいったい誰？」

「ご存じないのですね」

　ジャスミンはぼそりと云った。

「そう、ディーンさまはご存じないのでしたね。おっしゃっていましたものね――エリサさまがなぜ、ディーンさまを置いて逝ってしまったのかを知りたいって。考えてみれば、無理もないのかもしれない。ディーンさまはそのまま宮廷に入られて……しかも遠いマルガで――クリスタルから遠く離れてナリスさまとともに育たれたのですもの。ルナン侯のもとで……。そして、あの忠実なルナン侯がディーンさまに、ほんとうのことなどを告げるわけがない」

「エッナ――？」

「ディーンさま」

　ジャスミンは顔をあげた。

「エリサさまは自死をなさった。ディーンさまは、そう思っていらっしゃいますよね」

「――うん」

「エリサさまは自ら食事を絶ち、長い長い日々をかけて、ゆっくりと、ゆっくりと亡くなられていった……わたくしはあのころ、おそばについて毎日エリサさまのお世話をしておりましたけれど、それは幼いわたくしでさえもわかる、とてもとても苦しい日々でした。でも、自死をなさるなら――ただ、アルシスさまの後を追うだけならば、もっと楽な方法はたくさんあったはずです。それこそティオベの毒を飲めば、眠るように死ぬことができます。首をくくったって、手首を切ったって、あるいは舌を噛んだって、まだ餓死を選ぶよりは楽だったかもしれません。そもそも、そのほうがアルシスさまのもとへ早く旅立つことができます。それなのにエリサさまはあえて食事を絶つことを選ばれた。なぜだと思われますか？　ディーンさまは、なぜだと思っていらっしゃるのですか？」

「ぼくは……母さまが父さまをとても愛していて、父さまを失った悲しみに耐えられなかったからだ、としか聞いてない。ルナンは母さまほど、父さまのことを深く愛した人はいなかった、だから父さまの後を追って殉死されたのだ、と云っていた。父さまを失ったことで、母さまは生きる気力を失ってしまったのだ、という人もいた。でも――」

マリウスはそっと尋ねた。

「違うんだね？」

「ええ、違います。もちろん、違います。エリサさまは確かにアルシスさまのことを心から愛しておられましたけれど、でも、それと同じくらい……いえ、それ以上にディーンさま、あなたのことを愛しておられたのですから。あのエリサさまが、アルシスさまを亡くされたからといって、ディーンさまを置いて逝ってしまうなどということ、あるわけがありません。そう——自死することなど、決してエリサさまの本意ではなかった。エリサさまは、ディーンさまのもとを少しも離れたくなどなかった。でも、そのためには——ディーンさまとの日々を少しでも長く続けるためには餓死という、緩慢な自死を選ぶしかなかったのです」

「自死を選ぶしかなかった、って……」

「エリサさまは、自らの意志で自死をされたのではありません。自死をさせられたのです。いわば、エリサさまは殺されたのですよ。あのひと——エリサさまのみならず、わたくしたち一家のささやかな幸福までをもすべて踏みにじった、あの怖ろしいひと——」

ジャスミンは吐き捨てるように云った。

「ラーナ大公妃の手によって」

「——え？」

マリウスは啞然とした。

「ラーナ大公妃、って……兄の——ナリスの母親の——？」

「ええ、そうです」

「そんな……そんなこと、ルナンも、誰も、ぼくには……」

マリウスは呆然として首を振った。

「でも――なぜ？」

「もちろん、あのかたは嫉妬深いかたですから」

ジャスミンは低い声で淡々と云った。

「アルシスさまをエリサさまに奪われたことが許せなかっただけのことです」

「でも、そんなこと。だって、ラーナ大公妃は……」

マリウスは信じられぬ思いだった。

ラーナ大公妃は、確かにナリスとディーンの父、アルシス大公の正妃ではある。そう思えば、正妃が妾妃に激しく嫉妬し、辛くあたり、時として命までをも奪ってしまう、というのは、それほど不思議なことではないのかもしれない。実際、ここタイスでもかつて同じようなことがあったと聞く。

だが、ラーナとアルシス――実の叔母と甥の関係にある二人の結婚は愛によって結ばれたものではなく、聖王家の純血を守るための、いわゆる《青い血の掟》によって行われたものだ。アルシスは、パロを二分した内乱の原因となったデビ・フェリシアとの恋に破れたばかりであったし、ラーナもまたその掟を守るために、思いあっていた騎士との仲を引き裂かれたといわれている。したがってふたりの仲は結婚前から冷え切っており、ともに暮らしたことは一度もなく、いわば通い婚のようなものであった。そしてラーナは長男であるナリスを産んだあと、一度も乳を与えることさえもなく乳母に――ルナン侯の妻にわたしてしまい、自分はこれで義務は果たしたとばかりに、ジェニュアの神殿にひきこもってしまったのである。アルシスがデビ・エリサを見初め、妾妃としてともに暮らしはじめたのは、それからまもなくのことであったが、そのときにはもう、ラーナがアルシスとは公の場以外でいっさい顔を合わせようとしなくなっていたのは有名な話だ。

「ラーナ妃がお父さまのことをずっと嫌っていたのは、誰でも知っている話なのに……それなのに、ラーナ妃が母さまに嫉妬を――？」

「ええ」

ジャスミンは吐き出すように云った。

「あのかたは、ご自分でアルシスさまを拒絶されたにもかかわらず、アルシスさまの正妃である、ということに強いこだわりを持っておられたのですわ。わたくしはいまになって思うのですけれど、あのかたはご自分の美しさをよくご存じで、ひそかに誇っておられましたから……ご自分からアルシスさまを遠ざけることはあっても、アルシスさまがご自分を遠ざけることはない、と思っていらしたのかもしれません。アルシスさまは必ず、手を尽くしてご自分の心をつかもうとするはずだ、と……。でも、アルシスさまはまったくラーナ妃には目もくれず、たちまちエリサさまを妾妃として、ともに暮らしはじめ――そしてナリスさまが産まれた翌年にはもう、ディーンさまがお産まれになった。それがおそらく、あのかたの矜持《きょうじ》をひどく傷つけたのでしょうね」

「そんな、ばかな……」

「ですから、アルシスさまが落馬の事故でお亡くなりになると、最初の服喪が明けてすぐに、あのかたはエリサさまに復讐しようとしたのです。そしてエリサさまからディーンさまを取り上げようとして……ディーンさまはアルシスさまの遺児にしてパロの王位継承権者、アルシスさまが亡くなられたからには、聖王家が引き取って王子として育てる。だからエリサさまは邸を去り、市井に戻るように、と命じられたのです」

「………」

「もちろん、エリサさまは断固として拒否されました。でも、エリサさまはアムブラで暮らしていた庶民の娘です。後ろ盾などなにもなく、聖王家の王子を育てる資格などない、といわれても反論する術もありませんでした。ご存じのとおり、アルシスさまは聖王家では孤立しておられましたし、そのアルシスさまが亡くなったあと、エリサさまをラーナ妃から守ろうとしてくれた方はひとりもおりませんでしたから」

「ああ……」

「それでもエリサさまは、ディーンさまを決して手放そうとはされなかった。するとあの方は、こう命じたのです。お前にアルシスさまの子を育てる資格があるというのなら、それを証明せよ、と。そのためにはまず、アルシスさまへのお前の愛情がほんものであることを示せ、と。そして、お前の愛がほんものであるというのなら……」

「――父さまに殉じて自死してみせろ、と？」

「ええ」

「なんてことを……」

マリウスは啞然としてつぶやいた。

「なんてことを……なんてことを――それじゃあ、母さまはぼくと生き別れるか、それとも死に別れるかを選ばされた、っていうこと……」

「ほんとうに怖ろしい人ですわ、あのかたは」

ジャスミンは憎々しげにつぶやいた。

「そして大公妃はいいました――本来ならばただちに王子を引き取るところだが、もしお前が殉死を選ぶのであれば、それまでに猶予を十日あたえる。そうすれば、命の尽きる瞬間までは王子と一緒に暮らしてもよい、と。まるでご自分は慈悲深い人間だ、とでもいいたげに」

「…………」

「そしてエリサさまは――自死か、わが子との別離か、どちらかを選ばなければならなくなった、あなたのお母さまは――」

ジャスミンは目を伏せた。

「エリサさまは、自死を選ばれました。そして、少しでも長くディーンさまのそばにいるために、いっさいの食事を絶たれたのです。それはある意味、ラーナ妃の言葉を逆手に取った、エリサさまの最後の抵抗でした。なぜなら、そうして長い時間をかけて自死をすれば、それだけ長く、命の尽きる瞬間までディーンさまとともに暮らすことができるからです」

「そんな……そんな……」

マリウスは呆然としてつぶやいた。

「だから母さまは、あんなに苦しい方法で……ぼくとできるだけ長く——命が尽きるまで長くともに過ごすために、あんな方法で……」

（——ごめんね、ディーン。ごめんね）

マリウスの脳裏に、母エリサの最期の言葉がよみがえった。

（ごめんね、ディーン。弱い母さまを許して——でも、わたくしはもう逝かなければならないの。あなたのお父さまを——アルシスさまを亡くしてしまったわたくしにはもう、なにも力が残されていなくて……わたくしにはもう、これ以上の哀しみにはとても耐えることができない。だから、ごめんね、ディーン……）

「母さま……」

マリウスの目から、滂沱《ぼうだ》の涙があふれだした。

「ああ、母さま……そうだったのか。母さま。あの言葉は……ぼくが最期に聞いた言葉は、そういうことだったのか……」

「そうなのですよ。ディーンさま」

ジャスミンはマリウスの頬を両手でそっと包んだ。

「お母さまはほんとうに、ほんとうに心からあなたのことを愛しておられました。いまのわたくしにはよくわかります。だって、あなたはエリサさまにとって、たったひとりの魂の分け身だったのですもの。わたくしにとって、イェン・リェンがそうであるのと同じように。ましてや、あなたはわたくしと違い、エリサさまが心から愛していたかたとのあいだになした御子だったのです。決して、生きているあなたよりも、亡くなった大公さまを選んだ、というようなことではありません。エリサさまが望んだのは、なによりも、誰よりも大切なあなたとできるだけ長く暮らしていたい。あなたが寂しい思いをするのを少しでも遅らせたい。そのことだけだったのですよ」

「ああ……エッナ……エッナ……」

マリウスは従姉の右手をそっと取った。

「ありがとう。教えてくれてありがとう。ようやくわかったよ。なぜ、あれほど優しかった母が、ぼくを置いて逝ってしまったのかということが……そうなんだね。そこまで母さまはぼくのことを……」

「ええ」

「あのとき母さまは、弱い自分を許して、といった。でも、母さまは決して弱くなんかない。ぼくのために……ぼくに少しでも寂しい思いをさせないように、あんなに苦しい思いをして……そんなこと、弱い人になんかできるわけがない。ぼくの母さまは、なんて優しくて、なんて強い人だったんだろう……」

（――そのあなたの優しさは、あなたの強さでもあるんです。あなたの優しさは、あなたの勇気そのものなんです）

マリウスの脳裏に、ヴァレリウスに云われた言葉がよみがえる。それではあるいはエリサの血は――優しくて強かった母の血は、彼のなかにも確かに流れている、と思っていいのだろうか。

「それでも、やっぱり母さまには生きていてほしかったな。たとえ離ればなれになったとしても」

マリウスは、やや悄然として云った。

「そうすれば、いまのぼくなら母さまを探しあてることだってできたのに。そして、それこそきみとワン・イェン・リェンみたいに、また母と子として名乗りあうことができたのに。幼いころ、亡くなった母さまのことを恨まずにすんだかもしれないのに」

「お気持ちは察しますわ」

ジャスミンは、マリウスの手をそっと優しく叩いた。

「ただ、エリサさまは……」

「わかってる。わかってるんだ、エッナ。母さまはもうどうしようもなくて、そうしたんだっていうこと。あのころ、父さまの棺の前で嘆いてばかりいるようにみえたのも、きっとぼくのことをずっと考えて、でも誰にもいえずに心のなかで父さまに相談していたんだろうね。そんなことも、いまのぼくにはよくわかるよ。だからこそ、生きていてほしかったと思うんだ。ぼくのためというよりも、母さまのためにね」

「ディーンさま……」

「ありがとう。エッナ。なにもかも話してくれて」

マリウスは微笑んだ。

「おかげでぼくはこれからもずっと、母さまの息子だって胸を張って生きてゆくことができる。ほんとうにありがとう。……でもさ、エッナ」

マリウスは顔をあげた。

「ぼくの母さまが亡くなったあとで、今度はきみたちの一家に不幸が降りかかってしまった、のだよね」

「――ええ」

「それもまたラーナ妃のしわざだときみはいったけれど、それは確かなの？」

「間違いないと思います。祖父が調べて、そういっておりましたから」

「ということは……」

マリウスはおそるおそる尋ねた。

「そこにはぼくの母さまのことが関係しているということ――？」

「ええ」

ジャスミンはつと目をそらした。

「おそらく、そういうことになりますね」

「でも、なぜ？　なぜ、ラーナ妃は母さまだけではなく、きみたち一家にまでそんな仕打ちを――？　どれほど母さまが憎いからといって、その親族にまで手を出すなんて……」

「もちろん、わたくしにはあのかたの思いを知るすべはありませんけれど……でも、おそらくは、わたくしの母がエリサさまと双子で……顔立ちも姿も瓜二つだったからでしょうね。あのかたはきっと、それがどうしても許せなかったのですわ。憎いエリサさまと同じ顔を持つ女がまだ、クリスタルで幸福に暮らしているということが」

「そんな……」

マリウスは呆然とした。

「狂ってる。狂っているとしか思えない」

「でも……ということは、きみたちのことは……きみたちに不幸が起きたのは、もとをたどれば父さまと母さまが出会って、愛しあって……そして、ぼくが生まれたから、ということ――？」

「そう思ったこともありましたわ」

ジャスミンはかすかに微笑んだ。

「ことに子供のころのわたくしはそう思っておりました。正直にいえば、いまでもわだかまりがないわけではありません。エリサさまが叔母でなければ、母と瓜二つでなければ、エリサさまとアルシスさまが出会うことなどなければ――と思うことがないといったら嘘になります。でも、ほんとうはそうではないことがわかるくらいには、わたくしも大人になりました。アルシスさまとエリサさまが愛しあうこと、そしてディーンさまが生まれたこと、それが悪いことであるわけがない。それはごく当たり前の、ただ祝福されるべきことでしかない。もちろん、エリサさまとそっくりの顔を持っていた母が悪いわけでもありません。悪いのはただひとりラーナ大公妃……愛することも、愛されることも、愛というものの意味すらも知らず、ただ嫉妬の女神ティアの炎に心を焼きつくされてしまった醜く、愚かで、不幸で、哀れなあの方だけなのです」

「ええ」

4

ふたりのあいだにしばしの沈黙が流れた。

マリウスは、生き別れていた従姉の手のぬくもりを感じながら、奇妙な感慨にとらわれていた。

それは運命神ヤーンのきまぐれとしかいいようのない、数奇な物語であった。かつて自ら国を捨て、放浪の旅に出た王子と、その義母の悪辣なたくらみによって国を追われ、遊女に身をやつした侍女——そのいとこ同士のふたりが遠い異国でそれとは知らずに出会い、知られざる地下の宮殿の一室で語らいあうときが来るなどと、いったい誰が想像しただろう。これまで吟遊詩人として、いくつもの不思議な運命を語り、歌ってきたが、これではまるで自分が叙事詩の主人公に——誰かが語る数奇な物語の住人になってしまったようではないか、とマリウスは思っていた。

だが、あるいは誰のものであれ、人生とは多かれ少なかれ、そのような驚きに満ちたものであるのかもしれぬ。誰しもが、人生という題名の叙事詩の主人公であるのだ。マリウスもまた、そのひとりに他ならぬ。この世に生を受けてから、父を失い、母を失い、兄と別れ、祖国と別れ——そうした自分の運命がいま、生き別れた従姉との再会によって、ひとつの章の終わりを迎えたのではないか——そんな気分にマリウスはとらわれていた。

「——ねえ、エッナ」

マリウスはそっと尋ねた。

「これから、どうするの？　このままワン・イェン・リェンと一緒にタイスを出るの？」

「それは……」

「エッナ、もし、きみがそのつもりなら——そして、もし、きみたちさえよければ」

マリウスは従姉の瞳を見つめていった。

「ぼくといっしょに旅をしないかい？」

「——え？」

「だって、せっかく会えたんだもの。このまま別れてしまうなんて、ぼくはいやだよ。イェン・リェンにだって、廓の外に広がる世界をぜんぶ見せてあげる、って約束したしね。そして一緒に探さないか。きみの母さまと弟を——ぼくの伯母さんと従弟を。もし見つかれば、きみたちはまた一緒に家族として暮らせるだろう？　こんどはイェン・リェンも加わって。そうすれば、伯母さんにとっては孫もできるんだ。きっとこれまでのことなんか取り返せるくらいに幸せに暮らせるよ」

「ディーンさま……」

「ぼくはまたきっと旅に出てしまうだろうけれど、でも、ときどきはきみたちの家に帰ってくる。世界じゅうからいろんなお土産を持ってね。そしてみんなで語りあおうよ。これまで話せなかった、あんなことやこんなこと……ぼくの母さまのことも、お祖母さまのことも、お祖父さまのことも……きみのお父さまのことも。ねえ、エッナ。そうしてくれないかな」

「ディーンさま」

　ジャスミンは微笑んだ。だがその笑みはどこか哀しげだった。

「とても素敵なお話ですわね」

「そうだろう？　だから……」

「でも」

　ジャスミンは思い切るように云った。

「わたくしはタイスを出ることはできません。西の廓に戻ります」

「――え？」

　マリウスは驚いた。

「なぜ?」

「実はチェン・リーがあぶないのです」

「チェン・リーが?」

「ええ」

「どうして。まさか、あのメッサリナの毒のせいなのか?　そうだとしたら……」

「いいえ、そうではありません」

ジャスミンは首を振った。

「チェン・リーはあのあと、追ってきた道場の仲間に助けられたようです。それで西の廓に戻ったのですけれど、そこで自警団に拘束されてしまった」

「自警団に?」

「ええ。チェン・リーには、わたくしとワン・イェン・リェンを足抜けさせた疑いがかけられてしまったのです。しかも、三人の楼主を殺害した疑いも」

「なんだって?」

マリウスは耳を疑った。

「どうして、チェン・リーがそんなことに」

「覚えておられませんか——わたくしが蓮華楼から姿を消すまえ、最後に顔を合わせたのはチェン・リーとディーンさまでした。そしてわたくしが姿を消してからはずっと、チェン・リーはディーンさまとともに西の廓の自警団とは別に行動していましたでしょう？　それに、離れの玄関にノヴァルが倒れているのを発見したのも彼とあなたです。さらに、闇妓楼の騒ぎがあったときにも、西の廓のものでその場にいたのは彼ひとり——そういった行動が、すべて怪しいと疑われているのです。チェン・リーとわたくしは、恋仲であったのではないか。それでわたくしがいなくなったと騒いで、ほんとうは足抜けを手助けしただけなのではないか。そしてそのためによそもの——ディーンさまの手を借りていたのではないか。そもそも闇妓楼が燃えたのも、楼主さまたちを殺したのも、足抜けから西の廓の目をそらすために彼が行ったことだったのではないか、と」

「そんな、ばかな」

マリウスは憤った。

「こじつけもいいところじゃないか。——それで、チェン・リーはなんていっているの」

「なにも」

ジャスミンはまた首を振った。

「ずいぶんと厳しく責められているようですけれど、なにもいわないようなのです」

「なぜ？」

マリウスは鋭く云った。

「チェン・リーは少なくとも、きみたちを掠ったのが闇妓楼のしわざだということは知っているはずじゃない。だったら……」

「おそらく、チェン・リーはわたくしとイェン・リェンをかばっているのです」

ジャスミンはうつむきがちに云った。

「彼も聡い人ですから、楼主さまたちが殺された事件でイェン・リェンが果たした役割に気づいたのだと思います。イェン・リェンに黒蓮の術がかけられているようすも目にしていますし……いろいろと状況を考えて、彼はそれに気づいたのでしょう。でも、彼はワン・イェン・リェンをそれこそ、実の妹のように可愛がっていましたから……。もしイェン・リェンが西の廓に見つかってしまえば……そしてそのことに西の廓の誰かが気づいてしまえば、彼女がどのような厳しい罰を受けるか、わかりませんもの」

「でも、催眠術で操られていたイェン・リェンに罪はないじゃない」

「もちろん、そうですわ。でも、ガン・ローさま、ラン・ドンさまが飲んだ茶に毒を入れたのがイェン・リェンであることは、おそらく間違いありません。少なくとも、そう強く疑われてもしかたのない状況にはあります。だとすれば、そのふたりを殺された西の廓にしてみれば、イェン・リェンを簡単に許すことなどできるはずもない」

「そんな……」

「ですから、チェン・リーはイェン・リェンを守るために、わたくしたちを見逃すことにしたのだと思います。ディーンさまも含めて……彼はディーンさまが、わたくしと娘をタイスから逃がそうとしていたのを知っていますから。わたくしたちを西の廓の手の届かぬところまで逃がし、イェン・リェンが罰を受けることがないようにするためにもいわず、時間を稼ぎ——もし、どうにもならなくなれば、自分が罪をかぶる覚悟で、そのようにしているのだと思います。ワン・チェン・リーというのは、そういう人ですから。でも、そんなことがあっていいわけがない。わたくしと娘のために、万が一にもチェン・リーが犠牲になるなどということがあってはならない。だから、わたくしは西の廓に戻らなければならない。戻って、チェン・リーの罪を晴らさなければならないのです」

「でも——でも、そんなの！」

マリウスは叫んだ。

「そんなことをしたら、きみはどうなる？　こんどはきみが罪を着せられることになるじゃない。そしたら、きみは……きみとイェン・リェンは……」

「それは仕方のないことですわ。わたくしは決して罪のない女ではありませんもの。足抜けしようとしたのは事実でしょう」

ジャスミンはかすかに笑った。

「それに、そもそも遊女見習い《イェリャン》を何人も掠ったのはわたくしです。そしてノヴァルにとどめを刺したのも、他でもないこのわたくしの手ですわ。脱走に、誘拐に、しかも殺人。そのもともとの動機はどうであれ、わたくしの手は十分に汚れています。もう罰を受けるには十分ではありませんか」

「だけど……」

「それにわたくしが守らなければならないのは、チェン・リーだけではありません。廓から逃がした娘たちとその母親も守らなければなりません。わたくしはすでに、闇妓楼のことで判断を誤っています。わたくしたちが流した噂が、まわりまわって闇妓楼を追いつめることになり、結局はとらわれていた娘たちの命を奪うことになってしまった。闇妓楼が復活しているとわかった時点で、わたくしたちは自分たちの計画を諦め、陰からでも西の廓に協力して、闇妓楼を見つけ出すことに全力をあげるべきだった。そうすれば、あの娘たちをみな助けることだってできたかもしれないのに」

「エッナ……」

「そしてなによりも、誰よりも、わたくしはワン・イェン・リェンを守らなければなりません。なにに代えても、なんとしても、わたくしは娘を守らなければならない。そのためならば、わたくしの命など惜しくはありませんわ。どんな厳しい責めを受けようが、拷問を受けようが——ファン・ビンのように無残な屍《しかばね》をさらすことになろうが、わが子を守るためなら何も辛いことなどない。それをわたくしはかつて、そのことを身をもって示したかたから学んだのですわ。あなたの――」

ジャスミンはマリウスの瞳をまっすぐに見つめ、にっこりと微笑んだ。

「あなたのお母さま――デビ・エリサさまから」

「ああ……」

その瞬間――

マリウスは恋に落ちた、のかもしれぬ。

それはなんと美しい微笑みであったことだろう――その美しさは、豪奢《ごうしゃ》な衣装と化粧に飾られた外面のそれではなく、決して折れることのない、誇り高く燃えさかる魂のそれであった。その微笑みには、愛の女神サリアの慈愛と、戦の女神イラナの勇気と、夜の女神イリスの賢慮が込められていた。闇に閉ざされた地下深く、ほとんど知るものもない小さな一室で、壁龕の灯にほのかに照らされて静かに微笑む遊女の姿はまさしく、かのカレニアの泉で吟遊詩人が出会い、一目で恋に落ちた月の女神の神話そのものであるかのようにマリウスには見えたのだ。

「エッナ……」

マリウスはうめくように云った。

「ああ、エッナ……エッナ……きみは……きみというひとは！」

「ディーンさま――？」

「エッナ……」

マリウスはベッドから降りるとひざまずき、ジャスミンの手をうやうやしく持ちあげ、その甲にそっと口づけた。ジャスミンは驚いたように目を見張ったが、その手を引こうとはしなかった。マリウスはジャスミンの手を両手でそっと包みこんだ。

「エッナ」

マリウスはジャスミンの瞳を見つめながら、そっと云った。

「エッナ。ぼくはきみのことも助けたい。チェン・リーも、イェン・リェンも——もちろん、他の娘たちも、みなといっしょにきみを助けたい。ぼくになにかできることはないだろうか。なんだったら、ぼくがきみのかわりに罪をかぶったっていい。ねえ、エッナ、ぼくはきみを……」

「そんなこと」

ジャスミンは首を小さく振った。

「できるわけがありませんし、たとえできたとしても、させるわけにはいきませんわ、ディーンさま。これはわたくしにしかできないことですし、わたくしがしなければならないことなのです。すべてはわたくしがはじめたことなのですもの。そのために多くの人が犠牲になってしまった。そしてディーンさまにも、チェン・リーにも、リナおばさんにも、《冥王《レーデス》》にも、みなに迷惑をかけてしまった。わたくしにはその責任があります。その責任は、わたくしが取らなければならないのです。お気持ちは嬉しいですけれど、それはディーンさまの心のうちだけに留めておいてくださいませ」

「エッナ……エッナ、でも」

マリウスはすがるようにして食い下がった。

「それでもぼくはなにかがしたい。きみのために、ぼくはなにかがしたいんだ。ほんとうにぼくにできることはなにもないのだろうか」

「ディーンさま」

ジャスミンはまた微笑んだ。

「ありがとうございます。――それでは、ふたつだけお願いを聞いていただけますか」

「ああ」

マリウスは勢いよくうなずいた。

「なんでも」

「ひとつは、わたくしの母と弟のこと、お心にとめておいていただけませんでしょうか。わたくしはおそらく、もう二度と西の廓から生きて出ることはできないでしょう。そうしたら、ワン・イェン・リェンは天涯孤独になってしまう。リナおばさんに娘のことはお願いしておりますし、リナおばさんも承知してくださってはいますけれど、それでもわたくしは娘に血のつながった家族を与えたい。娘には祖母を、母には孫を、引きあわせてあげたいのです。これから、ディーンさまはあちらこちらを旅されるのでしょうけれど、その旅のなかでもし、母と弟のことがわかったら、文でもかまいません。娘に知らせてやってほしいのです」

「わかった。約束する」

「それともうひとつ――」

ジャスミンは視線を落とし、少しためらっていたが、やがて意を決したかのように小声でいった。

「わたくしを抱いていただけませんでしょうか」

「えっ？」

マリウスは耳を疑った。

「ぼくが、きみを――？」

「もちろん、あつかましいお願いとはわかっております。ディーンさまはパロ聖王家の王子。わたくしは穢《けが》れたタイスの娼婦。このようなこと、お願いできる立場ではないとはわかっておりますけれど――」

「そんなこと……」

マリウスは激しく首を横に振った。

「そんなこと、関係ない。ぼくはもう王子なんかじゃないし、きみは決して穢れてなんかいない。むしろ、きみみたいに美しい魂を持ったひとなんか、この世に他にいないといったっていいと思う。でも、なぜそんなことを――？」

「わたくしはもう、遊女となって十年になります」

ジャスミンは遠い目をした。

「そのあいだ、ずいぶんとたくさんの男と床をともにしてきましたわ。そのなかにはいろいろな男がおりました。若い男も、年寄りも――大金持ちの商人も、クムに知らぬ人とてない大貴族も。でも、その誰ひとりとして、わたくしが好いて抱かれた男ではありません。ただ、それがわたくしの仕事であったから、好きでもない男に抱かれて、喜んだふりをしてみせただけ……わたくしはまだ、自分の好いたかたと望んで床をともにしたことがないのです。だって、わたくしがタイスにやってきたときには、まだほんの小さな娘だったのですもの。いってみれば、わたくしはまだ、世間知らずの処女と同じほどに、恋というものをいっさい知らずにこれまで生きてきたのです」

「エッナ……」

「いまはちょうど夜の時分ですけれど……この夜が明けたら、わたくしは西の廓に戻ります。ワン・チェン・リーを救うために。その先、わたくしにどのような運命が待っているかはわかりません。でも、それがどのような運命であれ、わたくしがこれからいっときでも、好いたかたと結ばれることを許すようなものでは決してないでしょう。だから、わたくしはせめて、その前に一度だけでも、好いたかたと結ばれてみたい。好いたかたのぬくもりを感じ、そのあたたかい腕のなかで眠ってみたい……はしたないことを申すようですけれども、それがわたくしのいまの望みなのです。ですから、ディーンさま」

ジャスミンはマリウスを見つめた。

「ディーンさまとて、お好きでもない女を抱くのは気が進まないでしょうけれど、でもどうか、わたくしを……」

「好きでもないひと、だなんて」

マリウスは激しくかぶりを振った。

「そんなことあるものか。ぼくは、きみが好きだ。きみのその優しくて気高い心が好きだ。そんな辛い日々を送ってさえ、決して折れずに運命とたたかうきみの強さが好きだ。そう、ぼくはもう、きみに恋している。まちがいなく、ぼくはきみに恋い焦がれている。でも——きみは？　きみこそ、ほんとうにぼくを好いてくれているの？」

「ええ、もちろん」

ジャスミンは微笑みながら云った。その瞳から大粒の涙がこぼれた。

「だって、ディーンさまは、ずっと昔から……わたくしがまだ北クリスタルのお邸にいた小さなころから、わたくしにとってほんものの王子さまでしたもの。——覚えていらっしゃいませんか、あのころ、エリサさまが読んでくださった絵本のこと。ある国の王子さまが、美しい外つ国《とくに》の少女を追いかけて、世界中を旅してまわるお話のこと」

「ああ、うん。もちろん覚えているよ」

マリウスは微笑んだ。

「ぼくもとても好きな話だった。なんども読んでもらったね、母さまに」

「ええ！　わたくし、あのお話が大好きで、小さいころはずっと夢見ておりましたのよ。いつか、どこかの王子さまが、愛している、といいながらわたくしのことを迎えに来てくれないだろうかって。そのとき、わたくしの頭のなかにはいつもディーンさま、あなたの姿がありましたわ。もちろん、そんなものはただの夢物語、恋だなどとはとても呼べないような、小さな子供の憧れに過ぎませんでしたけれど。――でも」

ジャスミンはそっと涙をぬぐった。

「その憧れは、ほんとうのものになりました。あなたはほんとうに、わたくしのもとにきてくださった。エウリュピデスに捕まって、イェン・リェンとともに何日も地下牢に閉じこめられ、とても不安なときを過ごしていたとき、あなたはほんとうに助けにきてくださった。まさかと思いましたわ。こんなこと夢じゃないの、って。だからあのとき、わたくしは嬉しくて、思わずディーンさまに飛びついてしまった。だって、そんなことがあったら、誰だっていっぺんで恋に落ちてしまうではないですか。小さなころから憧れていた王子さまが、とらわれの身のわたくしを助けに来てくださったのですのよ。しかも、それだけじゃない。あなたは、わたくしの娘までをも救ってくださった。あなたが迷わず急流に飛びこんでくださらなかったら、わたくしは今度こそ、娘を永遠に失っていたでしょう。あなたはほんとうに優しくて、ほんとうに勇敢な人。だから――だから、わたくしは……」

ジャスミンはマリウスの頬を両手でそっと包みこんだ。

「お願い、ディーンさま。これはきっと、わたくしにとっては一生でたった一度だけの……最初で最後の恋なのですわ。ですからどうか、わたくしのことを少しでもあわれと思ってくださるのなら、どうかわたくしを……」

「エッナ……」

マリウスは小さくあえいだ。あえぎながらジャスミンの瞳を見つめた。

「エッナ……エッナ……ぼくは……ぼくも……」

「ディーンさま……わたくしの……」

「エッナ……ぼくの……」

「わたくしの……王子さま……」

「ぼくの……月の女神……」

ため息のようにささやいたマリウスの唇を、遊女の柔らかい唇がそっと覆った。その濡れた唇から熱い吐息がかすかに漏れ、かぐわしい茉莉花の香りがあたりに満ちた。マリウスはまるでそれが初めての口づけであるかのように、わななきながらそれにこたえた。おずおずと差しこんだ舌先が、遊女のそれとそっとからみあう。ジャスミンはうっとりと目を閉じたまま、マリウスの背に腕をまわし、誘うようにベッドの上に倒れこんだ。むさぼるような激しい口づけ、見つめあうふたつの瞳――マリウスは遊女の衣を少しずつ緩めながら、その滑らかな絹の肌に、ゆっくりと唇をすべらせていった。頰、耳朶、うなじ、のどもと、そして柔らかにはずむ双丘の頂へと――マリウスの唇が遊女の肌を優しく吸い、その舌がそっと愛撫するたびに、遊女から耐えかねたように甘やかな声が漏れ、その背がしなやかに反りかえる。

（ああ、エッナ……）

マリウスは自らの女神をあがめるように、その甘やかでかぐわしい肌に夢中で口づけし、指をはわせていった。遊女は、その愛撫に小さくあえぎながら、その均整のとれた美しい肢体をくねらせてゆく。次第に紅潮し、熱くほてり、汗ばんでゆく遊女の肌――マリウスはその熱く濡れた躰を抱きしめ、脚をからめ、さらに唇をはわせていった。遊女はマリウスの頭を両手で抱え、自らの躰に押しつけながら、まるですすり泣くような声で、ディーンさま、と彼の名を呼びつづけていた。

いつしかふたりは一糸まとわぬ姿となって抱きあっていた。互いのぬくもりを確かめあうように、さぐりあい、高めあい、求めあう、そんな狂おしくもどかしい時間が過ぎてゆく。そして永遠にも思えた愛撫のあと、ついにマリウスとジャスミンの唇がふたたび熱くかさなり、ふたりの肌が溶けあうようにひとつになってゆき……

地上のすべてを照らしだす月の光さえもとどかぬ、深く暗い地下の部屋で——

一夜限りのふたりの恋は、誰よりも激しく、なによりも眩《まぶ》しく、どこまでも熱く燃えさかっていった。

そして——

はかなくも濃密なふたりの夢——詩人と遊女、あるいは王子と侍女の刹那《せつな》の夢は、つかの間のうちに終わりのときを迎えたのだった。

ベッドに横たわったまま、黙って肌を重ねあい、その肌から伝わるぬくもりを確かめながら、いつまでも名残を惜しむように長い口づけをかわしたあと——

思いを断ち切るように身を離し、先に起きあがったのはジャスミンのほうであった。

そのまま無言でマリウスに背を向け、ベッドに腰かけたまま、うつむきかげんに身支度をととのえてゆく。マリウスはベッドに半分だけ身を起こし、ジャスミンの背中をじっと見つめていたが、やがてそっと声をかけた。

「エッナ」

「…………」

「もう、いってしまうの？」

「…………」

ジャスミンはしばし無言であったが、やがて小さくうなずいた。

「ワン・イェン・リェンには？　あの娘はきみが行ってしまうことを知っているの？」

「──話はいたしました」

「イェン・リェンは納得したの」

「娘には、チェン・リーを助けたら、すぐに戻ってくるといってあります」

ジャスミンの声は乾いていた。

「とても、ほんとうのことはいえませんもの」

「エッナ……」

「──こんなことになるのなら」

ジャスミンはそっとため息をついた。

「わたくしが母だ、などと娘に名乗らねばよかった。あんなに娘を喜ばせるのではなかった。母と名乗ってから三日……たった三日で別れねばならぬのなら、あのまま……」

「…………」

マリウスはジャスミンを後ろからそっと抱きしめた。

「エッナ、諦めちゃ駄目だよ。きっと、なにかいい手がある」

「…………」

遊女は無言で小さく首を横に振った。マリウスはジャスミンをそっと抱いたまま、しばし考え、ふたたび声をかけた。

「エッナ。ひとつ教えてくれないか」

「──はい」

ジャスミンはうつむきがちに半分だけふりむいた。

「なんでしょう」

「ぶしつけなことを聞くけれど」

マリウスは意を決して云った。

「きみを身請けするとしたら、いくらかかる？」

「──え？」

ジャスミンは目を見張り、マリウスを見つめたが、すぐにふっ、と小さく笑って目をそらした。

「馬鹿なことをおっしゃらないでください。わたくしは西の廓の最高遊女《ハオターリャン》ですのよ。そんなもの、わたくしにだって見当がつきませんわ。一万ランか、二万ランか、それとも……いずれにしても、ディーンさまにどうにかできるような額ではありません」

「だけど……」

「それに、わたくしはおそらく——いえ、間違いなく罪に問われることになるのですよ。おそらくは死罪に等しいような——そうなればもう、お金の問題ではないでしょう。いくらお金を積んだところで、わたくしを買うことなど……身請けすることなどできませんわ」

「そんなこと、わからないじゃないか」

マリウスは語気を強めた。

「ぼくはタイスにそれほど長くいるわけじゃないけれど、それでもはっきりとわかったことがある。ここでは——特にロイチョイでは、なんといってもものをいうのは金だ、ってことをね。もちろん、生半可な額ではどうにもならないだろうけれど、それでも金を積んでいけば、どこかで西の廓が手を打つ額が必ずある。ぼくはそう思っている。少なくとも、可能性はある。それが一万ランなのか、二万ランなのか、それとも十万ランなのか、それはわからないけれど。だから……」

「でも、どうやって、そんなお金を用意されるのですか？　聖王家に無心でもされるのですか？　国はモンゴールに占領され、王さまも、王妃さまも殺され、聖なる双児も行方知れず、しかもナリスさままで暗殺され、ベック公ファーンさまはいまだに帰国されず……そんな聖王家に、こんな娼婦を助けるための金など、あるというのですか？」

「いや、ナリスは……」

と、マリウスは否定しかけたが、思いなおして云いなおした。

「もちろん、聖王家に無心するつもりなどないよ。ぼくはもう、聖王家とは関係のない身だからね」

「ならば、どうなさいますの？」

「稼ぐさ。自分で」

「稼ぐ？　──そんなこと」

ジャスミンは少し嘲るように笑った。

「そんなこと、無理に決まっているじゃないですか。そんなもの、何百年かかったって無理ですわ。ディーンさまの歌とキタラが素晴らしいのはわたくしも存じておりますけれど、それでも、そんな大金を稼ぐなんてこと、とうてい無理です」

「そうかな」

マリウスは強く云った。

「必ずしもそうは思わないけれど」

「ディーンさま……」

あきれたように口を開きかけたジャスミンの瞳を、マリウスはのぞきこんで云った。

「エッナ、きみは忘れているんじゃないか？　ここはタイスなんだよ」

「──え？」

ジャスミンは目を丸くした。

「ここはタイス、って──どういうことですの？」

「とにかく可能性はある、っていうことさ。可能性は決してなくはないんだ」

マリウスはジャスミンの肩を強く抱きしめた。

「だから、少しだけでいい。ぼくのことを信じて、待っていてくれないか。ぼくはきっと、きみたちが驚くような金を稼いでみせる。それできみを身請けできるかどうかはわからない。けれど、それでもきっときみの運命を、きみが思っているよりはずっといいように変えることはできるはずだ。だから──」

マリウスは、ジャスミンの懐にすばやく手を差しこみ、小さな袋をつまみあげた。それはワン・イェン・リェンが持っていたという、ティオベの毒の袋だった。

「これはぼくが預かっておくよ。きみが間違っても、自分の手で死んでしまおうなどと考えないように」

「いけません。それは……」

あわてて奪いかえそうとするジャスミンの手をそっと払いのけ、マリウスは云った。

「とにかく少しだけでいい。ぼくを信じてほしい。ぼくはできる限りのことをする。きみを助けるために。きみとワン・イェン・リェンがふたりで幸せに生きていくことができるようにするために」

「——でも」

　ジャスミンは訴えるように云った。

「西の廓は、ディーンさまのことも追っているんですのよ。早くタイスを出ないと、ディーンさままで捕まってしまう」

「それは十分に気をつけるさ。とにかく、このままきみたちを放ってタイスを出るなんてことは、ぼくにはできない」

「ディーンさま……」

「だから、少しだけ時間をくれ」

　マリウスはジャスミンの手を握り、その目を見つめて云った。

「ほんの二、三日でいい。それだけのあいだ、どうにか頑張ってくれ。そうすれば、ぼくはきっと、西の廓まできみを助けに行く。お願いだ、エッナ。ぼくはどうしても、きみを——きみとワン・イェン・リェンを助けてあげたいんだ」

第十二話　南の廓の決戦

1

美と頽廃の都タイス——

その中心をなすロイチョイ地区は、世界最大の花街として、ありとあらゆる快楽を人々に提供する街として知られる。

この世で最も美しい遊女たちが男どもを誘う、豪奢絢爛《けんらん》にしてきらびやかな遊廓である西の廓。この世で最も淫蕩《いんとう》にして猥雑な私娼窟である東の廓。そして世界最大の賭博の街にして、一国の運命をも揺るがしかねぬほどの金が一夜にして動くと云われる南の廓——だが、そのなかにあってもひときわ異彩を放つ一画がロイチョイにはある。西の廓と南の廓のちょうどまんなかに位置し、その二つの廓をつないでいるサール通りだ。

異彩、といっても、外観そのものは西や東、南の廓とさほど変わることはない。通りの両側には赤や緑、金でごてごてと飾られた大小さまざまな妓楼が建ちならんでいるし、そのあいだには飲み屋や賭場、みやげ屋、占い小屋などが並んでいる。妓楼の籬や二階から、盛んに客引きの声が飛んでくるのもかわりはない。

だが、もし、美しい女を目当てにロイチョイへやってきたものが、知らずにサール通りを訪れようものなら、たちまち目を白黒させてしまうだろう。なぜなら、サール通りには、西の廓のように、籬の向こうから妖艶に手を振る美姫はいっさいおらぬ。また東の廓のように、たわわな乳房もあらわに派手な化粧をして街角にたち、腰回りには透けた布だけをまきつけた姿でねずみ鳴きをしてくる淫らな娼婦もおらぬ。その代わり、サール通りに足を一歩でも踏み入れたとたん、たちまち周囲を囲んでくるのは、野太い声を響かせ、ときには甲高い作り声でしなをつくる、肌も露わな男たちだ。さよう、サール通りとは女ではなく、男がその身を売っている、世に名高い世界最大の男娼窟なのである。もっとも、クムのものにとってはそれは自明のことだ。なぜなら、その名のもととなったヴァーナ教の神サールは、山羊の姿をしていると云われる男色の快楽の神だからだ。

あまたの男娼たちのなかには、まだ少年としか思えぬような小柄で華奢《きゃしゃ》な柳腰《やなぎごし》もいれば、役者のような色男に、黒々とひげを蓄えた筋骨隆々の大男、ごてごてと化粧をした巨大な太鼓腹の男もいる。なかには女と見まごうような美しい男娼もおり、ジン・ユウやレイ・ロウなど、西の廓の遊女に引けを取らぬほどの人気を男からも女からも集めているものもいる。そしてむろん、体を売るものだけではなく、そのような場所をこそ好み、そのような男どもを抱きにくる客も、抱かれにくる客も、あるいはただうっとりと眺めにくるものも大勢いるのである。

（いやあ、眼福、眼福）

サール通りの片隅に小さなむしろを引き、めったにこない客を相手にかろうじて糊口《ここう》をしのいでいる占い師のアリもまた、そんな男娼どもを眺めて日長《ひなが》を過ごすひとりなのであった。

なんとも風采のあがらぬ男である。背は子供ほどしかなく、背骨は大きく歪んでいる。長いこと洗ったこともない赤毛はまばらでばさばさで、顔には大きな傷があり、片目はつぶれて白く濁っている。いささか締まりのない口もとからは、すき間だらけの反っ歯がのぞいている。その美しいとはとうてい云いがたい風体に、周囲からは心ない視線がいくつも飛んでくる。だが、それにももうすっかり慣れた。なにしろ物心ついたころから、彼に向けられる視線はそのようなものでしかなかったのだ。

とにかく子供のころからひどくいじめられてきた。なにもせずとも、そこに彼がいるというだけで、容赦なく石を投げてくるものもいた。それがとても悔しくて、絶対に見返してやろうと必死に勉学に励んでみたものの、周囲の扱いはまったく変わらず、冷たくはじきものにされる日々が続いた。そんな彼をただひとり、こよなく愛してくれた優しい母も、若くして病で亡くなってしまい、それで彼はとうとう耐えかねて故郷を飛び出した。以来、あちらこちらを転々としながら暮らしているが、とにかくろくな目に遭ったことがない。いつか世に出てやる、という野心はいまでもあるが、そのとっかかりすらつかめぬまま、もう長い年月が過ぎてしまった。

そんな彼——いわゆる男色《ルブリウス》の徒である彼にとって、いまの唯一の楽しみが、こうしてサール通りに店ともいえぬ店をかまえ、けばけばしくも華やかでもある男娼たちを日がな眺めていることなのである。

とはいえ——

（ここもそろそろ引き払わんとならんかもしれんなあ）

アリは小さくため息をついた。

なにしろ、とにかく客がやってこない。ここに居着いた当初は、目を引かずにはおられぬ彼の風体を逆に面白く思ったか、卦《け》を見てくれという客もそれなりに多かった。しかし、ここのところは飽きられてしまったのかさっぱりだ。まわりの娼館のやつらからは邪魔にされるばかりだし、手持ちの銭もそろそろ底をつく。彼にとっては天国のようなサール通りを離れるのには未練があるが、それでも背に腹はかえられぬ。

（いいかげん、河岸をかえるか。どこにするかな。モンゴールだの、パロだのは物騒だ。となると、ルーアンか、アルセイスか——それとも、いよいよ運命神《ヤーン》のお告げにしたが

って、北のサイロンまではるばる街道をのぼってみるか)

彼のことなど相変わらず見向きもせず、足早にゆきかうものたちを恨めしげに眺めながら、またひとつため息をついてアリが肩を落としたときだった。

(——おや?)

アリは気づいた。西の廓のほうから、ひとりの若い男が歩いてくる。

(あのぼうや、今日も来たのか)

なかなかに見目のいい男である。とはいえ、アリの好みというにはいささか顔立ちが優しすぎるし、その程度の見目の男なら、サール通りの男娼には余るほどいる。それでも、その男がアリの目に止まったのは、彼の占い師としての本能が働いたからだ。なにしろ、その若者の顔相には、優男めいた見かけとは違い、ただ者ではないことを示す徴《しるし》がみえたのだ。人相を見る占い師のあいだではよく、額にオーラがみえる、などということをいうが、まさにその男がそれであった。それでアリはその若者のことが、どうにも気になってならなかったのである。

　これまでついぞ見かけたことはなかったが、この二日ほど、夕刻のわりと早い時分にサール通りにふらりと現れたかと思うと、夜も明けようかというころまでどこかで過ごして帰っていった。最初はルブリウスの客なのか、それとも通りを抜けた向こうの南の廓の賭場が目当てか、と思ったが、朝方に戻ってきたときも、楽しく遊び明かしたという気配はまったくみられなかった。

あるいはなにかで金が入り用になって、男娼でも始めようかと、よさげな娼館を探していたのかもしれぬ。容姿も顔相も悪くないのだ。男娼をやってもかなりいいところまではいきそうだ。もし、そういうことになるのなら、それはそれで面白そうではある。もう少しここに留まって、あの男がどこまで出世するのか、自分の人相占いの力を確かめてみようかとも思ったのだが――

どうやらそういうわけでもなさそうだ。

（あいつ――）

アリは目をすがめた。

（吟遊詩人だったのか）

昨日まではなにも手に持たず、どうということのない身なりでやってきていたが、今日はその背には立派なキタラをかついでいる。革のベストにこざっぱりとしたパンツをはき、三角帽子を目深にかぶっているさまは、どこからどうみたって吟遊詩人に間違いない。その姿かたちの良さに目をとめた男娼たちからは、いつもとおなじく盛んに声がかかっているが、若者はそれには目もくれず、足もとに目を落としながら、ずいぶんと足早にサール通りを歩いてゆく。

（なんだか、えらく緊張しているようにみえるが……）

興味を引かれたアリは、思い切ってそのあとをついていってみようかと腰を浮かしかけた。だが、すぐに思いなおして小さく首を横に振り、座りなおした。なにしろ彼はイヤというほど目立つのだ。これほど尾行に向かぬものはおらぬだろうし、不用意にサール通りをほっつき歩こうものなら、たちまちまわりから怒声を浴びせられ、どんなひどい目にあわされないとも限らない。ただでさえ、ここでの商売に居づらさを感じているところなのだ。

（やめた、やめた。あいつがどうなったって、俺には関係ない。好奇心、猫を殺すってやつだ。さっさとここを引きはらい、俺は俺自身の王を探しにサイロンにいくとしよう。ヤーン曰く、ひたいに死の王冠をまとっているという男を探しにな）

もっとも、そんな夢のお告げなど、どれほどあてになるものかは知らないが――

アリはのろのろと立ちあがるとむしろを丸め、身の回りのわずかな品をずだ袋に放りこむと、曲がった背にまとめて載せて歩きだした。なにしろ彼の脚は短い。このままではサイロンまではそれこそ何ヵ月もの旅になるだろう。

（どこかでなんとかして、ロバでも手に入れないとなあ）

アリは大きくため息をついて歩きだした。自らの来し方を振りかえるたび、なんと報われぬ人生であることか、と思わずにはおられぬ。だがそれでもいつか、どこかで自分の運命を大きく変えてくれるなにかに出会うことができるに違いない――そのような希望を捨て去るほどにはまだ、占い師のアリは老いてはおらぬのだった。

「赤《ミーレ》の九！」

胴元の声が響くと同時に、賭け台のまわりに歓声と怒声が交錯した。

煙草の煙がもうもうと立ちこめ、黒蓮や阿片の匂いも混じるなか、舌なめずりしながらテーブルの賭け札をかき集めるもの、嘆きながら天をあおぐもの、がっくりとひざまずき、まるでこの世の終わりのように泣きはじめてしまうもの、そして少し離れたところから、酒と串焼きを手に眺めながらちゃちゃを入れて冷やかすもの――今日もたいそうなにぎわいを見せる賭場を、女主人のメイ・ホウは隅から満足げに眺めていた。

メイ・ホウにとっては自慢の賭場である。なにせ、若くして亡くなった親から受け継いだ小さなあいまい宿を手はじめに、女手ひとつで商いをひろげてゆき、南の廓で一、二をあらそう立派な賭場にまで育てあげたのだ。いまでは土産物屋やらなんやらと、南の廓でいくつもの店を営んでいる。それでも初心を忘るべからずと自らに戒めて、賭場の二階はあいまい宿のまま残してあるし、店の名もその当時から変えてはおらぬ。昔からの賭場の常連たちも、あいかわらず「メイ・ホウのあいまい宿」と親しみをこめて呼んでくれる。商いにかまけて独り身を貫いてきたメイ・ホウにとっては、わが子にも等しいような賭場である。

それにしても、ここ数日ほどのにぎわいぶりはすさまじい。もっとも、それはメイ・ホウの賭場だけではない。南の廓全体にすさまじい数の客が押し寄せ、どの商売もいまだかつて経験したことのないような活況を呈しているのだ。それもこれも、西の廓と東の廓であいついで起こった大事件——三人の楼主が毒殺された事件と、最高遊女ジャスミン・リーが失踪した事件、そして闇妓楼が炎上し、多くの幼い娼婦や客が焼死した事件のおかげである。

事件以来、西の廓はいまだに大門をぴたりと閉ざしたまま、表向きには沈黙を保っている。東の廓では娼館がそれぞれ商いを続けてはいるが、街なかには事件を捜査している護民官やら警備隊やらがうろついていてものものしく、脛《すね》に傷もつものでなくともなかなかに近寄りがたい。そんなわけで、西からも東からもあぶれてしまったものたちが、大挙して南の廓に押し寄せている、というわけなのだ。

むろん、賭場の客のあいだでも、その二つの事件の噂でもちきりだ。こういったときにはどこにでも現れる事情通ぶったものたちが、やれ若い衆と遊女が駆け落ちしたらしいだの、遊女が楼主と無理心中したらしいだの、いよいよ東の廓と西の廓の抗争が始まったらしいだのと、したり顔で話している。それをまわりのものたちは「へえ、そうかい」と感心しながら聞いたり、「俺は違う話を聞いたぞ」と異議を唱えたりしている。もっとも、メイ・ホウにとってはそんなことはどうでもよい。西や東でどんな悲劇が起ころうと、それが南の利益になるのならば大歓迎というものだ。メイ・ホウはありがたや、とばかりに太った顔をほころばせ、そっと目を閉じて賭け事の神ディタに心のうちで手を合わせた。

と、そのとき、

「ねえ、あんたがここの店主だよね」

と声がかかった。メイ・ホウは片眉をあげて声の主を見あげた。

まだ若い男である。独特な三角帽子のしたからのぞく顔にはまだ少年の雰囲気が残っており、背には大きなキタラをかついでいる。それをみてメイ・ホウは少々うんざりし、追い払うように手を振った。

「ああ、吟遊詩人かい。うちはそういうのはごめんだよ。あんたみたいな流しは、うちではみんなお断りしてるんだ。そもそもあんた、こんなところで歌ったって、誰も聞いちゃくれないよ。ま、西も東もあんなことになったから、稼ぎに困ってのことだろうが、南の廓じゃあ、そういうのは——」

「そうじゃないよ」

詩人は首を振った。

「ぼくは歌いにきたんじゃない。賭けを受けてもらいにきたんだ」

「賭け？　なんだい、客かね」

メイ・ホウは苦笑しながらため息をつき、入口を指さした。

「だったら、あたしのところにわざわざくることはない。あそこの入口で賭け札を買って、好きな賭け台にいって賭ければいい。ホイでもドライドン賭博でも、カラスコ賭博でも十二神カードでも。うちではなんでもやってるからね。それとも、兄さん。こういうところは初めてなのかい？　もし賭け方がわからないっていうなら、若いもんに案内させるよ」

「いや、ぼくが受けてほしいのは、そういう賭けじゃないんだ」

詩人はまた首を振った。

「ぼくがやりたいのは連張り《クータイ》だ。ここの賭場では連張り《クータイ》を受けてくれると聞いた。違うのかい？」

「なんだって？」

メイ・ホウは驚いて声をあげた。その声に周囲がいっしゅん沈黙し、客や胴元がいっせいにメイ・ホウのほうをふりむいた。メイ・ホウはあわてて口をつぐむと、なんでもない、と手を振ってから、若者にそっとささやいた。

「ちょっと、そんな話はここじゃなんだね。奥へおいで」

メイ・ホウは後ろの扉を開けると、若者を先に通し、自分はそれに続いて後ろ手に扉を閉めた。賭場のすさまじい喧噪が少しだけ遠くなる。賭場主はそのまま若者を追いやるように狭い廊下を奥に導き、小さな部屋へと誘った。

「そこにお座り」

メイ・ホウは太った指で奥のソファを指した。若者は素直にキタラを降ろし、横の壁に立てかけると、浅く腰かけた。メイ・ホウも若者と向かいあってソファに深く腰かけ、目をすがめてじろじろと見た。若者は無表情だが、口もとはこわばり、しきりに腿で手汗をぬぐっている。メイ・ホウは云った。

「ちょっと帽子を脱いでくれるかい」

若者は少したためらいながら、三角帽子を取って膝においた。それを見て、メイ・ホウは確信した。

「あんた、今日が初めてじゃないね」

「――え？」

「い、なりが違うからわからなかったが、昨日もちょこちょこ顔をだしていただろう」

「……ああ」

若者は少し驚いたようだった。

「覚えてたの？」

「あんたのことはちょっと気になっていたんだよ。見かけない顔だし、ずいぶんと早くから、賭場がもう閉まろうっていう時分まで、何度も店に入ってきては賭けもしないでじっと賭場のようすをみてる。それもカラスコ賭博ばかりをね。おかしな男だな、と思ってね。どこかの賭場が送りこんできたスパイか、それともいかさま賭博の取り締まりにでもきやがったか、と思ってたんだけれどもね。でも、どうやら――」

メイ・ホウは若者の顔をのぞきこんだ。

「違うようだね。なんだか、ずいぶんと思いつめているようだが」

「…………」

「連張り《クータイ》を受けて欲しいってかい」

「ああ」

「賭博はなにかい？　お気に入りのカラスコ賭博かい」

「ああ」

「金が要るのかい」

「もちろん、そうさ」

若者は小さくうなずいた。

「すぐに大金がいる」

「へえ」

メイ・ホウはにやりとした。

「さては、惚れた遊女でもできたかい。身請けの金がほしいのかい」

「…………」

若者の頬が無言のままぴくりと動いた。

「図星かね」

メイ・ホウは小さく笑った。

「まあ、いい。──さて連張り《クータイ》だがね。そうおいそれと受けるわけにはいかない。なにしろ下手すりゃあ、うちの賭場のひとつも飛んじまうほどの損が出ちまうんだ」

「ああ、聞いている」

若者はうなずいた。誰もが気軽に遊べる平張り《ピンタイ》では賭け金に上限が設けられているが、連張り《クータイ》には制限はない。いわゆる青天井だ。むろん、賭場の金庫が空になるほどの大当たりなどめったに出ることはないが、それでもその怖れがないわけではない。何年か前まではあちらこちらの賭場で連張り《クータイ》も行われていたが、あるとき大当たりが出て賭場がひとつ潰れてからと云うもの、ほとんどの賭場では連張り《クータイ》を受けなくなった。

「他の賭場ではみな断られた。だから、ここに来たんだ」

「ということは、連張り《クータイ》ってのはどういうものか、ちゃんとわかってるんだね」

「そのつもりだけど」

「いちおう確認しておくよ。連張り《クータイ》ってのは、胴元と客が一対一で張りあう賭けだ。最初に賭けの回数を決めておく。五回以上なら何回でも客が自由に決めていい。ただし、その回数は絶対に賭けなければならないし、途中で降りることは許されない。どうしても降りるというなら、その時点であんたの負けだ。それまでの客の儲けは元手も含めて全て没収。さらに元手の三倍の罰金も払ってもらう。もちろん、賭けの途中であんたの金がなくなっても終わりだ。その場合も賭けを降りたとみなす。罰金が払えなければ、体でもなんでも使って返してもらうことになる。幸い、あたしはサール通りにも店を持っているからね。あんたなら、よく稼いでくれそうだ」

メイ・ホウはにやりと笑った。若者はなにも云わず、じっと口を結んでいる。

「賭け方はむろん自由だ。カラスコ賭博なら、数字や色に一点賭けしてもいいし、いくつかに分けて賭けてもいい。ただし、そのときに手元にある金はすべて賭けなくちゃいけない。例えば、そのときに千ラン手元にあるのなら、五百ランだけ賭けて、五百ランは手元に残す、なんてことはしちゃあいけない。千ラン、すべて賭け台に載せなくちゃいけない。つまり、あんたは五回なら五回、全部勝ち続けないと手元に金は一銭《ター》も残らないってことだ。簡単なことじゃないよ。もちろん、いかさまなんてのは、いうまでもなくご法度だからね」

「ああ、わかってる」

「そうかい」

メイ・ホウはうなずいた。

「それから、賭けの倍率を平張り《ピンタイ》より下げさせてもらうよ。カラスコ賭博だったら、偶数奇数を当てても元返し、赤、青、黄、緑なら三倍、黒なら八倍、数字も八倍、色と数字をいっぺんにあてれば三十倍だ。いいね」

「…………」

若者の顔が少しこわばった。むろん、客にはかなり不利な条件である。若者はしばらく考えこんでいたが、やがてうなずいた。

「わかった。それでいい」

「そうかい。それとね」

メイ・ホウはじろりと若者をみた。

「最初の賭け金は、最低でも三十ランだ」

大金である。ひとり暮らしなら半ランあればひと月はゆうに暮らせるのだ。むろん、吟遊詩人においそれと出せる額ではない。メイ・ホウは念を押した。

「あんた、それだけの金を用意できるんだろうね」

「――それはわからない。だけど」

若者は無言のまま、壁に立てかけてあったキタラを手に取った。

「あんたのところは金貸しもやっていると聞いた。このキタラでいくら借りられる？そうとう高いもののはずだけど」

「どれ、みせてごらん」

　メイ・ホウはキタラを受け取ると、その瀟洒《しょうしゃ》な装飾をじろじろと検分し、軽くつまびいて音を確かめ、軽くうなずいた。

「ほう、いいもんだね。もしかして、テオドリウスかい？」

「わかるの？」

　若者は驚いたようだった。メイ・ホウは若者をじろりと見た。

「馬鹿にするんじゃないよ。こうみえても、あたしは歌舞音曲ってやつがたまらなく好きでね。自分でもやる。キタラもそれなりにたしなんでるし、耳もいいんだよ。――だけど」

　メイ・ホウはキタラを返しながら云った。

「これじゃあ三十ランは貸せないよ。頑張って十ランだね。それでもずいぶんと気前のいいほうだと思うが、うちで遊んでくれるっていうならね」

「十ランか」

　若者はキタラを受け取り、また壁に立てかけながら云った。

「だったら、これをつけるよ。これで残りの二十ランをどうにかしてくれないかな」

　若者は腰の隠しから、一枚の羊皮紙を取り出し、メイ・ホウに差し出した。

「なんだい、そんな紙切れ。そんなものでどうしようっていうんだい」

メイ・ホウは少々あきれながら、羊皮紙を受け取った。だが、そこに描かれているものを目にしたとたん、メイ・ホウは驚いて目を見張った。

「あんた、これ……」

賭場主はやや呆然として、若者をみあげた。

「これって、あんた……」

メイ・ホウは、羊皮紙と若者の顔をなんども見比べた。

羊皮紙に描かれていたのは、目の前の若者そっくりの似顔絵だった。そのまわりには、若者を糾弾し、その特徴を示した不穏な文章がならんでいる。似顔絵の上には黒々とした《金　二百ラン》の飾り字が記され、下にはモンゴール大公の花押《かおう》と署名、印章もみえる。それはまぎれもなく手配状——その若者がモンゴールの公子を暗殺したお尋ね者であることを示すものだった。

むろん、ここは南の廓である。そのような類の者は珍しくもないし、メイ・ホウもこれまで、そんな男たちとは何人も対峙してきて慣れたものだ。だが殺気のかけらもない、この優しげな顔の持ち主が、そのような大胆なことをやってのけたとは思いもよらなかった。メイ・ホウは半ばあきれ、半ば感心して云った。

「あんた、えらいものを持ちこんできたね。驚いたよ」

「どう？　それで二十ラン。そんなに悪い話じゃないと思うけれど」

若者の口もとがほんの少しゆがんだ。

「それをもっていって、ぼくをしかるべきところに引き渡せば、それで二百ランなんだから」

「残念ながら、だめだよ」

メイ・ホウは首を振った。

「躰を賭けるのはご法度だからね。それが自分の躰でも、他人の躰でも。これは受けられないよ」

「別に躰を賭けるわけじゃないよ」

若者は小さく笑った。

「ぼくはただ、その紙を元手にあんたから金を借りようとしているだけだ。ぼくの躰をあんたに売ろうとしているわけじゃない。あんたはその紙に値をつけるだけ。ぼくの躰に値をつけるわけじゃないんだ。そうだろう？」

「…………」

メイ・ホウはしばらく考えこんでいたが、やがて渋々と云った。

「――まあ、そうだね。理屈ではそういうことになるか。そういうことにしておいてやるかね」

「ありがとう」

「でもね、あんた。あたしはもう、この紙をみちまったんだ。このあと、あんたが賭けに勝とうが負けようが、あたしがこれこれこうと訴え出たら、あたしは二百ランの丸儲け、あんたの手にはお縄がまわる。なんだったら、いますぐそうしたっていいんだ。逃げようったって無駄だよ。うちにはその手のことに慣れた男どもが何人もいるし、タイスにはモンゴールの大使だってしょっちゅうやってくるんだ。そうなったらどうするつもりだい」

「そのときはそのときのことさ」

若者は昂然としていった。

「昨日、南の廓をあちこちまわってみたけれど、メイ・ホウさん、あんたのところの賭場はとても評判がよかったよ。あそこの賭場主は気概が違う。そんじょそこらの男どもより、よっぽど肝っ玉がすわってる。だから連張り《クータイ》だって受けるし、あそこだけは絶対にいかさまはない。たちの悪い客は近寄りさえもさせないし、安心して遊べるってね」

「ほう、そうかい。嬉しいね」

「だからぼくはなにもかも、あんたに手のうちをさらけ出すことにした。賭博は賭け台の上だけで行われるわけじゃない、ってよくいうよね？　要するに、ぼくの賭けはここから――というより、あんたのことを調べはじめたずっと前からもうすでに始まっているのさ。ぼくはあんたに賭けたんだ。あんたならきっと、正々堂々とぼくの賭けを受けてくれるってことにね。この最初の賭けに負けたなら、それでぼくの賭けはすべて終わりってことさ。どう？　メイ・ホウさん。この賭け、受けてくれないかな」

「…………」

女賭場主はじっと考えていたが、やがてにやりと笑って云った。

「──おもしろいね。あんた、面白いよ」

「受けてくれるかい？」

「ああ。いいじゃないか。久しぶりに面白いのが来たね、坊や」

メイ・ホウは若者の顔をじっとみつめた。

「わかったよ。そこまで云うなら、受けてあげるよ。そのキタラをかたに十ラン、その紙切れをかたに二十ラン、あわせて三十ラン、用意してやろうじゃないか。そんなもの、うちにとっちゃあ、はした金みたいなもんだ。それで万が一にもあんたが勝ったなら、キタラも紙切れも返してやるし、その紙切れのことはきっぱりと忘れてやろう。そうなればうちにとっちゃあ大きな痛手だが、そのくらいじゃあびくともしないくらいの賭場には育ててきたつもりだ。でも、あんたが負けたら容赦はしないよ。こっちだって商売だからね。いっさい情けはかけない。あんたをひっ捕まえて、この紙切れと一緒にモンゴールに引き渡す。いいね」

「もちろん」

若者は強くうなずいた。

「それでかまわない」

「それで連張《クータイ》りの勝負は何回にする」

「十二回で頼む」

「十二回！　十二連かね！」

メイ・ホウは驚き、そして大声で笑いながら云った。

「十二連とはね！　こいつは坊や、本気でうちを破産させるつもりかい。いいだろう。いいだろう。受けてやろうじゃないか。ほんとうにそんなに勝ち続ける自信があるっていうならね。――オー・フェン！　ホー・ライ！　ちょっとおいで！」

女賭場主は両手を大きく叩き、賭場の管理をまかせている腹心とその子分を呼んだ。ほどなく部屋の扉が開き、男ふたりが顔をだした。

「なんです？　おかみさん」

「オー・フェン、連張《クータイ》りだ。この坊やが連張《クータイ》りをやりたいそうだ」

「なんですって？」

腹心は目を見開いて叫んだ。

「受けるんですか？」

「ああ。面白い坊やだからね。受けることにした。カラスコ賭博で十二連だそうだ」

「十二連！　そいつは……」

眉をひそめるオー・フェンに、メイ・ホウは云った。

「さあ、ぐずぐずおしでないよ。いったん、平張り《ピンタイ》はみんな取りやめだ。賭場のまんなかにカラスコ賭博の台を用意しな。うちで一番豪華な例のやつをね。それとホー・ライ、こっちの坊やを隣に連れていって、身を改めな。ただ、あまり失礼のないように。あくまで客なんだから」

「わかりやした。——さあ、お客人、こちらへ」

ホー・ライの声に若者は立ちあがり、そのあとについて素直に部屋を出て行った。メイ・ホウはそれを確かめると、オー・フェンを手招いてそっと耳打ちした。

「カラスコ賭博、いま店に出ているヤツらのなかで、いちばん腕がいい玉振りは誰だい」

「いまですか」

オー・フェンは少し考えていった。

「ルー・タンですかね」

「ルー・タンか。いいね。ヤツにまかせよう」

「はい」

「ただし、もしおかしな気配になってきたら、あたしが出るからね」

「おかみさんが？」

「ああ」

驚くオー・フェンに、メイ・ホウはうなずいた。

「さっさと決着をつけなかったら交替だ、ってルー・タンに云っといとくれ。なんたって、あたしの賭場がかかるんだから。それともうひとつ、気になることがあるんだよ」

「なんです？」

「あの坊や、吟遊詩人なんだ」

「え？」

オー・フェンは戸惑ったようだった。

「それが、なにか」

「ちょいとね。しかも賭場にそれほど慣れているようすでもないし、このあたりのものってわけでもなさそうだ。それなのに選んだのがカラスコ賭博ときてる。それがね、どうにも気になるんだよ」

「――そうですか」

さらに困惑したようすのオー・フェンを見て、女賭場主は薄く笑った。

「まあ、考えすぎかもしれないがね。ともあれ念のため、打てる手は打っておこう」

メイ・ホウは引き出しから羊皮紙を取り出すと、羽根ペンでさらさらと書き付け、封筒に入れて封をした。

「こいつをさ、若い衆の誰か、しっかり仕事のできるヤツに届けさせておくれ」

「どちらへ？」

「耳を貸しな」

メイ・ホウは再び耳打ちした。オー・フェンは意外な顔をした。

「――わかりましたが、でも、なぜです？　そもそも、あいつはいま……」

「いいから、いうとおりにしな。あれとも長い付きあいなんだから」

「はあ……」

「ま、とにかく久しぶりの連張《クータイ》りだ」

メイ・ホウはにやりと不敵に笑ってみせた。

「うまくすりゃあ、南の廓どころか、タイスじゅうでいい話題になる。そうなれば、うちもますます繁盛するだろう。さ、気合いを入れていくよ。万が一にも負けるわけにはいかないんだからね」

2

（なめてもらっちゃ、こまるんだがね）

玉振りのルー・タンは、カラスコ賭博の玉を絹の布で丁寧に磨きながら、内心で独りごちた。

（あんな坊や、どうみたってど素人じゃないか）

それで連張り《クータイ》に挑もうなどとは片腹痛い。しかも十二連だなどととんでもないことを持ちかけてくるとは、身の程知らずもはなはだしい。さっさと痛い目みせて終わらせてやる——

ルー・タンは、賭け台の向こうがわでやや所在なげに立っている若者をちらりとにらみつけ、磨き終えた玉を手もとの置き台に丁寧にならべていった。さらに目の前の円盤に並ぶ小さな釘に妙なゆがみがないかを調べ、足もとのペダルをなんどか踏んで回転を確かめる。いずれも申し分はなさそうだ。これなら俺の技を存分に見せつけることができる——ルー・タンは軽く深呼吸をした。

メイ・ホウのあいまい宿――南の廓でも一、二をあらそうものとして世に知られる賭場は、にわかに異様な熱気に包まれていた。賭場じゅうを埋めつくした客たちは、誰もがどこか興奮したようすでざわついていた。そのそもそものきっかけは、大勢の客があちらこちらで賭け事に熱中しているさなか、突然にすべての賭けがいったん取りやめになったことである。

むろん、急に楽しみを中断された客どもは、最初は口々に文句を叫んでいた。しかし、賭場の若い衆が大勢で雑多な賭け台を脇に寄せ、ひときわ豪奢なカラスコ賭博の賭け台をまんなかに引っ張り出してくると、なにごとかと興味津々でようすをうかがった。そこへ女主人のメイ・ホウが現れて、これから連張《クータイ》りを始めると宣言し、続いて客とおぼしき男が若い衆に先導されて登場すると、連中はいっせいにどよめき、沸きたったのである。

なにしろ連張《クータイ》りなど、めったに行われることはない。年に一度あるかないかのことだ。長いこと南の廓に通っているものでも、一度もみたことはないというものも少なくはないのだ。そして連張《クータイ》りともなれば必ずや、ほとんどのものがそれまで目にしたことのないような大金が動く。そんなものに手を出そうというのは、よほどの賭け狂いか、よほどのせっぱつまった事情があるもののくらいだ。そしてそれは必ずや、そのものの人生を賭けた勝負になる。

頽廃と悪徳の都たるタイスの住人の多くにとって、ひとが破滅するさまを目の当たりにするほど蠱惑《こわく》的なものはない。タイスで剣闘がとりわけ盛んであるのも、命の奪いあいを——人が人を殺すところをみてみたいという、誰もが胸の奥に秘めているだろう小昏い欲望に彼らが忠実であるからに他ならぬ。そんな彼らにとって、まさに生死を賭けた勝負を目の当たりにできるということは、それこそ富くじにあたったようなものなのである。

(いやいや、とんだ酔狂があらわれたもんだね。連張り《クータイ》なんてやろうってのは。単純に考えたって、万に一つほどしか勝ち目なんざないってのに)

(まあな。だが、酔狂ってんじゃあ、メイ・ホウだって負けちゃいない。よく受けたもんだ。いまどき連張り《クータイ》を受ける賭場なんざあ、ほかにどこにもありゃしねえんだ。なにせ、万に一つとはいえ、身上すべて飛ばしちまうことだってなくはないんだからな)

(もっともだ。しかし、そこがメイ・ホウのいいところよ。そういう昔気質の気っぷの良さ、肝の太さがね。こっちだってなけなしの金をかけてるんだ。賭場のほうだって、ときにはそういう勝負を受けるくらいの気概をみせてくれねえと、ここんとこ負けっぱなしのこっちの腹の虫がおさまらねえよ)

賭場のあちこちから、興奮を抑えきれぬ客たちのささやき声が、ざわめきとなって伝わってくる。

（こいつは、あんまり早く終わらせちゃあ、皆さんに申し訳ないかね）

ルー・タンはちらりとそんなことを思ったが、すぐさま首を振って頭から追い払った。なにしろ、この連張り《クータイ》は彼にとってもチャンスなのだ。ここで凄腕の玉振りとして名を売り、稼ぎ、いずれは独立して自分の賭場を開いてやる、というのが彼のひそかな野望だからだ。だからこそ、絶対に負けるわけにはゆかぬ――ルー・タンはぐっと歯をかみしめ、目の前の豪華な賭け台を見つめた。

カラスコ賭博とは、簡単に云えば、賭け台に飛び出してくる玉が転がり落ちる先の色と数字を当てる遊びである。

その賭け台は、幅一タール、長さ二タールほどの長方形をしている。ルー・タンからみて手前側には、賭け台と同じ幅の円盤が据えつけられている。対して客側の半分はいくつもの四角い枡目に細かく区切られており、それぞれ色が塗られ、数字が書かれている。客はその数字が書かれた、さまざまな色の枡目の上に賭け札を置き、賭けを行うことになる。

円盤は、直角に交わる二枚の薄い板でひとしく四つに区切られており、それぞれヴァーナ教の神を表す四色――赤《ミーレ》、青《ヌルル》、黄《サール》、緑《マヌ》に塗られている。円盤の縁はさらに細かく、それぞれの色ごとに短い板で十一に区切られている。そのうち、まんなかの一個所だけが黒く塗られており、そこは《黒の目《ディタ》》と呼ばれる。そして、それ以外の十個所には端から時計回りに一から十までの数字が振られている。すなわち、赤、青、黄、緑に塗られ、数字が書かれた区切りが十個ずつと、黒に塗られた区切りが四個、あわせて四十四個の区切りが円盤の縁には設けられていることになる。

円盤は中心が盛りあがり、縁に向かって傾斜している。中央には、直径半タールほどの浅い丸鍋を伏せたような円盤がもうひとつ載せられている。その円盤には賭けの名前の由来である鳥頭のカラスコ神の彫刻が施されており、そのてっぺんには玉を放りこむ穴が開いている。賭け台の下にはペダルがあり、賭けのときには胴元がこのペダルを繰り返し踏む。すると蓋のような円盤がまわりだし、徐々に勢いを増してゆく。円盤の回転が十分に速くなったところで、胴元はペダルから足を離し、てっぺんの穴から玉を投げ入れる。投げ入れてからしばらくのあいだは、玉は音をたてながら回転する円盤のなかに留まっている。そのあいだに客は賭け札を賭ける。

玉を投げ入れてから三十秒《タル》ほどたつと、回転する円盤の下から、玉が赤《ミーレ》、青《ヌルル》、黄《サール》、緑《マヌ》の四つの場のどれかに勢いよく転がり出してくる。そこから賭け台の円盤の縁までには、小さな釘がいくつもばらばらに打ってある。転がり出した玉は、この釘にぶつかりながら、不規則に縁まで転がっていく。客は、その転がった玉が最終的にどの色のどの数字に入るかを当てるというわけだ。

賭け方は基本的には四通りだ。偶数か奇数かを当てれば二倍、色を当てれば四倍、数字を当てれば十倍、色と数字の両方を当てれば四十倍だ。例えば、玉が入ったのが「赤《ミーレ》の九」なら、奇数に賭けたもの、赤《ミーレ》に賭けたもの、九に賭けたもの、そしてむろん「赤《ミーレ》の九」に賭けたものが当たりとなる。

ただし《黒の目《ディタ》》に玉が入った場合には、偶数奇数にかけても、色に賭けても、数字に賭けてもすべて胴元の総取りになる。むろん、客もそれを逆手にとって《黒の目《ディタ》》に賭けておくこともできる。その場合には当たれば十倍である。

もっとも、その倍率はあくまで平張《ピンタイ》りのものだ。今回は連張《クータイ》りであるから、倍率は大きく下げられている。とはいえ、倍率など下げなくとも俺が負けるわけはないのに、というのがルー・タンのひそかな自負であった。

「おい、パオ。お前、カラスコ賭博は得意なんだろう？」

ルー・タンの背後から客どもの話し声が聞こえてきた。

「ああ、まあね」

「なにかコツでもあるのかい」

「コツってほどのもんでもないんだがね。カラスコ賭博ってのは、なんつうかこう、玉振りとか賭け台の癖が出やすいのさ。特に下手な玉振りだと、どうしても出目が赤だったり、青だったりに片寄りやすくなる。それに賭け台も釘の打ちようによって、小さい数字の目が出やすかったり、逆に大きい数字の目が出やすかったりするのもある。俺はその癖を見抜くのがわりと得意でね。わりとちょこちょこ儲けてるんだが、それでも小遣い程度しか稼げんからな。とても連張り《クータイ》に手を出そうとは思えんな」

「へえ。で、今日の玉振りと賭け台はどうみえる」

「うーん。賭け台のほうはわからんなあ。ここからじゃあ釘はみえんからなあ」

「玉振りはどうだい」

「ルー・タンかい。あれは腕のいい玉振りだよ。出目に癖がない。というよりも出目がまったく読めない。ばらばらに目が出たかと思うと、今度は急に赤《ミール》ばかりが続けて出たりする。あいつは出目を操れるんじゃないか、っていう噂まであるよ。ま、俺だったら、ルー・タンの賭け台にはあまり付きたくないね」

（なんだ、わかっているじゃないか）

　客の評価にルー・タンは内心ほくそ笑んだ。そう、実は彼は出目の色をほぼ正確に操ることができるのだ。そのこつは、円盤を回転させるペダルの微妙な踏み加減にある。それもこれも日夜、賭場が引けてからも続けてきた鍛錬の成果だ。だからもし、客が賭け札を賭けてから玉を振ることができるなら、こちらの胸算用ひとつで客からすべてを巻きあげることも、逆に客をたんまりと儲けさせて喜ばせることもできるのだ。

　むろん、客が賭けるのは玉を振ったあとだから、賭け札を見て出目を操ることはできない。となれば、ルー・タンにとっては客の胸のうちを先にどう読むかが勝負となるが、それもまた得意であると彼は自負している。客の視線や表情、ちょっとした仕草によって、客が次にどこに賭けるつもりかを見抜く。そしてその読みを外すように、また時にはわざとその読みに当てて場を盛りあげるように、出目を操るのである。

とはいえ、客も歴戦の強者となれば、そう簡単に表情を読ませることはない。そういう相手との高度な心理戦こそが、このカラスコ賭博のほんとうの面白さだ、とルー・タンは思っている。

ましてや今回は連張り《クータイ》、一対一のいわゆる対張りである。しかも相手にはどうみても賭場に慣れたようすはない。となれば、こんな賭けに負けるわけがないではないか――ルー・タンは自信満々であった。

「さて、ルー・タン、お客人、準備はいいかい」

賭場主のメイ・ホウの声に、ルー・タンはうなずいた。賭け台の向こうで客も小さくうなずいている。その手元には一枚一ランの賭け札が三十枚、すでにきれいに積まれている。

「それじゃあ、連張り《クータイ》を始めるよ。回数は十二連」

メイ・ホウの宣言に、賭場がどよめいた。めったに行われない連張り《クータイ》のなかでも、十連を超えるものはさらに珍しいからだ。

「倍率は、奇数偶数は元返し。色は三倍、数字は八倍。《黒の目《ディタ》》も八倍。色と数字は三十倍だ」

それを聞いて、賭場がふたたびどよめいた。こいつは厳しいぞ、というささやきがあちらこちらから聞こえてくる。メイ・ホウは両手を軽くあげ、ざわめく客たちを静めると、若者に向きなおった。

「最初の賭け金は三十ラン。それでいいね」

メイ・ホウは若者に念を押した。若者は無言でうなずいた。メイ・ホウもうなずき返し、ルー・タンに合図した。

「それじゃあ、ルー・タン、はじめよう」

その声にルー・タンはふたたびうなずき、賭け台の下のペダルを慎重に踏みはじめた。蓋のような円盤が回転しはじめ、徐々にその速度をあげてゆく。同時にそのうなり音が大きく、高くなってゆく。ルー・タンは足裏の感覚を頼りにペダルを操り、じっとタイミングをはかって玉を投げ入れた。がらがらがら、と玉が回転する音が響く。それをきっかけに、客たちの視線がいっせいに若者に向いた。

（さて、どう賭ける？）

ルー・タンは若者の手元をうかがった。若者はしばし目をつぶったあと、《黒《ディタ》の目》に三ランを賭け、残りを赤《ミーレ》、青《ヌルル》、黄《サール》、緑《マヌ》にほぼ等しく振り分けた。いわゆる総流しだ。

それをみて、周囲からは軽く失望したような笑いが漏れた。だがルー・タンには、その意図は明らかだった。

（ふん、まずはようすを見ようってか）

総流しの場合にはむろん、どの目が出ても外れることはないが、儲かることもない。だが玉振りや賭け台の癖が出やすいといわれるカラスコ賭博にあっては、最初の何回かは少額をわざと流して癖を見きわめる、というのはよくある戦法だ。

（少しは勉強しているってことか）

だが、今日の賭け台はこの賭場でももっとも癖のない台である。ルー・タンとて出目の色を操れるほどの腕前だ。しかも平張り《ピンタイ》と違い、連張り《クータイ》では手持ちの金を毎回すべて賭けなければならぬのだ。総流しばかりでようすを見ていては、たちまち金が尽きてしまう。

（そう簡単なもんじゃねえよ、坊や）

ルー・タンはこっそりと毒づいた。やがて彼の狙いどおり、玉が赤《ミーレ》の場に勢いよく飛び出してきて転がっていき、円盤の端の一個所にぽとりと落ちた。

「赤《ミーレ》の二」

メイ・ホウが淡々と結果を告げる。若い衆が賭け札をすべて回収し、当たり分を若者に戻した。普段であればせいぜい二、三ランの損で収まるが、今回は倍率が低い。この一回だけで、若者の手持ちは一気に二十一ランに減っていた。

(さて、そんなやり方で十二連ももつかな)

ルー・タンは内心ほくそ笑んだ。だが若者にも焦りはみえぬ。

(今度は緑《マヌ》でようすを見るか)

玉振りは、ふたたびペダルを操り、狙いを定めて玉を投げ入れた。若者はしばし考え、慎重に賭け札を並べていった。今度は《黒の目《ディタ》》に三ラン、青《ヌル》、黄《サール》、緑《マヌ》に六ランずつ。赤《ミール》には賭け札はない。

(おや)

ルー・タンは少々いぶかしんだ。

(総流しじゃないのか。赤《ミール》が続けて出ることはないと読んでるのか)

むろん、同じ出目が続くことはないと読むのは素人ならありがちなことだ。それならば怖くはないが、この若者がなんらかの心理戦を仕掛けている可能性もなくはない。この奇妙な賭け方も、こちらの腕を見込み、それを逆手にとって思惑を操ろうという作戦であるということはありうる。しかし赤《ミール》が出てしまえば、それですべては終わるのだ。若者にとっては冒険といえば冒険である。

「──緑《マヌ》の八」

出目を読み上げるメイ・ホウの声に、賭場の客からため息が漏れた。これで若者の手持ちは十八ランになった。わずか二連にして、もう半分近くに減ったことになる。賭場にはやや失望の気配が漂いはじめているが、むろん、ルー・タンに油断はない。

（なかなか胸のうちが読めねえな）

まったく表情を変えぬ若者を見て、ルー・タンは思案した。

（この落ち着きぶり、素人ってわけでもねえのか？　ちと、確かめてみるか）

もし素人だというのなら、次も出目が続くのを嫌って緑《マヌ》を外してくるだろう。ルー・タンはふたたび緑《マヌ》を狙ってペダルを操り、玉を投げ入れた。

だが、次の瞬間――

若者の賭け札の行方に、賭場じゅうが大きくどよめいた。なんと若者は、《黒の目《ディタ》》にまたしても三ランだけ賭けると、残りの十五ランをすべて緑《マヌ》に賭けたのである！

（――なんだと？）

ルー・タンは驚愕した。むろん、彼とて場数を踏んだ玉振りだ。そのような思いなど決して表にはださぬが、これほど意図のわからぬ賭け方はあまり見たことがない。なにしろ十二連もの連張り《クータイ》の、まだ三連目なのだ。緑《マヌ》以外の色が出てしまえば、ほぼすべてが終わるのである。

（俺の狙いを読んだというのか？　それともただの馬鹿なのか？）

ルー・タンのひそかな動揺をよそに、玉は狙いどおりに勢いよく緑《マヌ》に飛び出した。賭場じゅうがおおいに沸き、「緑《マヌ》だ！」「大当たりだぞ！」の声があちらこちらから飛ぶ。

「緑《マヌ》の一」

四十五ランが戻された。若者にとってははじめての儲けだ。

（くそっ）

ルー・タンは内心毒づいた。

（なんだ、こいつ。わけのわからん賭け方をしやがって。ならば、出目を散らしてやる）

今度は青《ヌル》を狙い、玉を投げ入れた。若者は目を閉じて、しばし考えると《黒の目《ディタ》》に五ラン、青《ヌル》と黄《サール》に二十ランを置いた。

（ん？　こんどは一点賭けじゃねえのか）

ルー・タンは混乱した。どうにも若者の意図が読めぬ。これまでの三連の出目は赤《ミーレ》と緑《マヌ》、それを外しただけかとも思えるが、だとすると先ほどの一点賭けの意味がわからぬ。慎重かと思えば大胆でもあり、いかにも素人臭くもあれば、このような駆け引きめいたこともする。

ルー・タンが思いを巡らせるうちに、玉は青《ヌル》に飛び出した。だが、こんどは賭場の歓声がすぐにため息に変わった。若者にとっては不運なことに、玉ははずみながら青《ヌル》の場のまんなか、《黒の目《ディタ》》に落ちたからだ。これで若者の手持ちは四十ランに減ったことになる。

（うーむ……）

ルー・タンはしばし思案した。いまは《黒の目《ディタ》》にある意味救われたが、若者の張った目を外したわけではない。ルー・タンは確かに青《ヌル》を狙ったのであり、そして若者は確かに青《ヌル》に賭けたのだ。一点賭けから総流しまで、賭け札の配分はさまざまだが、それでもすべて当てられていることは確かだ。それが単なる幸運なのであればいいが、仮にルー・タンも気づかぬような癖が彼にあり、それが見破られているとなれば、それは玉振りとしての彼にとって死活問題にもなる。もっとも賭場の常連ならばともかく、見たこともないような若僧が、いきなり彼の癖を見破ることができるとは思いがたい。となれば、考えられる可能性はもうひとつある。

（魔道か？）

むろん、賭場では魔道を使うことはご法度だ。魔道で出目を操ったり、振り壺を透視したり、あるいは相手の心を読んだり、などということは許されぬ。当然、南の廓でも魔道に対する警戒は怠ってはおらず、メイ・ホウも魔道士を雇って見張らせているが、それでも万が一ということはある。これまでみたところ、円盤や玉に不自然な動きはないし、彼の心を読んでいるにしては賭け方が曖昧に過ぎる。もっともそれも若者の駆け引きに過ぎぬかもしれぬが――

（それなら、こっちにだって手はあるさ）

ルー・タンは、出目をあえて狙わないことにした。それならば、よしんば心を読まれていたとしても、出目を悟られる道理がない。ルー・タンはあえて無造作にペダルを踏み、適当に玉を投げ入れた。

（さて、どうする？）

ルー・タンは若者の出方をうかがった。若者はしばし考えていたが、これまでと同じく《黒の目《ディタ》》に少し賭けると、残りをすべて青《ヌルル》に賭けた。

（――なに？）

またしても大胆な一点賭けに、ルー・タンは度肝を抜かれた。周囲の客もいっせいに息をのむ。メイ・ホウは眉をひそめて腕組みをし、若者は少しうつむいている。

そして誰もが息を潜めて見つめるなか――

玉が飛び出した先を見て、賭場じゅうが一気に爆発した！

「青《ヌルル》の四！」

「青《ヌルル》だ！」

「また当たりだ！」

「あの坊や、またやりやがったぞ！」

凄まじい喧噪をかきわけるように、大量の賭け札が若者のもとに運ばれてきた。これで若者の手持ちはついに百ランを超えた。しかも連張り《クータイ》は十二連。まだ半分以上も賭けは残っているのだ。これはひょっとするととんでもないことが起こるかもしれぬ——そんな期待が賭場のなかに次第に満ちてゆく。

（ちくしょう）

ルー・タンはまたしても心のうちで歯ぎしりをした。

（いったい、どうなってやがる）

ルー・タンはちらりとメイ・ホウをみて、指でこっそりとサインを送った。メイ・ホウは即座に小さく首を横に振った。若者が魔道を使っている気配はない、ということだ。あれほどあったはずの自信が少しずつ失われていくのを、ルー・タンは感じていた。そもそも、こちらが自在に出目を操り、この若者をいいようにもてあそんでやるつもりだったのだ。それがどうだ。逆にこちらが若者の意図を図りかね、訳もわからぬうちに翻弄されてしまっているではないか。

（これ以上舐められてたまるか）

ルー・タンはちらりと若者を見た。若者は二度の大当たりにも表情を変えることなく、憎たらしいほどに落ちついている。

（みてろよ。次こそ吠え面をかかせてやる）

ルー・タンはにわかに湧いてきた不安を蹴散らすように、力強くペダルを踏みはじめた。だが、それが彼にとって、ほんとうの地獄のはじまりだったのである。

3

（集中しなくちゃ）

マリウスはじっと目を閉じ、額の汗をぬぐった。

（落ち着こう。いける。だいじょうぶだ）

とはいえ、疲労はかなり濃い。なにしろ彼はすでに九回も、すさまじい集中を強いられてきたのだ。

（あと三回だ。頑張れ）

もはや連張《クータィ》りも十連目。円盤はもう回りはじめている。マリウスは二度、三度と深く呼吸し、疲れきった脳に思いっきり酸素を送りこんだ。

（思い出すんだ。あの地下の結界を破ったときのことを）

周囲の客たちのざわめき、激しさを増す円盤の音、さらには自らの呼吸、鼓動、体内をめぐる血流の音――そのすべてが混じりあい、押し寄せてきては邪魔をする。マリウスはもう一度深く呼吸し、自らの意識に深く潜りこんでいった。

(余分な音を排除するんだ。そして探り出せ。あのたったひとつの小さな音を)

マリウスは意識のなかから、周囲の雑音をひとつずつ取り除いていった。回転、会話、呼吸、鼓動――あふれかえる騒音が徐々に消失し、精神の内部に無音の空間が生まれてくる。

(もう少しだ。探るんだ。集中して)

マリウスはその静謐《せいひつ》な空間のなかを、研ぎすまされた聴覚だけを頼りにそっと探っていった。あたかも敏感な触手を武器に、暗い深海で獲物を探る原始的な生物のように――彼が狙うのは、ほんのかすかな甲高い機械音だ。そしてそれは、これまでと変わらず、空間の隅でリズミカルに揺れていた。

(――よし、見つけた)

マリウスは獲物を捉えると、ただちに意識を集中させた。少しでも意識をそらせば、たちまち雑音の波にかき消されてしまう小さな音――だがそれこそが、彼がこの賭博に勝利するためのいわば生命線なのだ。

マリウスがそれに気づいたのは、タイスにきてまもなくのころだ。物珍しさに賭場をのぞいたとき、いっぷう変わったカラスコ賭博に目を引かれた。それをしばらく眺めているうちに、彼は妙な感覚におそわれた。なんとなくだが、玉が飛び出してくる前から、出目の色をかなりの確率で感じとれるようになったのだ。

マリウスはたちまち興味を引かれた。そしてまもなく気づいた。円盤の激しい回転音の向こうから、かすかな異音が聞こえることに。そして、その音のわずかな高低の違いによって、玉が飛び出してくる色が決まっていることに。彼の鋭い耳は、無意識のうちにその音をとらえていたのだ。それはまさしく楽神《カルラア》が彼に賜いし天賦の才のなせるわざであった。

むろん、凡人には無理だ。いわば賑やかな舞踏会の広間で飛びまわる、数匹の蚊《イライラ》の羽音を聞きわけるに等しいわざなのだ。だからこそ、カラスコ賭博は運まかせの賭博として成立しているのだとも云える。だが、マリウスのようにその音を聞きとり、聞きわけることとさえできれば、カラスコ賭博は客にとって必勝の賭博となる。

この二日間、マリウスは南の廓の賭場をいくつもまわり、この賭博の弱点がどの賭け台にも共通するものであるのかどうかを慎重に確かめた。そして賭け台によって音の大きさや高低に違いはあるものの、出目の色と音とのあいだには、確かに関係があることをつきとめたのだ。

そしてもう、この賭け台の出目と音もわかっている。音がわずかに高ければ赤、わずかに低ければ緑、そのあいだなら音の高いほうから青、黄だ。最初に損を承知で総流しをかけたのは、それを探るために他ならぬ。二連目からは、すでに出た色と同じ音であれば、その色に一点賭けをし、違う音であればまだ出ていない色に流せばよい。怖いのは《黒の目《ディタ》》だけだが、損にならない程度を分けて賭けておけば問題ない。そうすれば、着実に稼ぎを増やしつつ、音と出目とを結びつけてゆくことができる。

ひとつ誤算であったのは、この賭け台の音が極めて小さかったことだ。それはマリウスをもってしても、聞きわけるのに極度の集中を要するものだった。その反動か、賭けが一回終わるたびに割れるような頭痛が襲う。だが、それでも彼は、その音を探り続けぬわけにはゆかぬのだ。

(絶対に聞きのがしたら駄目だ。玉が投げ入れられる瞬間の音を)

出目の色はその瞬間の音によって決まる。精神が生み出した静寂の結界のなかで、円盤の回転に合わせてリズミカルに変化する音――その音が、マリウスの鋭敏な鼓膜をかすかに揺らす。そして玉が投げ入れられた瞬間、微妙に揺れる旋律が出目の色をはっきりと告げた。

(緑《マヌ》!)

マリウスはすかさず賭け札をまとめて緑《マヌ》に賭けた。むろん《黒の目《ディタ》》に少し振り分けるのも忘れない。これで六回連続の一点賭けに、賭場じゅうがまたどよめいた。調子に乗りすぎだ、とやっかみのような声も聞こえてくる。だが、マリウスはもう勝利を確信していた。

「緑《マヌ》の七!」

その声とともに、目の前に大量の賭け札が積み上げられた。周囲から異様なざわめきが起こる。だが――

（これでもまだ五千ラン。ぜんぜん足りない）

マリウスは小さく唇を噛んだ。むろん、とてつもない大金だが、まだまだ足らぬ。従姉を救うためには、これではまったく足りぬのだ。

（少なくとも三万ランは稼ぎたい）

なにしろ彼女は、西の廓の最高遊女《ハオターリャン》なのだ。身請けするだけでも一万ランはかかると云われる。しかも、足抜けや楼主殺しの嫌疑までもがかかっているのである。いくら金がものをいうロイチョイとはいえ、なにがしかの突破口を開くには三万ランは要るだろう、というのがマリウスの胸算用だった。だが、そのためにはあと二回、一点賭けで勝ちつづける必要がある。

（エッナはまだ無事だろうか）

あの一夜のみの逢瀬から、すでに三日が経った。彼女の動向はまったく伝わってこないが、厳しい詮議が行われていることは間違いない。足抜けした遊女の刑が決まるまでの目安は六、七日とされるが、その前に極刑が下される可能性も十分にある。そもそもマリウス自身にも、西の廓の手がいつ伸びてきてもおかしくはない。もはや時間に少しも猶予はないのだ。

（それに、エッナだけじゃない）

　マリウスは心のうちでつぶやいた。

（ここでぼくが勝てなければ、イェン・リェンとの約束だって果たせない。あえて犠牲になってぼくたちを逃そうとしてくれた、チェン・リーの気持ちにだってこたえられない）

（見ず知らずのぼくを信じて大金を預けてくれたヨー・ハンさんの気持ちにも、ぼくのことを案じながら、何日もキタラを大事に預かっていてくれたライラの気持ちにも——そして亡くなったミアイルやタオ、ホン・ガンの魂にむくいるためにも）

（僕は勝つ。絶対に勝つ。勝たなければならないんだ）

　と、マリウスが自らを奮いたたせたときだった。

「——お客人。ちょっといいかい」

　しばらくどこかへ姿を消していた賭場主のメイ・ホウがあらわれ、ふいに声をかけてきた。

「すまないがね。玉振りを代えるよ。——ルー・タン、ご苦労さん」

「え？」

　急な申し出にマリウスは意表を突かれたが、それ以上に驚いたようすをみせたのが玉振りのルー・タンだった。

「おかみさん！」

ルー・タンは悲鳴をあげた。

「そいつは酷だ。ここで降ろされたんじゃあ、俺の顔が立たねえ。どうか後生だ。ここは最後まで俺にまかせてくれねえか」

「無理だよ、ルー・タン」

メイ・ホウは首を小さく振って云った。

「お前さんじゃもう、この客人の相手はつとまらないよ。どうみたってあちらさんのほうが腕は上だ。修業しなおすんだね。いい薬になっただろう」

「でも、おかみさん」

ルー・タンは食い下がった。

「この賭場に、俺より腕のいい玉振りなどいねえ。俺が勝てねえなら、誰が振ったところで——」

「あたしが振るよ」

「え？」

「あたしが玉を振る」

「おかみさんが？」

「ああ。なにしろ、いよいよあたしの賭場そのものがかかるような賭けになってきたんだ。もうひとまかせにはできない。だからルー・タン、さっさと代わりな」

「でも、おかみさん――」

「しつこいね」

メイ・ホウはルー・タンをじろりと睨んだ。

「いいかげんにしないと、その腕をへし折るよ」

その声にこたえるように、屈強な男が二人、ルー・タンの背後に立った。玉振りは諦めて両手を挙げた。

「わかったよ、おかみさん。代わるよ」

ルー・タンはしぶしぶ賭け台を譲った。メイ・ホウは円盤やペダルを確かめながら、マリウスに笑いかけて云った。

「ほんとうは、もう少し早く代わりたかったんだけどね。ちょっと野暮な用事で遅くなっちまった。あたしはね、こうみえても昔は結構な腕前の玉振りだったんだよ。いまじゃあ忙しくなっちまって、自分で玉を振ることは滅多にないが、それでも鍛錬は怠ってないよ。腕はそんなに落ちていないと思うね。だから、あんたともいい勝負ができると思うよ」

「――ちょっと待って」

マリウスはしばし呆然としていたが、ようやく言葉を取り戻して云った。

「少し待ってくれないかな」

「なんだい。文句があるのかい」

メイ・ホウはマリウスをじろりとにらんだ。

「いっておくが、玉振りが代わっちゃならんという決まりはないよ」

「そうかもしれないけれど、だけど——」

「それとも、あたしがいかさまでもやると思っているのかい」

「いや、それは……」

「もちろんあたしはいかさまなんかやらないよ。それがうちの賭場の一番の売りでもあるからね。しかもいまはこれだけ多くのお客さんがみてるんだ。いかさまをやろうったってできやしないさ。——それにね」

メイ・ホウは薄く笑った。

「あたしはずっと待っていたのさ。あんたのような人が現れるのを」

「——え？」

マリウスはなんとはなしにぎくりとした。

「ぼくのような、って……」

「少し、昔話をしようか。もう十何年も前の話だけどね」

メイ・ホウは賭け台のあちこちをいじりながら云った。

「そのころ、奇妙な客がやってきてね。しばらくうちの賭場に通っていたことがある。まだあいまい宿が本業で、賭場はおまけみたいなものだったころのことさ。その男はカラスコ賭博が得意でね。とにかくいまのあんたみたいに、次から次へと出目の色を当てていくのさ。賭けの額は遊び程度だし、いつも十回でやめて帰っていくんだが、それでも結構な額を毎回稼がれてしまってね。それがあんたと同じ吟遊詩人だった」

「────！」

「しかも盲目でね。いつも弟子の男だかなんだかに手を引かれてやってくるんだ。もちろん、自分じゃあ出目の色もわからないし、玉の転がり方だって見えない。賭け札だって弟子の手を借りなきゃ賭けられないんだが、それでも外さない。ちょうどあんたと同じように、最初の何回かは総流しでようすを見て、途中からはもう一点賭けでどんどん稼いでいく。ま、あんまり稼ぐもんだから、最後にはどこの賭場でも出入り禁止になっちまった。なにしろ噂がひろまるにつれ、その男の賭ける目にあわせて他の客まで賭けるようになっちまったもんだから」

「…………」

「でも、あたしはどうしてもその秘密を知りたくてね。その吟遊詩人の住み家を探しあてて、ずいぶんと通ったものさ。なぜ、あんなに出目を当てられるのか教えてくれってていってね。まあ、最初は笑うばかりで教えてくれなかったけどね。でも、あたしだってタイスの女だ。いろんな手管《てくだ》を使って、いい仲になって——そしたらようやく褥のなかで、あたしをそっと抱きながら教えてくれたよ。その男がカラスコ賭博に勝ち続けていた秘密——この賭博に独特のくせってやつをね」

「どんな——？」

「それは、あんたが一番良く知っているんじゃないのかね」

メイ・ホウはにやりと笑って云った。

「そもそも、こんなに大勢のお客がいるまえでは云えないよ。もっとも、そいつを見破ろうったって、なかなかできるもんじゃないけどね。実のところ、あたしにだって無理だ。そうだろう？　吟遊詩人の坊や」

「な……」

マリウスはまたしてもぎくりとした。メイ・ホウは含み笑いをした。

「それからはずいぶんと修業したものさ。賭場が引けてから、その男をこっそり連れてきてね。あたしが振って、その男に当ててもらう。それを長いこと繰り返してね。どう振れば、そのくせを消すことができるのか、ずいぶんと探ったものさ。そのために賭け台も工夫したよ。それで作らせたのが、この賭け台さ」

メイ・ホウは愛しげに賭け台をそっとなでた。

「ずいぶんと金をかけたね、この賭け台には。あたしも相当に腕をあげた。しまいにはその男も半分は出目を外すようになった。――なあ、坊や。そうだろう？　この賭け台、ずいぶんと難しかっただろう？　振り手がルー・タンでもさ」

「――ああ」

「だから、あんたがくるまで、この賭け台での勝負に勝てたやつはいなかった。あたしが出る幕なんぞ一度もなかったよ。それがあたしにはどうにも物足りなくてね。そうしたら、ようやく、あんたがやってきてくれた。嬉しいねえ。不思議なもんだね。あんたが勝ちつづけるのを見ているうちに、どんどんワクワクしてきちまってね。下手すりゃあ、うちの賭場が吹っ飛ぶかもしれないってのに。これがタイス生まれの博徒の血、ってやつなのかねえ。――でも」

メイ・ホウの眼光が鋭くなった。

「もちろん、あんたに勝たせるわけにはいかない。そのためなら、いかさま以外の手はなんでも使うさ。ルー・タンになぞ、もうまかせておけるものか。あたしほど、この賭け台のことを知りぬいているものもいないからね。あたしがこの賭け台で玉を振れば、あんただってこれまでのようにはいかないよ」

「――ぼくだって」

マリウスもきっとなって云いかえした。

「ぼくだって負けない。負けてなるものか」

「ふん」

メイ・ホウは鼻を鳴らした。

「まあ、いいさ。とにかくあと二回だ。はじめるよ」

「ああ」

マリウスは油断なく身構えた。メイ・ホウがゆっくりとペダルを踏み、円盤が回りはじめる。そのとたん、マリウスは異変に気づいた。

(音が、変わった――？)

さよう、円盤が回転するうなり音が、これまでとは明らかに違っていた。先ほどまではもう少しざらついた音だったが、かなり滑らかな、しかし大きな音になっている。そして、その音の高さも――

(なるほど、そういうことか)

マリウスは合点した。むろん、うなり音そのものは出目とはまったく関係がない。出目を決めるのは、その向こうで小さく揺れる異音だからだ。だが、メイ・ホウがあやつる円盤のうなり音は、その音質や高さがその異音に極めて近い。

(これはちょっと厄介だぞ)

マリウスはそっと目を閉じた。額に汗がじわりとにじむ。たとえるなら、これまでは白い背景のなかから小さな灰色の点を見つけるようなものだったが、こんどは灰色の背景のなかから、同じ灰色の小さな点を見つけなければならなくなったというわけだ。なるほど、メイ・ホウは確かにカラスコ賭博の弱点を知っているのだ。

（だけど——）

　マリウスはゆっくりと呼吸をした。

（メイ・ホウが変えたのは円盤のうなり音だ。おそらく、あの音は変えていない。そうでなければ、盲目の詩人が半分も出目をあてられたわけがないんだ）

（ならば——）

　自分がやるべきことは、これまでとは変わらない。あの音を見つけ出し、聞きわける。それだけのことだ。

（探れ、探るんだ！　必ず音はどこかにある）

　マリウスはもういちど深く、深く呼吸をし、脳に酸素を十分に送りこむと、ふたたび無音の結界を意識のなかに作りあげていった。そのまま、聴覚を極限まで研ぎすませてゆく。

（もっとだ！　もっと集中しろ！　もっと耳を研ぎすませ！　もっと、もっと、もっと、もっと——！）

　意識のなかに作りあげた静謐な空間——マリウスは、なおもその純度を高めていった。どこかに響いているはずの小さな異音を求めて、慎重に余分な音を排除してゆく。しだいに、わずかに残るもやが消え、音空間が宇宙のように透きとおってゆく。と、その透明な空間の奥、もはや人の感覚では見きわめられぬようなわずかな隙間に——

　リズミカルに揺れるあの音が確かに息づいていた。

（——あった！）

　その音を捉えたとたん、マリウスの耳は瞬時にそのリズムと音程《タル》を聴きとっていた。その瞬間、玉が投げ入れられる音がした。それはまさに数分の一秒にも及ばぬような刹那の時間——だが、マリウスにはそれでもう十分だった。

　マリウスは《黒の目《ディタ》》に札をひとつかみ賭け、自信たっぷりに残りを黄《サール》に置いてみせた。賭場主の眉がぴくりと動いた。その直後、勢いよく飛び出してきた玉に、またしても地鳴りのような歓声が沸き起こった。

「——黄《サール》の三、か」

　メイ・ホウが低い声で云った。

「なるほど。これでも変わらず自信満々、ってわけだ。たいしたもんだね」

「…………」

「やっぱりあんたとはもう少し長く、秘術をつくして勝負してみたかったね。——でも、あんた」

　メイ・ホウが妙に優しげな声で云った。

「だいじょうぶかい。ずいぶんと苦しそうだが」

「…………」

マリウスは、言葉をかえすことすらできず、激しく肩で息をついていた。これまで以上に極度の集中を強いられた反動が、一気に彼を襲っていた。こめかみが強く脈打ち、鼓動が耳の奥で鳴りひびく。一瞬のめまいにぐらついて、マリウスはたまらずしゃがみこんでしまった。メイ・ホウが楽しげに薄く笑った。

「そういえば、あの男もよく云っていたものさ。これにはとてつもない集中がいる、せいぜい十回が限度だ、ってね。でも、もうあんたはそれを超えてる。しかも、この難しい賭け台でだ。続けるのは無理なんじゃないかい？」

「…………」

「だからさ、ものは相談なんだけどね。――あんた、ここで賭けを降りないかい？」

「――――！」

マリウスはメイ・ホウを見あげた。賭場主はおだやかに云った。

「もちろん、ここで降りれば、あんたの負けだ。これまでの儲けはすべて回収させてもらう。でも、あんたの頑張りに免じて、元手の三倍返しは反古《ほご》にしてやろう。それでどうだい」

「……ばかな」

マリウスはかろうじて声を絞り出した。ようやく呼吸が落ちついてくる。

「こんなところで降りる馬鹿はいないさ。いっておくが、ぼくはもう外さない。あんたのくせも、この台のくせも判っているんだ。そもそも最後に総流しをかけてしまえば、それだけで一万ランくらいは手元に残るじゃないか」

「ふん」

メイ・ホウは鼻を鳴らした。

「まあ、道理だね」

「あんたらのほうこそ諦めたらどうなのさ。条件次第では、三万ランで手を打ってもいい」

「強気だね」

メイ・ホウは肩をすくめた。

「それでもね。あたしはあんたにここで降りることを勧めるけどね。——あんたのためにも」

「——なんだって？」

マリウスは警戒した。モンゴールの手配状が頭をよぎる。

「なにを考えている？　約束を破ろうっていうんじゃないだろうな」

「そんなことはしないよ」

メイ・ホウは苦笑した。

「だけどね、それとはちょっと別口でさ。——ねえ、あんた。ガイ・シンって男を知っているかい？」

「ガイ・シン？」

マリウスは首をひねった。どこかで聞いた覚えがあるが、思い出せぬ。

「聞き覚えはあるけど……」

「西の廓の男でね。自警団の団長をやっている」

「——！」

マリウスの背が瞬時に冷えた。そして同時に思い出した。運河に闇妓楼の娘が浮かんでいたとき、その場を仕切っていた男だ。メイ・ホウは薄く笑って続けた。

「あたしがちょいと席を外してたのがそれでね。大事な客がきてさ。その相手をしていたら、遅くなっちまった。それがガイ・シンの使いでね」

「………」

「あたしは、西の廓とはわりと懇意なんだ。あそこが大火事にあったときには、ずいぶんと金を融通してやったこともある。それが縁でさ。ガイ・シンのことも若い時分から可愛がっているのさ。ま、ちょっとした弟分みたいなもんだ。で、そいつから使いが来た。人を探してるんだが、ってね」

「…………」

「その人相と名前を聞いてね。あたしにはちょうど心あたりがあったのさ。それが誰だか、お客人、あんたにも見当が付くんじゃないかい？」

「…………」

「まあ、あたしとしても弟分のいうことだ。無下にすることはできないからね。ちゃんとその心あたりを伝えてやったよ。使いの若い衆は喜び勇んで戻っていった。それが半ザンくらい前――だからそろそろ、自警団の連中がうちにつくころじゃないかと思うんだがね」

「――くそっ」

マリウスは思わず悪態をついてしまった。メイ・ホウがにやりと笑った。

「ま、そういうわけでね」

賭場主は得たりとばかりに云った。

「あんたがなにかをしでかしたのか、それともなんにもしでかしちゃあいないのか、それはあたしのあずかり知らんところさ。だから、あんたになにもやましいところがない、っていうなら、このまま堂々と賭けを続けたらいい。こっちは最後まで受けてたつし、あんたが勝てば、その金はきっちりと耳を揃えて払ってやるさ。でも、そのようすだとどうだろうね」

「…………」

「なにしろ、西の廓の連中はいま頭に血がのぼってる。情け容赦はいっさいしないだろうからね。――とはいえ、あんたもあたしにとっちゃあ、大事な客人だ。西の廓に簡単にひきわたすってのも、あたしの沽券《こけん》に関わることだ」

「…………」

「だからね、あたしは親切でいうんだよ。ここで降りたほうがいいんじゃないか、ってね。いまなら、裏口は開けてある。後ろの扉の向こうのね。あたしは邪魔はしないよ。別にガイ・シンがやってくるまで、引き留めておくほどの義理はないからね。もちろん、あんたに心あたりがないっていうなら、このまま堂々と賭けを続けてもらってかまわないんだ」

「…………」

「さあ、どうする？　お客人。真っ青だよ、あんた」

「…………」

「そんなようすじゃあ、やっぱり、あたしとしてはここで降りることを勧めるけどね。あたしがいうのもなんだが、賭け事ってのは引き際が肝心。あんたもまだ若いんだ。負けるが勝ち、ってことも覚えて帰ってもらったほうがいいんじゃないかと思うけどねえ」

（ちきしょう）

マリウスはうつむいたまま、心のうちでなんども呪った。

（ちきしょう、ちきしょう、ちきしょう！）

（こんなところで――ここまできたのに！）

マリウスは、賭け台に積まれた大量の賭け札にちらりと目をやった。連張り《クータイ》は途中で降りたら、その場で負け――そのさりげないルールの意味にいまさらのように思いあたる。そもそも連張り《クータイ》などという無謀に挑もうというものは、脛のどこかに傷のひとつやふたつは持っているものなのだろう。メイ・ホウは、それを重々に承知しているのだ。これまでも、それを上手く利用して、こういうピンチを切り抜けてきたに違いない。

（賭博は賭け台の上だけで行われるわけじゃない、か……）

マリウスは唇を噛んだ。先ほど、メイ・ホウの前で偉そうに発した言葉が、まるで天に唾したように重くのしかかってくる。

だが、西の廓に捕まるわけにゆかぬのは事実なのだ。もし捕まってしまえば、西の廓が彼を放免することは決してあるまい。となれば、たとえ賭けに勝ったとしても、賭け金を受け取ることができるかどうかさえ、おぼつかない。そして、よそ者の自分に待っているのは間違いなく厳しい詮議と拷問である。とはいえ――

（メイ・ホウのいうことがほんとうのことだとは限らないぞ。ただのはったりかもしれない）

さよう、メイ・ホウが真実を語っているとも限らない。追い詰められた賭場主が言葉巧みにマリウスをだまし、賭けから降ろさせようとしている可能性だって十分にあるのだ。

（どっちだろう……）

メイ・ホウの言葉ははったりなのか、それとも真実なのか。続けるべきなのか、それとも降りるべきなのか。いずれにしても早く決断しなければならぬ。これもまた、ひとつの盤外の勝負だ。

（とにかく）

マリウスは自分に云いきかせた。

（ここで降りたら、ぼくの負けは決まりだ。降りなくても、西の廓に捕まってしまえば意味がない。だけど、もしはったりなら——）

（そう、どう転んだって、ぼくが勝つチャンスはそこにしかないんだ）

（だったら、そこに賭けるしかない！）

マリウスが意を決し、連張り《クータイ》を続ける意志を告げようとしたときだった。

「その勝負、ちょっと待った！」

賭場の入口から、ふいに大きな声がかかった。

4

はっ、としてふりむいたマリウスの目に飛びこんできたもの――

それは賭場を埋めつくした客の向こう、入口にあらわれた大勢の男たちの姿だった。見知った顔は見あたらぬが、みな見覚えのある自警団の紋章入りの上着を羽織っていた。

その先頭のものが声をあげた。

「西の廓の自警団のものだ！　しばし、店を改めさせてもらいたい！」

その割れ鐘のような声を聞いたとたん――

（くそっ！）

マリウスは瞬時に身を翻し、一目散にかけだしていた。驚く客たちをかきわけ、賭場の若い衆をほとんど突き飛ばすようにして、メイ・ホウが指し示した裏口へとひた走る。

「あっ、あいつか？」

マリウスをめざとく見つけた男の叫び声を背に聞きながら、マリウスは裏口から脱兎のごとく外へ飛び出した。そこにもひとり、見張りが立っていたが、それも体ごと突きる。

飛ばし、倒れた男を尻目に表通りへと抜け出した。

「逃げた！　こっちだ！　裏口だ！」

見張りの男の叫びとともに、表から揃いの上着を羽織った男たちが大勢飛び出してく
る。

「追え！　追え！　逃がすな！」

「間違いない！　あいつだ！」

背後からたちまち幾人もの声が飛び、通行人がなにごとかと振りかえってくる。

（ちきしょう……）

マリウスは呪詛を吐きながら、夜も深い南の廓の仲通りをひた走った。まだまだ人通りは多く、あやうくぶつかりそうになった人々があわてて避けて罵声を飛ばしてくるが、むろんかまってなどおられぬ。

（ちきしょう――ちきしょう、ちきしょう！）

（あと少しだったのに……あとほんの少しだったのに！　エッナ――エッナ！）

（でも……でも、でも！）

まだ完全に終わったわけではない。ここさえ逃れることができれば、まだどこかにエッナを救うチャンスは残っているはずだ。

（とにかく、身を隠さないと……）

マリウスは必死に考えた。とりあえず、かくまってくれそうなのはライラか、あるいはヨー・ハンだが、そこにもすでに手が回っているやもしれぬ。となれば、残る場所はひとつしかない。

(地下水路だ。だけど……)

マリウスが知っている地下への通路は四つある。東の廓の《ボラボラ》亭の裏庭、西の廓の鎮魂の廟、蓮華楼の離れ、そして、マリウスとジャスミンが地上に戻った郊外の森のなかだ。だが、東の廓も西の廓も、いまは厳戒のなかにある。となると郊外の森だが、ここからは相当の距離がある。しかも、西の廓のふところ近く、そのすぐ横をすり抜けるかたちになる。

(とにかく逃げよう。考えるのはそれからだ)

マリウスは小さく首を振り、雑念を払って必死で逃げた。とはいえ、ここは不夜城たるロイチョイの仲通り、提灯と篝火《かがりび》に煌々と照らされて、闇に紛れたくともすべはない。そして追っ手は執拗に、着実にマリウスを追ってくる。

(ああ、もう!)

マリウスは人の波をかいくぐりながら、ひた走った。やがて仲通りの先の広場を抜け、サール通りの男娼街に入った。まっすぐゆけば西の廓だが、その手前を右に折れれば、地下へ通じる森がある。森に入れば、闇に紛れることができるだろう。追っ手はしつこくっついてくるが、まだ距離は十分にある。

そのとき前方から提灯を掲げて走ってくる別の男たちが見えた。どの男たちも自警団の上着を羽織っていた。マリウスははっとして足を緩めた。背後から鋭い声が飛ぶ。

「ミン・ユウ！　そいつだ。そいつが例の吟遊詩人だ！　捕まえろ！」

（――――！）

マリウスはあわてて周囲を見まわすと、サール通りに並ぶ妓楼のあいだの路地にとっさに逃げこんだ。

「待て！　逃がすな！」

男たちの声を尻目に、マリウスは狭い路地を闇雲に逃げた。ややぬかるんだ道に足を取られそうになりながら、右へ、左へと追っ手の目を避けてゆく。次第にどこを走っているのか、どちらに向かって走っているのかさえも判らなくなってきたが、それでも、とにかく追っ手をまかねばならぬ――その本能だけが、マリウスを走らせていた。

だが――

（あっ！）

またひとつ角を曲がったとき、マリウスは小さな声をあげて立ち止まった。その狭い路地の正面は、黒い木塀でふさがれていたのだ。

（ゆきどまり――――！）

マリウスは必死に左右を見まわしたが、どこにも逃げ道はない。右も左も妓楼の壁が高くそびえ、扉はおろか、窓のひとつも見あたらぬ。マリウスは塀を乗り越えようと試したが、どこにも手がかりがない。もとの道へ戻ろうにも、もはや追っ手の足音はすぐそこまで近づいている。

（どうしよう……）

マリウスが焦って塀を見あげた、そのとき――

「こっちだ、マリウス！　早く！」

しわがれた男の声とともに、なにもないと見えていた妓楼の壁にふいに扉があらわれた。えっ、と驚いたマリウスを、扉から伸びてきた手がつかみ、なかば強引になかへと引き入れた。扉が静かに閉まり、それと同時に駆けこんでくる男たちの足音と、獲物を見失って戸惑う声が外から聞こえてきた。

マリウスは扉の内側で、じっと息を潜めていた。男たちはしばらく路地をうろついていたようだったが、やがて落胆の声とともに足音が遠ざかり、あたりは静けさを取りもどした。マリウスはほっと息をついた。その肩を、うしろから叩くものがいた。

「あぶなかったな、マリウス」

「あ……ああ、うん、ありがとう。助かったよ――えっと、きみは……」

マリウスは振りかえり、助けてくれた男を見あげて微笑みかけた。だが、その途端――

──

「──えっ？」

マリウスは呆然とした。

「お前──お前は……」

「やあ、マリウス」

ふりむいたマリウスをにやにやと見つめながら、壁龕のあかりのもとで小さく手を振って見せた男──

それは細身の長身の男であった。少し短くなった黒い髪、抜けるように白くぬめる肌、アーモンド形の切れ長の目にルノリアのような深紅の唇、この世のものとは思われぬ美貌──だが、その喉には痛々しく包帯が巻かれ、左目は黒い眼帯で覆われていた。

「久しぶりだね。といっても、せいぜい四、五日くらいだけど」

「…………」

「なんだ、どうしたの」

男はにやつきながら、声も出ないマリウスの顔をのぞきこんだ。その吐息にトーシン草の匂いが混じる。

「おいらのこと、もうわすれちゃったのかい？　冷たいもんだな」

「──エウリュピデス」

マリウスはかろうじて声を絞り出した。

「お前、どうして、こんなところに――」

「こんなところ、とはご挨拶だね」

エウリュピデスは肩をすくめて云った。

「おいらはもともと男娼なんだ。おいらが身ひとつでさんざん稼いでのしあがり、《悪魔》なんぞとたいそうなふたつ名をもらったのも、このサール通りのおかげなんだ。いってみれば、ここはおいらが生まれたふるさとみたいなものだ。それを、こんなところなんぞといってほしくないね」

「――なぜ」

マリウスはエウリュピデスを睨みつけながら云った。

「なぜ、ぼくを助けた？」

「別に助けたわけじゃないさ」

エウリュピデスはまたにやにやと云った。

「おいらがあんたを助けるわけがないじゃないか。なんてったって、あんたにはさんざん貸しがあるんだ。そいつをぜんぶ返してもらわないことには、おいらの気がすまない」

「貸し、だと？」

「ああ。ずいぶんと貸しはたまってるぜ。闇妓楼のこと、ワン・イェン・リェンのこと。それから、あんたにくらった青蓮の毒も、木刀で刺された喉も、あんたの棒組にやられた左目も——そしておいらの腹のなかで破裂させやがったケムリソウも。おかげでおいらがどんだけ苦しんで、のたうちまわってたと思う？　そのせいで自慢の声までこんなにしわがれちまった」

「なるほどね」

マリウスはなおもエウリュピデスをにらみながら云った。

「あの地下の蛇はやっぱり、お前だったってわけだ。ばけものめ」

「ふん」

エウリュピデスは肩をすくめた。

「ま、悪いことだけじゃなかったけどね。あの青蓮の毒の作用だかなんだかで、師匠にくらってた魔力の封印が少し解けたからさ。おかげでこうして袋小路に結界をはって、あんたをまんまと捕まえることができたしね。もっとも、あんたをここまで追いこんでくれたのは、おいらの古くからの仲間たちだけど」

「仲間たち——？」

マリウスは目を見張った。

「自警団が、お前の仲間——？」

「まさか」

　エウリュピデスは肩をすくめた。

「あんたを追っかけてたのは、自警団じゃないぜ。それに扮したおいらの仲間たちさ。

サール通りのね」

「――――！」

「あのメイ・ホウってのは、おいらを昔から贔屓《ひいき》にしてくれた客でね。一度はタイスを追放されたおいらが、こうしてこっそり戻ってこれたのは、あいつのおかげでもある。

そいつが今日、急に使いをよこして手を貸してくれ、なんていうからさ。それで話を聞いてみたら、なんとお前らしい客が賭場に来てるっていうじゃないか。こっちにとって
も渡りに船ってやつでね。急いで仲間をかき集めて、あいつのいう通りに自警団のまね
させて、あいまい宿に送りこんでやったってわけ」

「じゃあ、メイ・ホウを自警団が訪ねてきた、ってのは……」

「もちろん、嘘さ。大嘘だよ。あんたはそっからだまされてたってことさ」

「ちきしょう……」

　マリウスは歯がみをした。したたかな女賭場主の不敵な笑みが目に浮かぶ。

「やっぱり、あいつ……ちきしょう……ちきしょう！」

「残念だったね。もう少しで大金持ちだったのにな」

エウリュピデスは、わざとらしく肩をすくめた。

「ともあれ、マリウス。あんたはこれでもうおいらのものってわけだ。だから、しばらくおとなしくしておいてもらうよ」

エウリュピデスは、マリウスの心臓のあたりを指で軽くついた。とたん、マリウスの頭のてっぺんから足の爪先まで強烈な電撃が走った。マリウスはたちまち悲鳴をあげ、床に崩れおちた。

「――さ、これで」

打ちあげられた魚のように激しく痙攣《けいれん》し、身動きの取れぬマリウスを見おろしながら、エウリュピデスが嬉しそうに云った。

「あんたから思う存分、貸しを取り立てることができる。どうしようかなあ。手っ取り早く稼ぐなら、モンゴールなり、西の廓なりに引きわたせばいいけれど、それじゃあ、つまらないもんなあ。メイ・ホウだって、そう思ったからおいらに話をもってきたんだろうしな。だから――」

男娼の手がマリウスの腿のあいだにするりと伸びてきた。その最も敏感な部分を、しなやかな指が執拗に撫でまわしてゆく。ついでエウリュピデスはマリウスの胸をはだけさせ、濃い薔薇色の乳首を軽く噛みながら、長い舌で転がすように舐めまわした。怖気《おぞけ》とも快感ともつかぬ官能に、マリウスは身をよじってあえいだ。エウリュピデスはにやりと笑った。

「やっぱり、体で稼いでもらおうかな。このサール通りで、何年も、何年も、それこそ死ぬまでね。あんただって、吟遊詩人をやってるからには、少しは経験があるんだろう？　女ばかりじゃなく、男のほうもさ」

「――――！」

マリウスは男娼の手から必死に逃れようとしたが、もがくことしかできぬ。次の瞬間、彼の急所をエウリュピデスの指が絶妙な加減でひねりあげた。そのしびれるような感覚に、マリウスは絶叫しながら悶絶した。

（ああっ……）

なすすべもなく陵辱されるマリウスの心のうちで、なにかが音をたてて折れた。

（だめだ……もうだめだ。ぼくにはもう、なにも……）

（これで終わりだ……なにもかもが、終わりだ……）

朦朧とするマリウスの脳裏に、何人もの顔が浮かんでは消えてゆく。

（エッナ……イェン・リェン……チェン・リー……助けられなくてごめん……約束を守れなくてごめん）

（そしてタオも、ホン・ガンも……ぼくのせいで……ほんとうにごめん）

（やっぱりぼくは、誰も……誰ひとりとして助けることはできなかった……）

マリウスの頬を涙がつたった。泣くまい、と食いしばっていた口から、抑えきれぬ嗚咽が小さく漏れた。そのそっと閉じたまぶたの裏に、はにかむように微笑む、金髪の少年の顔が浮かんできた。

（ミアイルさま……）

マリウスは心のうちでそっと話しかけた。ようやくしびれがおさまってきた右手がのろのろと腰のうしろに——ジャスミンから取りあげた毒の包みを収めたポケットに伸びてゆく。

（ミアイルさま……ずいぶんと寂しい思いをさせてしまいましたね。いま、おそばにゆきますよ……そうしたら今度こそ白鳥に姿を変えて、一緒にナタール川まで遊びにゆきましょうね）

（ミアイルさま……いま、おそばに……）

マリウスは包みを震える手に隠し、そっと口もとにもっていこうとした。だが——

「おい、なにしてる？」

男娼はすばやく手を伸ばし、マリウスの手から包みをはたき落とした。かえす手の甲で、マリウスの頬をしたたかに張り飛ばす。マリウスはふたたび呻いて倒れこんだ。その頭を、エウリュピデスは容赦なく踏みつけた。

「なにしてるんだよ、おい。また妙なことをたくらんでるんじゃないだろうな——

ん？」

エウリュピデスは包みを拾いあげると、しげしげと眺めながら匂いをかいだ。

「なんだか見覚えがあると思ったら、これ、おいらがノヴァルにわたしたティオベじゃないか。なんで、こいつをあんたが持ってるの」

「…………」

「まったく、ほんとにいけすかないやつだな、あんたは」

エウリュピデスは、憎々しげにマリウスの顔をのぞきこんだ。

「あんたのやることは、いちいち癪《しゃく》に障《さわ》るんだよ。なんだよ。タイスにはなんの関係もない、よそ者のくせに、あちらこちらに鼻を突っ込みやがって。しかも、よりによっておいらの毒を使って死のうとしやがって。いっただろう？　あんたに貸したもんを返してもらわなくちゃならないんだって。あんたが死んじまったら、なにもかも台無しじゃないか」

「…………」

「ま、生きてるのがいやになるのもわからないでもないけどさ。だから、あんたにはそんなちんけな毒よりも、もっといいものをやるよ」

エウリュピデスはふところを探ると、同じような包みを取り出し、マリウスに中身を見せた。そこには濃い緑色の粉が入っていた。

「わかる？　これ。なんだか」

「………」

マリウスは頭を小さく振った。エウリュピデスはマリウスに耳に口をよせ、ささやくように云った。

「これはね、緑阿片さ。タイス名物のね」

男娼は粉を指先で少しつまみあげ、マリウスの目の前でさらさらとこぼしてみせた。ほのかな酸の刺激と甘ったるい匂いが鼻をつく。

「こいつは効くよ。そんじょそこらの阿片なんか、比べものにならない。一度でもこいつをきめてしまえば、四、五日はいい夢を見ていられる。特に初めてのときは最高さ。天国だね、天国。おいらはもう、さんざんやりすぎて体が慣れてきちまったけれど……」

エウリュピデスは、阿片のついた指をペロリとなめた。

「ああ、いいね。それでもいい。たまらないね。ぞくぞくする。――だからさ、マリウス」

「………」

「あんたにはとっておきのやり方で、こいつをあげるよ。こいつはもう、一回やったらなかなかやめられないよ。みんな、こいつを欲しさに、なんでもいうことを聞くようになる。もちろん、あんたもね。そしてもう二度と、こいつからもおいらからも離れられなくなる」

エウリュピデスはそっと上を向き、包みの中身をすべて口に含んだ。そして両手でマリウスの顔をはさむと、強引に仰向けさせた。マリウスは弱々しく首を振って逃れようとしたが、男娼の手はそれを許さなかった。エウリュピデスの赤い唇がゆっくりと近づき、マリウスの唇をねっとりと覆った。生暖かく濡れた舌がマリウスの口を強引に割り、やや苦みのある酸い唾液が流れこんでくる。その舌はマリウスの口腔に深く入りこみ、まるで触手のように這いまわりながら、歯茎や頬、舌の裏側に阿片をたっぷりと塗りこんでいった。ぬめぬめとのたくるエウリュピデスの舌先から、しびれるような感覚がマリウスの全身へと広がってゆく。その長く、深い接吻のあと、エウリュピデスは名残惜しそうに舌を抜き、最後までねぶりながら音をたてて唇を離していった。

「どう？」

エウリュピデスは、マリウスの目をのぞきこんで云った。

「もう効いてきてるんじゃない？　だんだん体が熱くなって、気持ちよくなってきただろう？　ほら、だいぶ顔が赤くなってきた」

「う……」

「どんどん効いてきただろう？　どうだい？　マリウス。たまらないだろう？　気持ちいいだろう?」

「……ううっ」

エウリュピデスの言葉どおり、マリウスの体をすさまじい恍惚の波がおそいはじめていた。粘膜から溶けこんだ阿片の毒が、またたくまに手足の先まで染みとおってゆく。

「ああ……ああ……ああっ!　ああっ!　あああああっ!」

あまりの快感に耐えきれず、マリウスはのけぞりながら絶叫した。そのからだが海老のように跳ねかえり、何度も繰りかえし痙攣した。マリウスはあられもなく身もだえし、白目を剝き、よだれを流してのたうちまわった。ほんのわずかな間に幾度となく絶頂と失墜を繰りかえし、その思考はすべて停止した。その耳に、眠りを誘うようなエウリュピデスの声だけがすべりこんできた。

「さあ、これでもうあんたはおいらのもんだ。これからはおいらのいうことを素直に聞いてもらうからね。モンゴールにも、西の廓にも、絶対にわたすもんか。あんたは高く売れる。絶対に高く売れる。これからはずっと、おいらのもとで、たっぷりと稼いでもらうんだ。そのからだも、こころも、ぼろぼろになるまでね」

痙攣がとまらぬマリウスの目に、彼を冷ややかに見下ろすエウリュピデスの姿がぼんやりと映った。その虹彩は金色に輝き、唇は半月につりあがり、赤い舌がちろちろとその唇をなめていた。そのうしろから派手な衣装と化粧に身を飾った太った男たちがあらわれ、淫蕩な笑みを浮かべながらマリウスに近づいてきた。

（ああ……）

マリウスの目からとめどなく涙が流れ、その視界がぼんやりとかすんでいった。その脳裏にふたたび、さまざまなひとの顔が走馬灯のように流れてゆく。

（ミアイルさま……エッナ……イェン・リェン……）

マリウスはもはやなすすべもなく、ただ心のうちで愛しい人たちの名を呼びつづけていた。高らかに笑うエウリュピデスの声が、次第に遠くなってゆく。マリウスはうしろから男たちに抱えあげられ、奥の部屋のベッドの上に無造作に放り出された。男たちが下卑た笑い声をあげながら、マリウスの服を引きちぎるように剝ぎとってゆく。その背後で重い扉が音をたてて閉まり、いま、まさに行われようとしているおぞましい行為のすべてを包み隠そうとした——

その、刹那。

突然、黒いつむじ風が部屋に巻き起こり、そこにいたものをすべて吹き飛ばした！

「あっ！」

「おい、どうしたっ！」

男たちの怒号が飛び、部屋じゅうの灯が一瞬で消え、周囲は闇に包まれた。激しい突風に調度品や小物が宙を舞い、あちらこちらから悲鳴があがった。マリウスを陵辱しようとしていた男たちが、次々とうめきながら床に倒れこんでゆく。だが、いまのマリウスにはなにが起こっているのかはまったく判らなかった。

　ほとんど消えかかったあいまいな意識のなかで、マリウスは自分の体が誰かにふたたび抱きあげられ、ふわりと持ちあがるのを感じた。もっとも、それが幻覚であるのか、それとも現実であるのか、それさえもマリウスにはもう区別がつかなかった。次の瞬間、体の内と外がぐるりと反転するような奇妙な感覚がマリウスを襲った。そのとたん、男たちの悲鳴や怒号がふつりと途絶え、かわりにかすかな虫の声が聞こえてきた。

（あれ……なんで……）

　意識が消えようとする直前、マリウスは最後の力を振りしぼり、うっすらと目を開けた。その目にかろうじて映ったのは、中天から彼をやさしく照らす青白い月《イリス》と、頭上を覆う樹木の影、そして彼の顔をのぞきこんでいる何者かの黒く不気味な姿だった。

5

赤い街道の夜は静かであった。

タイスから北へと延びる街道は、各国の首都や大都市へ通じる交易の要である。ゆえに昼間であれば、ウマに引かせた荷車を何台も連ねた隊商や大きな荷物を背負った行商、ものものしく武装した軍人、伝令、使者、早馬、飛脚、旅芸人——そういった多くの人々が埃《ほこり》を巻きあげながら行きかい、ひづめの音や車輪の音、足音がひっきりなしに響いている。タイスからはだいぶ離れた郊外にあたるこのあたりも、太陽神《ルアー》が支配する昼間は、まず人の流れの途絶えることはない。

だが月の女神《イリス》が君臨する夜となれば、その状況は一変する。人の気配は途絶え、聞こえてくるのは虫の音と、臆病な小動物が草むらを走りぬける音、梢を揺らす風の音、そして遠くから響く狼の咆吼くらいなものだ。さよう、人々が深い眠りにつくと同時に、赤い街道もまたしばしの安らぎの時を迎えるのである。

だが、その夜——

その静寂を突如として破るものがいた。街道沿いの闇の一部がふいに揺らぐと、黒いマントに身を覆い、何者かを腕に抱えた魔道師の姿が空間から染み出るように現れたのだ。

ふいに乱れた気圧につむじ風が舞い、それに驚いた鼠や兎、小蛇どもがあわてて逃げ出し、あたりはにわかに騒然となった。ヨタカがけたたましく鳴きながら梢を飛び立ってゆく。しかし、その喧噪も一瞬で過ぎ去り、そのあとには再び深い静寂と魔道師だけが残されたのであった。

（――やれやれ。危ないところだった。もう少しタイスに戻るのが遅れていたら、どうなっていたことか）

魔道師――ヴァレリウスは大きくため息をつくと、空中から大きな布を取りだして地面に広げ、抱えていたマリウスをそっと寝かせた。月に淡く照らされたマリウスの顔は青白く、まぶたは閉ざされたままぴくりとも動かぬ。ヴァレリウスは出奔した王子の乱れた衣服を整えなおすと、その口もとに顔をよせ、そっと息をかいだ。

（――緑阿片か。やっかいだな）

ヴァレリウスは顔をゆがめた。

（致命的な毒ではないのが不幸中の幸いとはいえ、あとに残らねばよいが。――おっと、そうだ）

魔道師はマリウスの腰の隠しを探り、アルシス大公家の紋章が刻まれた金貨を取り出すと、そこから薄い透明の膜をぺりぺりと剝がした。これはヴァレリウスが密かにつけておいた魔道の目印のようなものだ。このおかげで、マリウスがエウリュピデスの結界に閉じこめられてもなお、ヴァレリウスは瞬時にその場所を探知し、救出することができたのである。

（さっさと処分しておかなければな。誰かに悪用されないとも限らない）

魔道師は金貨をもとに戻すと、膜を指先で丸め、ふっと息をかけた。すると膜がぽっと青白い炎を発し、消え失せた。

（それにしても――）

ヴァレリウスは昏々《こんこん》と眠るマリウスを見つめながら思った。

（ずいぶんと無理をされたものだ。この人は普段は臆病なくせに、急に我を忘れたかのように大胆にふるまうことがある。イヤなことは絶対にしようとしないくせに、イヤなことをせずにすむならなんでもする、というところがあるからな。しかも、その振る舞いに邪気ってものがまったくない。良い意味でも、悪い意味でも素直なのだな。ほんとうに困った人だが、だからこそ……）

どうにも放っておくことができないのだ――とヴァレリウスはまた小さくため息をついた。

（しかし、どうしたものか）

ヴァレリウスは腕を組んで思案した。

（緑阿片が抜けるまでには、毒消しを使っても四、五日はかかる。それまでは、このままできるだけ眠らせておきたいが、俺にその面倒を見る猶予はとてもない。まだクムとの交渉も道半ばだからな。かといって預ける先も思いつかんし、パロへ連れて帰るというのも、俺ひとりの力では手にあまる）

ヴァレリウスはまたため息をついた。

（まったく、聖王家の王子というのも実に厄介なものだな。兄のように聡明すぎても手におえんし、かといって弟のように凡庸《ぼんよう》だからといって簡単に見捨てるわけにも――ん？）

ふいに背後に気配を感じ、ヴァレリウスはとっさに印を切りながら素早く振りむいた。するとf闇の一画がもやもやとゆがみ、またひとり黒いマントに身をつつんだ魔道師が現れた。黒蓮の酸い匂いが濃く漂う。ヴァレリウスは鋭く問うた。

「誰だ」

「私だ」

魔道師はフードをちらりとあげた。ヴァレリウスはやや緊張を解いた。

「――ロルカか」

「久しいな。ヴァレリウス」

かつて、マリウスの監視役を務めていた魔道士は低い声で云った。

「このようなところで再会するとはな」

「お前――」

ヴァレリウスはロルカを睨みつけた。

「クリスタルに戻ったのではないのか。こんなところでなにをしている」

「それはこちらの台詞だな」

ロルカは肩をすくめた。

「結界も張らずに不用心なことだ。しかも、クムとの交渉のさなかだというのに、ずいぶんと妙な荷物まで抱えているではないか」

「なに？」

ヴァレリウスは眉をひそめた。

「荷物とはお言葉だな。まがりなりにも王子だぞ」

「いいや、もと王子だ。ヴァレリウス」

ロルカは冷ややかに云った。

「ナリスさまは、弟君を聖王家から正式に除籍するご意向だ」

「ナリスさまの意向など、俺には関係ない」

ヴァレリウスはそっけなく云った。

「俺は王室付きの魔道士ではないからな。お前とは違う。ナリスさまがなにを考えようと、その意向に従う筋合いは俺にはない」

「だが、ヴァレリウス。お前もギルドの一員ではある。導師会議の決定は承知しているはずだぞ。今後はギルドとして、ディーンさまには一切関わらぬ、という決定のことは」

「ふん」

ヴァレリウスは鼻を鳴らした。

「だが、そういいながらもお前とて、ディーンさまの動向を追っていたのだろう。いま、こうしてここに現れたということは。同罪ではないか」

「私が追っていたのはディーンさまではない。お前だ。ヴァレリウス」

「俺だと？」

ヴァレリウスは鋭くロルカを見た。

「なるほど。それもナリスさまの差し金ということか」

「それだけではない」

ロルカの声が低くなった。

「ギルドの意向でもある」

「なに？」

ヴァレリウスはぎくりとした。

「なぜギルドが？」

「ギルドはお前の失態を忘れてはおらぬぞ、ヴァレリウス。お前が例のナリスさまの婚礼で犯した失態のことを」

「くっ……」

「はっきり云うが、このところギルドでのお前の評判はあまり芳しくない。リーナスさまの腹心という立場をいいことに、少々ふるまいの勝手が過ぎるのではないかという声がある。しかも、いつの間にやら軍の参謀なんぞをつとめるようになり、ずいぶんと増長しているのではないかとな。特に導師たちのあいだでは」

「………」

「これ以上、あまりギルドの手を患わせぬほうがよいぞ、ヴァレリウス」

「——ずいぶんと偉そうだな、ロルカ」

ヴァレリウスは云いかえした。

「だがお前とて、例の婚礼については脛に傷がないとはいわせないぞ。俺に判らんと思うなよ。あの婚礼で、お前がどのような役割を果たしたのかを。それがギルドの意向に沿ったものとは、俺には到底思われん」

「…………」

「お前こそ、いささかナリスさまへの忠誠が過ぎるのではないか？　そのためにギルドへの忠誠がおろそかになっているように俺には見えるがな」

「――ともあれ」

ロルカは無視して云った。

「ギルドから預かった指令を伝える。ヴァレリウス、ディーンさまからただちに手を引け。ただちに、いますぐにだ。これはカロン大導師からのお達しである」

「なんだと？」

ヴァレリウスは目を見張った。

「大導師から？」

「指令書もある」

ロルカのふところから、かすかに光る羊皮紙がすいっ、とヴァレリウスに向かって飛んだ。ヴァレリウスが中身に目を通すと、羊皮紙はすうっと消え失せた。

「これで判っただろう、ヴァレリウス。お前のいまのギルドでの立場が」

「…………」

「同期のよしみでいうが、このまま指令に逆らうと降格、さらにはギルドからの追放もあるぞ。意地を張らずに、ギルドに従うが吉とみるが。さあ、どうする？」

「…………」

「どうするのだ？　ヴァレリウス」

ロルカの冷ややかな詰問に、ヴァレリウスはしばし逡巡したが、やがて肩を落とした。

「——いたしかたあるまい」

ヴァレリウスはため息をつきながら、小さく首を振った。

「大導師じきじきの意向とあれば、俺にはもはやどうにもならぬ。——だが、ロルカ、せめてディーンさまをどこか、安全な場所に預けるまで待ってくれ」

「ならぬ」

ロルカはきっぱりと云った。

「ギルドの指令は、ただちに、いますぐに手を引け、だ。ディーンさまはそのまま放っておけ」

「だが——」

「ヴァレリウス。大導師の意向だぞ」

「…………」

ヴァレリウスはなおもためらっていたが、やがて無言でマリウスの脇にしゃがみこむと、ふところから水筒を取り出して抱かせ、頭に手を置いて獣よけの呪《まじな》いをかけた。むろん、ロルカは気づいたはずだが、あえて見て見ぬふりをしているようだった。

（ディーンさま……）

ヴァレリウスは目を閉じて祈った。

（ディーン様、どうかご無事で。ヤーンのご加護を……）

ヴァレリウスはそっと立ちあがると、なおも後ろ髪を引かれつつ、呪文を唱えながら印を結んだ。月に淡く照らされた周囲の風景が徐々に揺らぎ、かわって漆黒の闇が体を包みこんでゆく。それを見届けていたロルカもまた、同じようにゆらゆらと溶け込むように闇のなかへと消えてゆき――

しんと静まりかえった街道には、昏々と眠りつづける王子だけがただひとり、なにも知らぬままに残されたのだった。


赤い街道の夜はやはり静かであった。

そこにあるのは何十年、何百年とかわることなく、この地で繰り返されてきた光景であった。虫が鳴き、こうもりが舞い、狼が遠吠えし、蛇が草むらを揺らし、そのからだを露がわずかに濡らしてゆく。そこにはもはや数日前、二人の魔道師が人知れず、緊迫のなかで対峙した痕跡などみじんも残ってはおらぬ。ただひとつ違っているのは、凶々しいとげに覆われたヴァシャの樹の影に守られるように、身動きすらろくにできぬ吟遊詩人が力なく横たわっていることだけだ。

さよう――

マリウスは死にかけていた。彼は、これでもう丸四日というもの、水しか飲んでいなかったのである。

緑阿片の毒はまだ消えさらず、彼はかの街道の脇で伏したままであった。意識はしばしば混濁し、さまざまな記憶が時に優しい夢となって彼を慰撫《いぶ》し、時に悪夢へと変貌して彼を苦しめた。ジャスミン、イェン・リェン、チェン・リー、ライラ、タオ、ホン・ガン、ヨー・ハン、エウリュピデス――タイスで出会ったものたちが、時にはマリウスの友人、家族、恋人と化して彼の心を幸福で満たし、時には悪人、敵、裏切り者と化して彼の心を引き裂いた。そのたびにマリウスは麻薬の夢が与える高揚感に大声で笑い、その後の失墜がもたらす絶望感に激しく泣いたのであった。

脇の街道を通る人は多かったが、たとえかのロムスの教えがなかったとしても、麻薬に狂った彼に近づこうとするものはいなかっただろう。唯一、親切なミロク僧だけが彼を介抱してくれようとしたが、いっこうに埒《らち》があかぬようすに諦めて、祈りだけを捧げて去っていった。だが、その僧がせめても、とかけてくれたマントが、厳しくなってきた夜の冷えこみから彼を守ってくれたのは幸いなことであった。

ヴァレリウスが残していった水筒も、中身はとうに空になっていた。マリウスの喉は渇ききり、舌はふくれあがり、声はほとんどでなくなっていた。彼は弱りきった体で、なんども水筒を口に運んだが、そのたびに癒されぬ渇きに失望していた。

（あれからいったい、どのくらい経ったのだろう）

まだ混沌とする意識のなかで、マリウスはぼんやりと思っていた。

（エッナはもう処刑されてしまっただろうか……みんなはいったいどうしているのだろう……）

（ほんとうにぼくはなんの役にも立てなくて……誰も助けることができなくて……）

マリウスはこみあげてくるものを感じたが、その目から涙がこぼれ落ちることはなかった。もはや涙のひとつぶも流せぬほど、彼は渇ききっていたのだ。

（でも、それももう終わりだ。ぼくは、こんどこそミアイルさまのもとに……）

（ミアイルさま……）

マリウスの意識が徐々に薄れ、その心を心地よい闇が覆ってゆく。マリウスは微笑みながら、その闇に身をまかせようとした。

だが、そのとき——

いま、まさに死の娘アリーナーの抱擁を受け入れようとしていた彼を、ぐいぐいと揺りうごかすものがいたのである。

「おい……」

太く低い、くぐもった声が、マリウスに話しかけていた。

「おい、どうした。お前――病気なのか。それとも、ミロク僧の苦行のひとつで、さまたげられては困るのか。ちと、道をききたいのだ。起きてくれんか」

その声は、不思議とマリウスの体に力を呼び起こした。マリウスはふいに陽気な気分になり、その問いに歌で返そうとした。だが、その歌は、少なくとも相手にとってはなにも意味をなさぬものであったようだった。

「こやつ、狂っているのか」

困惑したような声とともに、マリウスは力強い手で抱きおこされた。その手から、温かなエネルギーのようなものが流れこんでくるのを彼は感じた。混乱していた意識が少しずつ、明瞭さを取り戻してゆく。そのとき、乾ききった彼の口に、燃えるような強い火酒が流しこまれた。

「おう」

マリウスは思わずうめき、目を開け――そして笑い出した。彼を介抱してくれていたのは人間ではなく、たくましい体に豹の頭を持つ、神話のシレノスと見まごうような奇妙な獣人だったからだ。

「シレノスよ、どうしたというんだ」

マリウスは笑いながら云った。

「どうしてあんたがぼくを迎えにくるというんだ？　――ぼくはあんたと戦いの神ルア

ーの神殿になんかゆかないよ。ぼくはアイノに抱かれて、イリスとトートの足もとにはべりにゆくんだ。おかどちがいってものさ、シレノス——さあもうぼくをそっとしといてくれ。ぼくはあわれな詩人なんだから」

だが、実際にはその声は、弱りきったマリウスの喉を震わすことはなく、かすかに唇を痙攣させたのみだった。彼を抱きかかえた獣人は、まだなにかを話しているようだったが、その声はもうマリウスの耳には届いていなかった。マリウスは獣人の手に自らをゆだね、ふたたび静かに目を閉じた。

（シレノスよ、邪魔しないでくれ……

（そっとしておいてくれ……）ぼくをもうこのまま……）

マリウスは心のうちでなんども繰り返しつつ、深い眠りへと戻っていった。獣人の手から流れこんでくる力強い生命のエネルギーを、少しずつ全身に受け入れてゆきながら

——

そのときのマリウスはまだ、自らが大いなる新たな運命と出会ったことに気づいてはいなかった。

最終話　亡き遊女のためのパヴァーヌ

1

そして――

運命神ヤーンの気まぐれな筬《おさ》は、長い時を経て、吟遊詩人のマリウスを再びタイスへといざなったのであった。

（あれから七年も経つのか……）

マリウスは、神殿のバルコニーでキタラを抱えながら、その長い日々を思いかえしていた。この広い空のもとで完璧にキタラを奏で、歌いきった達成感と、広場を埋めつくした観客から熱狂的な歓声を浴びた高揚感が、耐えがたい盛夏の灼熱さえも心地よさに変えてゆく。

眼下に広がるタイスの街並みは、やはりあのころとはなにも変わらぬように見えた。あいかわらずけばけばしく、街じゅうが花街であるかと見まごうほどの彩りに飾られており、そこかしこを流れる運河には、船頭があやつるグーバがゆったりと行き来している。街の中心こそレンガや石造りの立派な建物が目立つものの、少し下町に目をやれば、竹や木で組まれたクム独特の家々がならんでいるのも変わらない。

（こんなふうに街を眺めていると、とてもあれから長い時間が経ったとは思えないけれど……）

あるいは、自分に流れた時のはやさと、タイスを流れる時のはやさはまるで違うのかもしれない――そんな思いにマリウスはとらわれていた。

あのとき、タイスの郊外でグインと出会ってから、マリウスはずっと彼とともに、怒濤のような時の流れに翻弄されながら生き続けてきたような気がする。そのあいだ、どれほど旅を重ねてきたことだろう。なにしろ、ほとんどの人が一生のうちに訪れることなどないだろう地をいくつも経巡《へめぐ》ってきたのだ。黄泉を崇《あが》める死者の国ゾルーディア、時に忘れられた氷雪の国ヨツンヘイム、恐怖が支配する東方の大国キタイ、怪物どもが跋扈する秘境ノスフェラス――その信じられないような不思議な冒険の日々のなかで、思えば彼の横にはいつも豹頭の戦士がいたのだ。

むろん、常にグインとともに時を過ごしたわけではない。彼とは幾度となく道を分かち、音信も途絶えたままに遠く離れて暮らすことも多かった。だが、それでもそのたびに、まるで互いに引き寄せられるように、奇跡のような邂逅を繰り返してきたのだ。そして二度目のタイスでの日々にあって、またしてもマリウスはグインとともにある。あの日、自分が出会ったのはひとりの獣人だと思っていたが、ほんとうに出会ったのは運命神ヤーンが彼に使わした御先《みさき》であったのだ、といまになってしみじみと思うようになった。

その間、エッナのことは、マリウスの心の奥深くに、いつもしこりのように凝《こご》っていた。あのとき、グインと出会ってすぐ、失われた自己を求める彼の旅に同行することを決めた理由――それは神話そのものが具現したとしか思えぬグインという存在そのものに、強い好奇心をかき立てられたからではある。だが、その根底にはもうひとつ、エッナを救えなかった無力な自分と、その無力が引き起こしたであろう結末から目を背け、そこから少しでも早く逃げ出したいという思いもあったのだ、と思う。自分はそうしていつも、大事なものに背を向けて、大事なものを失い続けてきたのではないか――思いがけぬタイスへの再訪と、そこで知らされたエッナの悲劇的な死は、マリウスにそんな思いを否応なく突きつけるものとなった。

そのような悲嘆に沈むとき、マリウスを救ってくれたのは常にキタラであり、歌であり、音楽であった。自らの胸のうちから湧き出る思い――哀しみを、怒りを、喜びを歌にするとき、それは彼が帰依する楽神《カルラア》への懺悔《ざんげ》となり、告発となり、彼に下される賜物《たまわりもの》となってマリウスを慰撫した。そしてキタラと歌は、マリウスに最大の力を与えるものでもあった。自分の歌に人が笑い、踊り、あるいは涙を流すさまを目にするとき、あるいは傷つき、疲れ、苦しむ人までもが笑顔となって彼を見あげるとき、マリウスはそれでは自分にも、多少なりとも人を救うことができるのだ、とかえって自分が救済されたような思いになるのだった。

いまやキタラと歌は、以前にも増してマリウスの魂そのものであった。自分にはキタラと歌がある、キタラと歌は自分を決して裏切らない――この七年間でマリウスが得た最大のものとは、自らのキタラと歌に対する絶対の信頼であったやもしれぬ。思えば、記憶を失って彷徨うグインと彼を再び引きあわせたのも、マリウスを再びタイスへと呼び寄せたのも、彼のキタラと歌がもたらした奇跡であったのだ。

紅鶴城での無為とも思える日々のなかで、マリウスは亡きエッナに捧げる歌をいくつも作った。驕慢《きょうまん》にも見えた誇り高き遊女としての彼女を歌い、いまだ名乗りあえぬ娘を慈しむ母親としての彼女を歌い、あの忘れ得ぬ一夜限りの逢瀬でみせた情熱的な恋人としての彼女を歌った。なかでもパロの宮廷に古くから伝わる荘厳な舞踏曲をモチーフにして、まだ母エリサが健在であったころの幼い従姉との思い出を歌った一曲は、彼自身にとっても会心の一作となった。

その歌は、心ならずも寵愛《ちょうあい》を受けることになったタイス伯タイ・ソンやその娘たちをはじめ、普段は浮ついた享楽のみに興じているかのような貴族たちの心をも、おおいに揺りうごかしたようであった。こうしてマリウスが芸能の女神マイヨーナの神殿のバルコニーに立ち、大勢の観客に向けて歌を披露することになったのも、その歌をやんやと褒めたたえたタイス伯の鶴の一声があったからにほかならぬ。

いま、彼の眼下にある快楽の都タイスは熱く燃えさかり、その熱狂は最高潮に達しようとしていた。十二日間にわたり開催される水神祭りも残すところ二日となり、タイス各所の神殿や大闘技場で、さまざまな競技やコンテストの決勝が行われる一日を迎えたからだ。

連日にわたり闘技大会が開催されてきた大闘技場ではこの日、大平剣の部を除くすべての部門の勝者が決まることになる。さらに水神広場ではタイス一の美女と美男を決める投票が行われ、芸能の女神マイヨーナの神殿では歌や踊り、笛、太鼓などの腕前が、技能の神アルクトの神殿では伝統工芸などの技能が、飲食の神インランの神殿では料理や酒の良し悪しなどが争われる。その優勝者たちには美しい花冠がおくられ、それぞれが巨大な無蓋馬車に乗って市中をパレードし、市民たちからの賞賛と祝福を浴びるのだ。そしてマリウスもまた、その花冠をあらそうひとりとして、マイヨーナの神殿にいたのである。

なにしろ芸術の都としても名高いタイスである。肥えた耳を持った市民たちは、優れた技を披露したものには惜しみなく拍手を送る一方、少しでも技量の劣るものに対しては容赦なく糾弾し、不平の声をあげて邪魔をする。むろん、コンテストに出場するものにそれほど腕の悪いものはおらぬはずだが、それでも最後まで演奏することを許されず、肩を落として去るものも決して少なくはない。

だが、マリウスに怖れはまったくなかった。彼はなんのてらいもなく堂々と、この神殿の舞台に立ち、広場を埋めつくした観客に向かって自慢のキタラと歌を次々と披露してみせた。彼は恋を軽やかに歌い、冒険の日々を猛々しく歌い、亡き人への慟哭《どうこく》を歌い、いにしえの神話を荘厳に歌った。すべてを歌い終わったとき、観客がマリウスに浴びせたのは、数分《タルザン》にもおよんだ熱狂的な歓声と拍手であった。当初は「タイ・ソン伯のひいき目で出場しやがって……」などと陰口をたたくものもいたが、マリウスがすべてを歌い終えるころには、そのような声はすっかり聞かれなくなっていた。それほどにマリウスの技量は、芸術の都の腕自慢どもをもはるかに凌駕する圧倒的なものだったのだ。

「――歌い手の部、優勝は、マルガのマリウス！」

案にたがわず、自らの名を高らかに呼び上げた司会の声に、マリウスは胸に手を当てて深く一礼すると、神殿のバルコニーから観客でごった返す広場に向かって大きく手を振った。背後からは、きわめて上機嫌なようすのタイス伯の割れんばかりの拍手が響いてくる。

真夏の太陽《ルアー》は正午を過ぎて中天に高く、地上のすべてを焼き尽くさんとばかりに猛々しく荒ぶり、神殿の大理石もその熱を容赦なくはねかえして人々を炙《あぶ》っている。だが、マリウスを讃える観客の熱狂はそれにも増してすさまじく、彼は汗だくになりながらバルコニーから身を乗り出し、歓声にこたえて手を振り続けた。そのうしろから、柔らかく声がかかった。

「おめでとうございます。マリウスさま」

マリウスはふりむいた。そこにはシレンの木の葉をつらねたマイヨーナの花冠を手にした美しい女性が立っていた。まだあどけなささえ残る顔に、はじけるような笑顔が咲く。彩りあざやかな薄布を何枚も重ねたヨウィス風の衣装から露わになった肩はほっそりとして丸く、斜めにカットした短めのスカートからすらりと伸びた脚は、草原を駆け抜ける野生の鹿《パル》のようだ。

「——ワン・イェン・リェン！」

「お久しぶりですね、ほんとうに。お元気そうでよかった」

いまや西の廓の最高遊女《ハオターリャン》となったかつての少女は、伸びあがるようにしてマリウスに花冠をかぶせ、その頰に祝福のキスをした。そのようすに、地上の観客たちからふたたび大きな歓声があがった。

「キタラとお歌を私も聴かせていただきました」

少女のころを思わせるいたずらっぽい上目で、ワン・イェン・リェンは云った。

「さすが、私のキタラの最初のお師匠さま。神話の伝説の詩人さんですね」

「なんだよ、いきなり」

　マリウスは苦笑した。

「見た目は大人になっても、そういうところは変わらないんだな。——でも、どうしてきみがここに？」

「だって、私のお役目ですもの」

　遊女は小さく頭を傾けた。そこには華やかなマンダリアの花の茎を編んだサリュトヴァーナの花冠が飾られていた。マリウスは合点した。

「ああ、きみが選ばれたんだね。タイス一の美女に」

「ええ」

　ワン・イェン・リェンははにかみながらも嬉しそうにうなずいた。水神広場で行われたコンテストの各部門の優勝者にはサリュトヴァーナの花冠と同時に、マイヨーナ神殿での芸能部門の勝者に冠をわたす役割が与えられるのだ。いまやロイチョイを代表する遊女として男からも女からも憧憬と羨望の目を向けられる存在となった彼女は、当然ながらコンテストの大本命であったが、意外と本人は自信がなかったのかもしれぬ。もっともマリウスでさえ、自分の名が呼ばれるまで微塵の不安もなかったといえば嘘になるのだから、こういうときには誰でもそのようなものであるのだろう。

「思いもかけないことでしたけれど。でも、そのおかげでこうしてマリウスさまにお目にかかれてよかった」

「ぼくも嬉しいよ。このあいだ、きみの道中を見かけてから、ずっと会いたいと思っていたけれど、さすがに無理だろうな、と諦めていたんだ」

「私も。これもミロクさまのお導きかも」

「えっ？」

　マリウスは少し驚いて、ワン・イェン・リェンの胸もとに目をやった。そこには小さなミロク十字のペンダントがかかっていた。

「きみ、ミロク教徒なの？」

「ええ。先年、洗礼を受けました」

「へえ、そうなんだ」

　マリウスは意外に思ったが、そういえばタイスに来る道中でも、ずいぶんとミロク教徒が増えていると感じたものだ。このところの旅のなかで、すっかりいい感じの関係になりつつあるフロリーもとても敬虔なミロク教徒だから、マリウスにとって珍しいものではなくなったが、それでも快楽の都タイスで、戒律の厳しいミロク教徒が増えるというのは不思議な気もする。もっとも、思えばヨー・ハンやメッサリナとて以前からミロク教徒だったのだ。ワン・イェン・リェンもそのふたりの影響を受けたとしてもおかしくはない。

「ほんとうにきれいになったね」

マリウスは次の表彰者に場所を譲るため、観客に手を振ってバルコニーを離れつつ、感心して云った。

「それに、ジャスミンに……エッナにそっくり。瓜二つだ」

「ええ」

ワン・イエン・リエンは、つと目をそらした。

「よくいわれます。——さあ、これで私の役目もとりあえず終わり。パレードまではしばらくあるようですから、あちらでお話ししましょう」

二人は連れだって、神殿の奥に用意されている大きな控え室に入った。このあと各部門の優勝者たちは無蓋馬車に乗り、それを何台も連ねて大競技場までパレードすることになっているが、準備には少し時間がかかるようだ。

控え室では、興奮さめやらぬようすの優勝者や入賞者たちが用意された軽食をつまみ、会話する輪があちらこちらにできていた。だが、二人はその輪からは離れ、炭酸で割ったヴァシャの果汁だけを手に、隅のソファにならんですわった。

「きみには話したいこと、聞きたいことがたくさんあって、とても迷うけれど……」

マリウスはためらいがちに云った。

「まずは謝らせてほしい。あのとき、きみたちを助けてあげられなくて、ほんとうにごめん。約束したのに、きみを廓の外に連れていけなくて……きみたちを助けることもできなくて……結局、そのままタイスをあとにすることになってしまって……」

「ほんとうに、そうですよ」

ワン・イェン・リェンは不満げに軽く頬を膨らませた。が、その瞳はくるくると輝いていた。

「私、ほんとうに不安だったんですよ？　いきなり地下で目が覚めて、追いかけられて、逃げて、川に落ちて、また気を失って、気がついたら全然知らないところにいて。まあ、《冥王》《レーデス》さまの宮殿の居心地はそんなに悪くはなかったですけれど、でも、せっかく母娘として名乗ることができた母さまはすぐに廓へ戻ってしまうし。マリウスさまも地下から出ていったきり、帰ってこないし。リナおばさんは親切にしてくれたけれど、私、どれだけ寂しかったことか。誰も約束を守ってくれない、って、ずいぶんと恨んだのですからね。こうしてせっかく再会したからには、仕返しのひとつもしないと気がすまないわ。積年の恨み！　ってところかしら」

「――そうだよね。ごめん」

「ま、いうほど怒ってはいないですけれど」

遊女は屈託なく笑った。

「だって、なんどもマリウスさまには助けていただきましたものね。鎮魂の廟でも、熔岩の森でも、地下水路に落ちたときも。地下牢から助けてくださったのも、マリウスさまなんでしょう？　地下を出てから、私たちのために南の廓でしてくださったことも、あとから噂で聞きました。サール通りで姿を消したって聞いたから、悪いやつらに捕まって、ひどい目に遭わされたんじゃないかって、チェン・リー兄さんとずいぶん心配もしたんですよ。だから、こうしてまたマリウスさまとお目にかかれてほんとうによかった」

「──そういってもらえると、少しだけほっとするけれど」

マリウスは小さく微笑んだ。

「でも、きみはなぜ西の廓に戻ったの？　あのまま廓に戻らずに暮らしていくこともできたのに」

「それでは意味がありませんもの」

遊女は少し寂しげに微笑んだ。

「廓の外に出たところで、そこには私の父も母もおりません。私は母を探したくて──母に会いたくて廓から出たかったのですから」

「ああ、そうだ」

マリウスはしみじみと思い出した。

「ぼくは、それも約束していたんだった」

「ええ。でも、母はずっと私のそばにいたことがわかった。そして一度はいっしょに廓の外に出ることもできたけれど、そのあと母は廓に戻ってしまった。それならば私も母と一緒に廓に戻る、というのは私にとっては当然の選択でした。母のそばにいることが、私にとってはなによりも大事なことだったのですもの。それにチェン・リー兄さんのこともありましたしね。万が一にも、私たちのために兄さんを犠牲にするなんてことはできなかった。もっとも……」

遊女はそっと目を伏せた。

「母の近くで過ごせた時間は、それほど長くはありませんでしたけれど」

「うん、聞いたよ。エッナが亡くなったこと……」

「…………」

ワン・イェン・リェンは無言で小さくうなずいた。その瞳が少し寂しげに揺れた。マリウスは、廓の茶屋で聞いたチェン・リーの話を思いかえしていた。

（ずいぶんと厳しい詮議だったぜ。ジャスミンもイェン・リェンも、ちゃんと自分で戻ってきたっていうのに、それでもあいつらはまったく容赦しなかった。なにしろ、やつらの詮議ときたら、俺でさえ音をあげそうになったくらいの厳しさだったからな）

気のいい用心棒は、マリウスに麦酒やら串焼きやらをしきりに勧めながら話してくれたのだった。

（たいした証拠もなかったんだけどな。でも、楼主さまたちを殺したのは、ジャスミンとイェン・リェンに違いねえ、ってやつらがほとんどでさ。折あしく、ふたりが実の母娘だってことがバレちまったもんだから。それで、廓じゅうがてんやわんやになるような大事件をふたりで起こしておいて、そのすきに足抜けしたんだろう、ってわけさ。まあ、めちゃくちゃな話だが、あいつらにとっちゃあ、誰かを犯人に仕立てあげなきゃあ、おさまらなかったんだな。こりゃあ、ふたりとも死罪になるんじゃねえかって、俺も気が気じゃあなかったが……）

だがまもなくして、その状況は一変した。殺害された二人の楼主、ガン・ローとラン・ドンが生前、ラオ・ノヴァルと闇妓楼との関係に疑いを抱き、ひそかに調査していたことがわかったのだ。そしてガン・ローの自室から、その調査結果を記した書類が見つかった。そのなかには、ノヴァルが最初の闇妓楼の事件に深く関わり、大火事で主を失った遊女見習いを大量に横流ししていたこと、そしてその後復活した闇妓楼にも、何人かの少女をだまして融通し、遊女として送りこんでいたことを示す証拠が残されていた。そしてあの日は、その二人の楼主が、証拠を突きつけるためにノヴァルのもとを訪れていたことも明らかになったのだ。

（あれが大きかったな。それで自警団のやつらの見方ががらっと変わった。ノヴァルに一気に疑いの目が向いたのよ。要するに、自分の悪事がばれたことを知ったあいつが、やけになって楼主さまたちを道連れに自殺を図った、ってことじゃねえか、ってわけさ）

ワン・イェン・リェンには茶に毒を混入した疑いがかけられていたが、彼女は黒蓮の術によって操られていたのだ、というジャスミンの主張も、それを機に本腰を入れて調べられることになった。そのとき重要な役割を果たしたのが、ジャスミンの後見人を自認するヨー・ハンだった。

（ヨー・ハンさまは懇意だった先代から相談を受けて、事情があることを承知した上でジャスミンの水揚げの相手を引き受けたんだそうでな。ま、ああいうかただから、その事情ってのを深く詮索することはなかったんだそうだが、これまでのジャスミンとのやりとりを振りかえっているうちに、ノヴァルの所業について思いあたる節があったんだそうだよ。それで自警団に働きかけた。それがやつらを動かしたんだな。さすがにタイスでも一、二を争う大商人の言葉ともなると、西の廓も無視できねえってわけさ）

その結果、先代のころから蓮華楼の番頭を務めてきたノヴァルの腹心ともいうべき男が、ノヴァルが黒蓮の扱いに長けていたこと、そして若い時分にはそれを悪用し、大勢の遊女見習いに手を出していたことをついに白状した。それが決め手となり、ワン・イェン・リェンはノヴァルに操られていたものと判断され、いっさいの咎なしとして詮議からようやく放免されたのである。

(だが、ジャスミンのほうは、そう簡単にはいかなかった。ま、楼主さまの殺害については無罪とされたし、例の髪飾りの件も情状をくんでもらったんだが……)

実際には生きかえったノヴァルを殺したのはジャスミンなのだが、そもそも西の廓はティオベの秘薬のことを知らぬ。ノヴァルはあくまで自ら服毒して自死したのであり、ぼんのくぼに刺さっていた髪飾りは、自分や娘への生前の所業を恨んだジャスミンが、その憎しみのあまりにノヴァルの遺体を祭壇から引きずり下ろし、突き刺したものである、と西の廓は結論づけたのだ。

(問題は足抜けのほうでな。これればかりは云い逃れができなかった)

西の廓がなによりも咎めたのは、ジャスミンが離れからワン・イェン・リェンを連れて廓の外へ逃げたことであった。楼主の殺害や闇妓楼を巡るさまざまな事情や、ワン・イェン・リェンが実の娘であったという点を考慮したとしても、最高遊女としては遊女見習いを見つけた時点で蓮華楼に戻るべきであり、廓の外へ逃げたのは足抜けと判断せざるをえない、とされたのだ。

いにしえのファン・ビンの例を引くまでもなく、最高遊女の足抜けとなれば、本来であれば死罪を免れぬところである。だが、ここでも力を発揮したのがヨー・ハンであった。彼は商業ギルドの重鎮たる自らの立場と影響力、財力を存分に利用し、妓楼ギルドの有力な楼主にねばり強く働きかけた。それが功を奏し、ジャスミンは事情を踏まえて罪一等を減じられ、西の廓の牢に十五年間つながれることとなったのである。

（十五年ってのも厳しいようだが、それもまあ、ひとつのはからいでね。あのときワン・イェン・リェンは十二歳、その十五年後にはちょうど二十七歳だ。となれば遊女としての年季があける。それならば釈放されたジャスミンとふたり、大手を振っていっしょに廓を出ていけるというわけさ。ワン・イェン・リェンが三日に一回、ジャスミンに面会に行くことも認めさせたしな。たいしたもんだよ、ヨー・ハンさまは）

もうひとつ、当時の遊女見習いの神隠しの顚末《てんまつ》については、闇妓楼とノヴァルの関係が明らかになったことが幸いした。さしたる証拠はあがらなかったが、これも闇妓楼が黒幕となり、ノヴァルの手引きによって起こした事件であると結論されたのだ。ノヴァルの死と闇妓楼の焼失以降、神隠しがぴたりと起こらなくなったことも、その判断を後押しした。掠われた遊女見習いは誰ひとりとして見つからなかったが、それも闇妓楼の火事によって全員が焼死したのであろう、というのが西の廓の結論であった。かつて西の廓を揺るがせた大事件は、このようにしてすべてがおおむねよい方向に解決をみたのである。

かくしてジャスミンは、廓の外での娘との暮らしを心待ちにしながら、長い獄中生活を送ることになるはずだったのだが――

「ねえ、イェン・リェン。こんなことをきみに聞いていいのかどうか、判らないけれど

「……」

マリウスはためらいがちに云った。

「その――エッナのことなんだけど」

「ええ」

「チェン・リーは、エッナが投獄されてからのことをそれほど詳しくは教えてくれなかったんだ。まもなくして獄中で亡くなった、ってことくらいしか……それ以外のことは、俺には話す権利はない、聞くならイェン・リェンに聞け、っていうばかりでね」

「そうでしたか」

「うん。毒で亡くなった、とは教えてくれたけれど……それが自死なのか、それとも毒殺されたのかは、結局わからないままだったって」

「…………」

ワン・イェン・リェンは黙ってうなずくばかりだった。

チェン・リーがわずかに語ったことによれば、ジャスミンは投獄されてから数ヵ月後に、獄中で変わり果てた姿になっていたのだという。事切れた彼女のわきには食べかけの食事が残っており、そこから猛毒で知られるゾルーガ蛇の毒がみつかった。

状況からは毒殺された可能性が高いとされたが、ジャスミンが獄中での生活を悲観して自ら毒を所望した可能性も否定はできなかった。自警団による取り調べが一応おこなわれたものの、動機や犯人を特定するには至らず、早々に取り調べは打ち切られた。もっとも西の廓にしてみれば、そもそも死罪となってもおかしくない獄中の遊女の死など、わざわざ厳しく追及するほどのものではない、というのも本音ではあっただろう。そしてジャスミンの遺体はヨー・ハンに引き取られ、丁重に葬られたのだという。

「だけど……それがぼくにはどうしても納得できなくて——どうしてエッナは死ななければならなかったんだろう。あるいは、どうして殺されなければならなかったんだろう、って。ぼくはそれが悔しくて……それはもちろん、あのときにエッナを助けてあげることができなかったぼくの責任でもある。だから——自死であれ、他殺であれ、エッナを死に追いこんだ者がいるのなら、ぼくはそいつを許すことはできない。ねえ、イェン・リェン。エッナが亡くなった理由、きみならなにか思いあたることはないだろうか」

「…………」

若い遊女は少しうつむきながら、じっと考えていたが、やがてためらいがちに云った。

「ある、といっていいのかどうか……でも、お話しできることはあります。母がなぜ死んだのか。そして母はどうやって毒を手に入れたのか、ということについて」

「——ほんと？」

「ええ」

「それ、聞かせてもらうわけにはいかないだろうか」

「――どうしてもお聞きになりたいですか？」

「ああ、もちろん」

「聞いたら」

ワン・イェン・リェンは、マリウスを上目でちらりと見た。

「後悔されるかもしれませんよ」

「――え？」

「それでもかまわない、というのならお話ししますけれど」

「…………」

マリウスはわずかに鼻白んだが、すぐにうなずいた。

「ああ、かまわない。ぜひ聞かせてほしい」

「わかりました」

遊女はうなずいた。

「では、少し遠回りになりますけれど、母が投獄されたときのことからお話しいたしましょうか」

「ああ」

「七年前――地下から戻った母が投獄されたのはとても哀しいことでしたけれど、それでもあのころ、私にとって母との面会はいつも楽しい時間でした」

ワン・イェン・リェンは遠くを見るように云った。

「もちろん、母にとって獄中での生活は楽なものではなかったでしょうけれど、いつも私を機嫌よく迎えてくれました。私の差し入れをいつも喜んでくれて……私は廓でのできごとを、いつも夢中になって母に話して、母はそれを聞いていっしょに笑ったり、怒ったり、泣いたり。ときにはこれまでのように、廓での生活で気をつけなければならないことを教えてくれたり。それは不自由ではあったけれど、ほんとうに幸せな時間でした」

「そう……」

「でも、その時間はほんのひと月ほども続きませんでした。まもなく、母が体調を崩して……ベッド、といってても粗末なものですけれど、そこにずっと横になるような状態が続いて、食欲もなくて、いつも食事を残してしまって。それでも私が訪れれば、嬉しそうに迎えてはくれましたけれど、その笑顔にはいつもどこか無理があった。それまでとは違って、どこか上の空のところがありました。私はとても不安でした。なにしろ、母は西の廓にとって罪人ですもの。牢獄での生活が体にいいわけはありませんし、お医者さまなど呼んではもらえません。もちろん、看病してくれる人もいません。私は人づてでヨー・ハンさまにお願いして、滋養のある薬をなんども母に届けたものです」

「………」

「そんなことがふた月ほども続いたころ、ようやく母の体調が戻り、また食事を取れるようになってきた。顔色も少しずつよくなってきて、私はずいぶんとほっとしたものです。ただ、それでも母はまだ、どこか上の空で、いつもなにかを考えこんでいた。私はそれがほんとうに哀しくて、寂しくて……。もっと私の話を真剣に聞いてほしいのにって。それに薬を届けたり、励ましたり、一生懸命に頑張って母の病気を治したのは私だ、という自負もありましたから、そんな不満を母にぶつけたこともありました。でも、それからしばらく経ってからのことでした。私が母に起こっていた、ほんとうの異変に気づいたのは」

「異変――？」

「私は幼くて、そういう経験もありませんでしたし、母もひた隠しにしていましたから、ずっと気づきませんでした。これがもし他の人――例えばリナおばさんのようなひとだったら、すぐに気づいていたのでしょうけれど……。でも時が経つにつれて、うぶな私でもわかるほどに――母も隠そうにも隠しきれないほどに、母に起こった異変は進んでいきました。なぜなら、母のお腹は少しずつ、でもあきらかに膨らんでいったからです」

「――え？」

マリウスは思わず目を見張った。

「それって、まさか――」

「ええ」

遊女はうなずき、マリウスをそっと見つめた。

「母は身ごもっていたんです」

「身ごもっていた……」

「もちろん、母も遊女ですもの。身ごもってしまうことはそれほど珍しいことではありませんん。だからこそ、あれほど多くの子が、かつての私のように《ミーレの館》にいるのですから。もっとも、そのときの母にはまた別の事情もあったようですけれど……」

ワン・イェン・リェンは、マリウスからつと目をそらして云った。

「ともあれ、それで母は私にも、ようやく、ずっと塞ぎがちだった理由を話してくれました。母は、お腹に子がいることが判ってから、ずっと怖れていたんです。このままでは、このお腹の子とまた引き離されてしまう、なによりも大事なわが子とまた二度と会えなくなってしまう――って。かつて、私と母がそうであったように。もう身ごもっていることを隠すことができなくなってからは、私が会いに行くたびに、母はいつもそのことばかりを嘆いていました」

淡々と話す遊女の瞳に、徐々に奇妙なかぎろいが浮かびはじめた。

「正直、複雑な思いでした。私もまだ十二歳、ようやく憧れつづけた母と出会えたばかりだったのですもの。もっともっと、母には私だけを見ていてほしい、という思いはとても強かった。でも、母は私よりもずっと、お腹の子のことばかりを嘆いていた。もちろん、お腹の子は私にとっても妹か弟、愛しく思う気持ちは私にだってあります。だから母の気持ちも判らなかったわけではない。私のように、生まれてすぐに母と引き離されてしまうだろう赤ちゃんを不憫と思わなかったわけでもない。私自身が味わっていた寂しさを思えば、そんなことは当然です。でも毎回、会うたびに同じことを聞かされているうちに、だんだんと腹が立ってきて……たとえお腹の子とは別れることになっても、それでも私がいるじゃないの、って……。それなのに母が気に病むのはお腹の子のことばかり。だったら、いったい私は母にとってなんなのだろう、って」

「…………」

「そんな日々が何ヵ月も続いて……もう臨月を迎えようというころになって、ある日、私はとうとう癇癪《かんしゃく》を起こして、母を強くなじってしまった。そんなにお腹の子と別れたくないというのなら――私よりもお腹の子が大事だというのなら、さっさと一緒に死ねばいい、と。そうすれば、その子と別れなくてすむし、少なくともあの世でなら、お腹の子と一緒に暮らせるでしょう、と」

「――イェン・リェン！」

マリウスは愕然として遊女を見つめた。

「なんてことをきみは――！」

「もちろん、本気でいったわけではなかった。そう云えば、きっと母が私の思いに気づいて、また私を見てくれる、って、子どもごころにそう思っただけ……でも、そうしたら母は私のほうをちらりと見て、何ヵ月ぶりかで小さく笑って――それはいい考えね、それがいいかもしれないわね、って。イェン・リェンとはお別れになるけれど、しょうがないわね。あなたならひとりでもだいじょうぶ。元気でね、って……」

「そんな……」

「そのとき、私は母に対してすっかり失望してしまったのだと思います。そしてそれが憎しみに変わってしまった……私は母にだまされていたのだと思いました。私を愛している、もう離れたくない、といっていた言葉は、みんな嘘だったんだって。私は母の言葉を信じて、自らこの苦界に戻ったのに……それなのに、母は私を裏切った。新しい子ができたとたん、母は私をあっさりと捨てた。だから、私はその次に母のもとを訪れたとき、毒を届けたんです。リナおばさん――毒使いのメッサリナから密かにもらった猛毒を。ほんの一滴でも口にすれば、たちどころに死んでしまうゾルーガ蛇の毒を。これでさっさと死ね、あたしの前から永遠に消えろ、この売女、って耳もとでささやいて」

「――――！」

「でも、母はそれほどショックを受けたようでもありませんでした。ただ毒の入った瓶を見つめて、じっと考えていました。私は、ありったけの憎しみをこめて、もうここには二度と来ない、といい捨てて妓楼に戻りました。最後に振りかえったとき、母はずいぶんと青い顔をしていたけれど、それでも私に目を向けようとはしませんでした。その二日後です。母が毒を飲んで死んだのは」

「そんな……そんな……」

マリウスは呆然としてつぶやいた。

「じゃあ、ジャスミンを殺したのは……エッナに毒を飲ませたのは」

「ええ」

遊女の瞳を深い闇がよぎった。

「私です」

2

「…………」

マリウスは言葉を失ったまま、戦慄して遊女を見つめた。美しい遊女は、生前の母とうりふたつの顔で、やや目を細めてじっと遠くを見つめていた。その口もとは、怒りとも笑みとも、哀しみともつかぬかたちに歪んでいた。そこにはもはや、無邪気だった少女の面影は微塵もなく、驕慢にして酷薄な女の顔だけがあった。その類い稀なる美貌はかえって、その冷徹さを際立たせていた。それはまるで、憎しみの氷の指をもつという死の女神ゾルードの姿そのもののようにマリウスには見えた。

「——どうしたの？　黙っちゃって」

遊女は声もないマリウスの顔をのぞきこみ、にっとあやしく微笑んで云った。

「あら、いやだ。マリウスさま。怖い顔」

「イェン・リェン……」

マリウスはようやく声を絞り出した。

「きみはなんていうおそろしいことを……エッナを殺したって――しかも、エッナのお腹の子まで、きみは……」

「ふふふ」

ワン・イェン・リェンは妙に楽しそうに笑った。

「やだわ、マリウスさま。ほんとうに怖い顔。マリウスさまでも、そんな顔をなさるのね」

「あたりまえだろう！　だって、きみが殺したのは実の母で、しかもぼくのたったひとりの従姉で……それを……」

「――驚いた？」

「驚くとか、驚かないとか、そんな話じゃないだろう、イェン・リェン！」

「ふふふ」

遊女はまた含み笑いをした。

「まあ、でもよかった。勇気を出して、話した甲斐があったってものね」

「よかった、って……」

「私、嫉妬してたんです。母に」

「――え？」

「あのころの私、マリウスさまに憧れていたんですよ。恋をしていた、といってもいいかもしれない。毎日のようにマリウスさまのところへ通って、世界じゅうの不思議なお話を聞いて、キタラをそれこそ手取り足取り教えてもらって……私にとってはほんとうに憧れの伝説の詩人さんそのものでした。しかも何度も助けてくださったし、お顔もお声もお心も優しいし──そんなの、十二の娘が初めての恋に落ちるには十分すぎるでしょう。それなのに──」

遊女はマリウスをちらりと睨みつけた。

「マリウスさまはいつの間にか、母と仲良くなっていて……母とはあまり反りが合わないように見えていたのに。私のほうがずっとマリウスさまと仲がよかったのに。それなのに、私には見向きもせずに、あっさりと母といい仲になってしまった。ほんとうに母は魔女だわ、と思いましたもの。そもそも、マリウスさまは私に廓の外を見せてあげる、っていってくださったでしょう？　それっていわば駆け落ちの約束ですよね。廓の男女にとっては、命がけの愛の誓い。それなのに、私を捨てて、母のもとへ走ってしまうなんて」

「いや、あれは……あの約束は……」

「いいわけは無用です」

ワン・イェン・リェンは人差し指をマリウスの唇に押しあてた。

「だからいったでしょう？　話を聞いたら、後悔するかもしれませんよ、って。これは私からマリウスさまへの復讐でもある。私を裏切った母とあなた、ふたりへの、ね」

「裏切りって——」

マリウスはごくりとつばを飲んだ。

「じゃあ、きみがエッナを殺したのは、ぼくのせいでもあるっていうこと——？」

「ええ」

「ほんとに、ぼくのせいで、エッナを——？」

「ええ、そうです」

「そんな……」

マリウスは慄然とした。最後に一夜をともにしたときのエッナの寂しげな笑顔が脳裏に浮かぶ。

「そんな……そんな、ばかな……」

「ふふふ」

遊女はマリウスの頬をそっとなでると、低い声で云った。

「そう、母が死んだのはマリウスさまのせい。マリウスさまが約束を破り、あなたに恋をしていた私を見捨てて廓から出ていってしまったせい。これは嫉妬の女神ティアが私に命じた復讐劇——そうなんですよ、マリウスさま」

「ぼくの……ぼくのせいで……エッナをきみが……そんな……」

もはやマリウスには言葉もなかった。かつて西の廓で、地下牢で、そして地下の宮殿で、ともに過ごしたエッナの姿が次々と脳裏に浮かんでは消えていった。マリウスは悄然として肩を落とした。そのマリウスにまるで追い打ちをかけようとでもいうように、ワン・イェン・リェンはゆっくりと耳もとに口を寄せた。

「――という話」

遊女はそっとささやいた。

「マリウスさま、どう思います？」

「――え？」

マリウスはのろのろと遊女の顔を見た。

「なに？」

「ですから」

遊女はマリウスを見つめかえした。

「マリウスさま、いまの話、どう思いますか？」

「どう思うか、って……」

マリウスは憮然として若い遊女を見つめた。

「そんなことといわれても……」

「私が母を殺したということ。そしてそれがマリウスさまのせいだということ。どう思っていらっしゃいます？」

「それは……」

マリウスは口ごもった。

「とても信じられないし、信じたくないし……でも……」

「ふふふ」

遊女は耐えきれぬように笑った。そのとたん、その酷薄な表情が崩れ、かつての無邪気な少女がふいに戻ってきたような気がした。

「ごめんね。マリウスさま」

ワン・イェン・リェンはちろりと舌を出した。

「ちょっといじわるが過ぎたかも」

「──えっ？」

「いまの話はね」

ワン・イェン・リェンは薄く微笑んだ。

「なんというか──表向きの話」

「表向き──？」

「ええ」

「それはなに？」

マリウスは混乱した。

「要するに、いまの話は嘘だってこと？」

「嘘、というか……どういえばいいのかしら」

ワン・イェン・リェンはまた小さく首をかしげた。

「いまのは、もし私が母さまに毒を盛ったことが西の廓にばれてしまったら、こう話そうと考えていたこと。だから、嘘というのも少し違うのかしら」

「おい、イェン・リェン」

マリウスは困惑した。

「なにをいっているのか、全然わけがわからないよ！　結局、毒を盛ったのはきみなのか？　そしてそれはぼくのせいなのか？　エッナを殺したのはいったい――」

「落ちついて、マリウスさま。いまちゃんとお話しするわ」

ワン・イェン・リェンは、マリウスの手をそっと取った。

「あのね。母さまにゾルーガ蛇の毒をわたしたのは私。それはほんとうのこと。そして私がわたした毒を飲んで母さまが亡くなった。それもほんとうのこと。だけど、それは母さまが憎かったからじゃない。ましてや、マリウスさまに復讐しようとしたわけでもない。私は母さまを心から愛していた。愛していればこそ、私は牢獄での母さまの辛い日々を終わらせてあげようとした。ただ、それだけのこと」

「終わらせてあげようとしただけ、って」

マリウスは思わず抗議しようとした。

「だからって……」

「待って、マリウスさま。話はまだ終わっていないわ」

イェン・リェンは小さく微笑み、さらに声を落とした。

「そのために私は母さまに毒をわたした。だけど、私がわたした毒はゾルーガ蛇の毒だけ、じゃない。そして母さまを殺した毒は、ゾルーガ蛇の毒のほうじゃない。母さまは、自分が食べかけた食事にゾルーガ蛇の毒を混ぜただけ。ひとくちも口にしていないわ」

「——え？」

マリウスはまた混乱した。

「それは、どういう……」

「母が口にしたのは、ゾルーガ蛇の毒じゃないの。みんなはそう思っているけれど、そうじゃない。母が飲んだのは——母を死なせたのは、私がわたしたもうひとつの毒。リナおばさんが調合したティオベの毒なの」

「ティオベ——？」

「ええ」

「え？　ってことは——」

　マリウスははっとした。

「エッナは、まさか――！」

「そう。わかった？」

　ワン・イェン・リェンはいたずらそうに微笑みながら云った。

「母さまは獄中でティオベの毒を飲んで亡くなった。そしてお腹の子と一緒に牢獄から外に出されて、ヨー・ハンさまに引き取られて――そこで息を吹きかえしたの。リナおばさんのとっておきの秘薬によって」

「秘薬……ティオベの……」

　マリウスは呆然とした。

「じゃあエッナは……エッナは、ほんとうは生きているということ――？」

「ええ、そうよ」

「――お腹の子は？」

「無事に産まれたわ。弟よ」

「なんて……」

　マリウスは呆然とつぶやいた。

「なんて、大胆なことを……」

「びっくりした？」

「びっくりしたも、なにも……まったく……きみは……きみって娘は！」

さすがのマリウスも本気で腹を立てた。

「ずいぶんと人が悪いじゃないか！　だったら、最初からそう教えてくれればいいじゃないか。ぼくにあんなひどい嘘をつく必要なんか、ある？　いくらなんでもひどすぎるよ！　ぼくはほんとうに驚きすぎて、哀しすぎて、エッナに申し訳なくて、絶望して心臓が止まるかと思ったよ！」

「ふふふ」

イェン・リェンはまたちろりと可愛らしく舌を出した。

「ごめんなさい。でも、どうしてもちょっとだけ仕返しがしたかったのよ。幼かった私をひとりぼっちにして、約束を守らずにどこかへ姿を消してしまった誰かさんにね」

「うっ……」

「しかも、あとから聞きましたよ。マリウスさまといい仲になったのは母だけではないそうね。蓮華楼の下女やら若い遊女とも、廓の目を上手に盗んではこっそり遊んでいたそうじゃない。それもずいぶん大勢と。もう、あきれたというか、なんというか。さすがに遊女見習いには手を出されなかったようですけれど」

「えっ？　あ、いや、それは……」

「しかも、廓の外にもずいぶんと深い仲のかたがいらしたそうじゃないですか。どこぞの酒場にお勤めの。ライラさん、でしたっけ？」

「な……」

マリウスはぎくりとした。

「なんで、そんなことまで」

「チェン・リー兄さんに聞きましたもの。ライラさんにはお会いになりましたの？」

「え？　ああ……うん……あ、いや……その……」

「お元気でした？」

「ああ……その……なんというか……うん。とっても」

「うふふ」

ワン・イェン・リェンはころころと笑った。

「ほーんと、マリウスさまってとんだ浮気ものでしたのね。タイスだけでこれなら、ほかの土地にはどれだけいい仲のひとがいるのやら。あやうく私、だまされて駆け落ちしてしまうところだったわ」

「だから、きみとの約束はそういうものじゃないから！」

「あら、そうでしたっけ？」

遊女はとぼけた。

「まあ、いいわ。とにかく、よかった」

「——え？」

「私の嘘にこんなに驚いてくれて。なんだかもう、すっごくすっきりした」

「まったく……」

マリウスは憤懣《ふんまん》やるかたなく、激しく頭をかいた。

「ほんとうにそういうところは、昔のいたずら好きのまんまなんだな。この小悪魔め」

「ごめんね」

ワン・イェン・リェンは笑いながら両手をあわせた。

「びっくりさせてごめんなさい。マリウス叔父さま」

「叔父さま——？」

マリウスは面食らった。

「なんだい、そりゃ」

「だってそうでしょ？　マリウスさまは母さまの従弟なんだもの。だったら、私にとっては叔父さまみたいなものだわ」

「まあ、いわれてみればそうだけれど……」

マリウスはやれやれ、と首を振った。

「ずいぶん大人になったな、とも思ったけれど、中身はほんっとに変わってないんだな。赤児のときからドールはドール、とはよくいったものだ」

「あら、ひどい。どうせならシレンの花は蕾《つぼ》めるに芳し、といってほしいものだわ」

「そういうところだよ！　口ばっかりどんどん達者になって。ほんとうに口が減らない。いったい誰に似たんだか」

「えーと……やっぱり、叔父さま？」

「ああ、もう」

マリウスは思わず苦笑しながら、両手を挙げた。

「きみには降参だ。ほら、このとおり」

「ふふふ」

ワン・イェン・リェンはまたころころと笑った。つられてマリウスもついに吹き出した。神殿の柱のあいだをふいに風が吹き抜け、汗ばんだ肌にいっときの涼をもたらしてゆく。

「まったく、しかたのない娘だな、きみは。――でもさ、イェン・リェン」

マリウスは、声をひそめて話を戻した。

「ティオベの秘薬なんて、そんなに簡単に作れるものではないはずだ。医師や魔道師でも、相当に高位の腕のいいものしか作ることができない秘薬なのに。それをどうして作ることができたんだ？」

「マリウスさま。お忘れじゃなくて？」

遊女はどこか得意げだった。

「リナおばさんは、中原で知らない人のいないほどの毒使いの名手なのよ。そして母さまの後見人はヨー・ハンさま。世界じゅうの有名なお医者さまや魔道師とも交流がある、タイス一の薬種問屋のご主人さまだわ。このふたりが力をあわせたのですもの。ティオベの秘密なんて、解けないはずがない」

「ああ……」

マリウスは納得した。

「そうか。そうかもしれない」

「そしてリナおばさんはとても腕がいい産婆でもあるわ。母親とお腹の子のことなら、何だって知っている。ティオベを飲むのを臨月のぎりぎりまで待ったのも、リナおばさんの判断だった。——だから、私は思うの。もし、リナおばさんとヨー・ハンさまがどちらかでも欠けていたら、母さまと赤ちゃん、二人とも救うことができるティオベの秘薬をつくることなんてきっとできなかった。そんなふたりが誰よりも味方でいてくれた母さまは、すごく運の強いひとなんだなあ、って」

「…………」

「リナおばさんはおととし、病で亡くなってしまったけれど、そのときこっそり見舞いにいったチェン・リー兄さんに笑いかけていったそうです。——あれは何人ものひとを殺《あや》めてきたあたしにとって、生涯最高の毒だった。なんてったって、ふたりも命を救うことができたんだからね、って」

「そうか……」

マリウスは嘆息した。

「確かにそうだね。そのとおりだ。それがいちばん正しい秘薬の使いかただとぼくも思う」

「リナおばさんはもともと、母さまが牢屋に入れられたときから、脱獄させる方法を考えていたみたい。当たり前だけれど、あんなに狭い牢屋に閉じこめられたまま、十五年を無事に生き抜くのは難しいとおばさんは考えたのね。ただ、むりやり脱獄しただけでは、母さまはたちまち追われる身になってしまうでしょう？　でも死んでしまえば、もちろん遺体はすぐに外に出されるし、もう追われることは絶対にないわ。だから、ティオベの秘薬を使うことを考えた。はからずも、あのノヴァルがたくらんだことがヒントになったのね。それでヨー・ハンさまのつてで、サイロンまで出かけて秘薬について学んできたんですって。とても偉い、宮廷に仕えたこともあるお医者さまに」

「へえ……」

「でも、母さまは牢屋から出ようとはしなかった。母さまは私のそばを離れたくなかったから。さっきの話のいちばんの嘘は、そこのところね。ほんとうは妊娠がわかったときも、それでも私から離れるつもりはない、と母さまはきっぱりといってくれた。でも……」

　ワン・イェン・リェンは小さく微笑んだ。

「母さまがほんとうはお腹の子とも別れたくないことは、私にもよくわかっていた。母さまは、私の前ではいつも笑顔でいてくれたけれど、それでもあわてて涙をぬぐったような痕が残っていることもあった。それはそうよね。お腹の子だって、母さまにとっては大事な子。ましてやその子は、母さまが初めて、好きな人とのあいだになした子供だったんだもの」

「――えっ？」

　マリウスは聞きとがめたが、イェン・リェンは無視して続けた。

「だから私は母さまにいったんです。できるならばこれ以上、私のような子を増やさないで、って。私は幸い、母さまに会うことができたけれど、この子がそのような幸運に出会えるとは限らない。私は少し時間がかかるけれど、それでもいつかはここを出て、また母さまと一緒に――これから生まれてくる妹か弟とも一緒に暮らすことだってできる。だから、お願い、いまはこのお腹の子と逃げて、って」

「イェン・リェン……」

「それでも母さまは悩んでいた。簡単にできる決意ではないですもの。もちろん、ティオベの秘薬がうまく効かなければ、自分は命を失ってしまう。それどころか、お腹の子までも失ってしまうかもしれない。そうなれば、私のこともまたほんとうの天涯孤独にしてしまうことになる。あるいは自分は助かっても、お腹の子は助からない危険だってないわけじゃない。それではもっと大きな傷を心に抱えて生きていくことになる。リナおばさんは、万が一のことがあっても、お腹の子は絶対に助ける、そのために作った秘薬なのだから、と約束してくれたけれど、それでも不安が消えるわけじゃない。だから――このまま何もせずにお腹の子と生き別れるか、それとも自分かお腹の子、あるいは両方の命を失う危険を冒してでも、あくまでお腹の子とともに生きる道を求めるか……。母さまはほんとうにぎりぎりまで、悩みに悩み抜いていた」

「………」

「でも、母さまはティオベの秘薬を飲むことを決意してくれた。リナおばさんとヨー・ハンさまを信じて。そしてそれはたぶん、母さまが自分の運命に対して挑んだ闘いでもあったのでしょうね。幼いころから理不尽に家族と引き離され、故郷を追われ、遊女にされ、子を奪われ――そんな理不尽な運命に、これ以上翻弄されてたまるものか、という思いが母さまにあったんだと思います。そして生まれてくる子にも、そんな運命を絶対に味わわせることはしない、という決意が。だから、母さまはすべてを賭けて運命に挑んで、見事に打ち勝って見せた。――そう考えると、母さまとマリウスさまは、やっぱりどこか似ているところがあるのかもしれませんね。遊女という運命に逆らった母さまと、王子という運命に逆らったマリウスさまには」

「――いや、でも、ぼくは……」

マリウスは口ごもった。自分はエッナのように、運命と闘っているのだろうか――という思いがよぎる。それはマリウスの心のうちに、いつもどこかしこりのようにある思いだった。

（ぼくは、運命と闘っているのではなく、逃げているだけではないだろうか――パロの宮廷からも、ナリスからも、ケイロニアからも、かつてのタイスからも。いつも運命と向きあおうとせず、ときには出自のせいにして、ときには誰かのせいにして――前の妻と別れたときなどは、あろうことか母さまままでをも悪者にしてしまった。ほんとうはそうではなかったことをとっくに知っていたくせに）

（もちろん、逃げたことが間違っていたとは思わない。ぼくはパロにも、兄のもとにも、ケイロニアにも留まることは絶対にできなかった。それはぼくにとって、自分の魂を殺すのと同じことだったからだ。だけれど、運命から逃げるにしても、もっと正しい方法があったのではないだろうか。運命から目を背けるのではなく、運命にまともに向きあって、なおかつ運命と決別することができる、そんな方法が。それこそエッナのように、死中に活を見いだすような――でも、ぼくはそんなことを、これまで一度でも考えたこ

とはあっただろうか）

（そう、かつて予言者ルカに云われたことがある。——あなたはすでに二度、逃げて来られた。三たび、自らの運命から逃れようとするときには、あなたは導きの光を失い、そしてさらにもういちど逃亡の罪をかさねるときには、あなたの魂はもはやドールのものでありましょう、と……）

（だとしたら、ぼくは——ぼくの魂はまだ、ぼくのものなのだろうか——？）

「——マリウスさま？　どうしました？」

黙りこんでしまったマリウスを、イェン・リェンがいぶかしげにのぞきこんだ。マリウスは我にかえり、あわてて手を振った。

「あ、いや、なんでもないよ。それでいま、エッナはどこに？」

「さあ、どこでしょうね」

ワン・イェン・リェンは微笑んで肩をすくめた。

「ときどきヨー・ハンさまを通して文はくれますけれど。母さまも、廓をでてからミロクさまの洗礼を受けたんです。そのときにミロクさまから新しい洗礼名をいただいて、それがすごく気に入っているみたい。だから、いまはそちらの名前を主に名乗っているの。ミロク教の聖女さまの名前。昔、聖地ヤガが津波に襲われたときに、自分の身を犠牲にして大勢の子の命を救った聖女さまの——なんだか、《館》の子たちを何人も救い出した母さまには、ぴったりだと思いません？」

「うん、そうだね」

「もっとも、母さまがその名を気に入った理由は他にあるようですけれど……いまではミロクさまの教えのもとで、ミロクの仲間たちとあちらこちらの聖地や神殿を巡礼しているみたい。そうしながら、行方知れずの母と弟――私にとっては祖母と叔父のことを探しているようです。でも、そんな旅の暮らしを楽しんでいるみたいですよ。それもきっと、マリウスさまと同じ、母さまに流れるヨウィスの血がなせることなのでしょうね」

「そうだね。そうかもしれない。――でも」

マリウスは遊女の顔をのぞきこんだ。

「イェン・リェン。ヨウィスの血はきみにだって流れているだろう。そんなきみがずっと廓に閉じこめられて、毎日毎日、客の相手をさせられて……だいじょうぶかい？　辛くはないのかい？」

「もちろん、遊女の暮らしなんて、辛くはないといったら嘘になります。タイスそのものの空気も、あのころとはまたずいぶんと変わってしまいました。それも悪いほうに。やっぱり、あの事件が大きかったのでしょう。なにしろ、それまでのギルドの重鎮がみないなくなってしまったのですもの。それで西の廓の力がずいぶんと弱くなってしまった。それから、どんどん物事は悪いほうに転がっていったような気がします。私は最高《ハオター》遊女《リャン》だから、まだそれなりに遇してもらっていますし、チェン・リー兄さんも目を光らせて守ってくれている。幸運のお守りみたいなミオも、相変わらずそばで私を癒してくれていますけれど、他の遊女たちは……その暮らしはますます厳しくなっているように思います」

「ああ。チェン・リーからも聞いたよ」

西の廓が大きな打撃を被ったことにより、対立関係にあったタイス伯タイ・ソンのロイチョイへの影響力が必然的に強まることになった。その影響力を上手く利用したのが、東の廓であった。有力な楼主たちがタイ・ソンと手を組み、急速に力を伸ばしていったのだ。ことに先年、絶大な力を誇った先代のクム大公タリオが戦死してからは、タイ・ソンの傲慢《ごうまん》と東の廓の増長に拍車がかかったのだという。

「いまでは、東の廓では法度破りはあたりまえのことになって……闇妓楼もいくつも復活してしまいましたし、それこそ体をひどく痛めつけて、ともすれば手足や命さえも失ってしまうようなことを女郎や娼婦、遊女たちに強いるところもいくつもできてしまって」

ワン・イェン・リェンは眉をひそめた。

「西の廓はチェン・リー兄さんたちが頑張って、どうにか秩序を保ってきましたけれど……いまの大公さまはたよりないし、それにあのかたの横暴ときたら……」

遊女はちらりと控え室の奥に目をやった。その視線の先ではタイ・ソン伯が機嫌よく、小姓があおぐ扇で暑さを避けながら、取り巻きの貴族や商人などと談笑している。

「でも、それもきっと明日で終わる。――そうでしょう？　マリウスさま」

「ああ」

マリウスはうなずいた。

「終わらせるさ。《冥王》《レーデス》とともに」

明日の水神祭りの最終日、大闘技場ではモンゴールのグンドこと豹頭王グインと大闘王ガンダルとの決戦が行われる。例年以上に注目を集める対戦とあって、タイスじゅうの目がそこに集中するはずだ。それを好機とみて、《冥王》によるクーデターが決行されることになっている。

それは、タイスでの剣闘士としての闘いの日々のなかで出会い、意を通じあわせたグインと《冥王》によって密かに計画されたものであった。そしてそのなかでマリウスは、タイ・ソンに関する重大な告発を行うことになっているのだ。

「それがうまくいけば、きっとロイチョイは変わるでしょう。《冥王》さまのお力で、今度こそ、いいほうへと変わるはず。もちろん、私のような遊女や娼婦たちが、この苦界での苦しみからすべて解放されることはないでしょうけれど、それでも闇妓楼のようなあくどい商売がもてはやされることや、遊女がわが子と理不尽に引き離されるようなことは――私のような孤独な子が毎年おおぜい生まれ、否応なく遊女にさせられるようなことは、きっとなくなっていってくれる。私はそう信じています」

「そうだね」

マリウスはうなずいた。

「そうなると思う」

「きっと、マリウスさまはいつも、ロイチョイに大きな運命をもたらしてくださるかたなのですね」

ワン・イェン・リェンは少し遠くを眺めながら云った。

「七年前も、そして今回も。前に母さまが話してくれました。マリウスさまが最初に私を助けてくださった夜に、ヨー・ハンさまから、魔道師のこんな予言を聞いたって。――星辰《せいしん》に曰く、常ならぬ軌道描きて彷徨《さまよ》いたる帚星《ほうきぼし》あり、蠍《さそり》の宮より出でて女御《にょうご》の宿《しゅく》に入《い》り、星々の調和ゆらぎぬ、って」

「…………」

「それは、モンゴール――おそらくトーラスから重大な使命、もしくは運命を背負った何者かがタイスにやってくる。それによってタイスに大きな変化が生じるだろう、っていう予言。あれはいまにして思えば、マリウスさまのことだった、って。そして、こんどもマリウスさまは、私たちに大きな運命の変化をもたらしてくれようとしている。あのとき、何度も何度も私を救ってくださったように。だから、マリウスさま。あなたはやっぱり、私にとっても母にとってもほんとうの王子さま――あの神話のマリウスにも決して負けない、ほんものの英雄なんだわ」

「そんなことないよ」

マリウスは首を横に振った。

「この前もぼくは誰も助けられなかったし、今回だって、ぼくはほとんどなんの役にも立ってないし……英雄だなんて、ぼくからはいちばん遠い言葉だよ。なにしろ、ぼくはほんとうの英雄を何人も身近に見てきたからね。明日ガンダルと闘うグンドも、ぼくの前の奥さんも。彼らはみな、自分の運命から逃げずに闘っている。《冥王《レーデス》》も、メッサリナも、ヨー・ハンさんもそうだ。それにエッナだって、きみだって、ずっと運命と闘っているじゃないか。それにひきかえ、ぼくは王族としての自分の運命から逃げようとばかりしているんだから」

「でも、逃げることだって闘いのひとつじゃありません？」

ワン・イェン・リェンは昂然として云った。

「逃げるのだって、決して簡単じゃありませんもの。逃げることにも勇気がいる。そうでなければ、私たち遊女なんてみんな廓から逃げ出しています。王族だって、そうでしょう？　マリウスさまの他にも、王族という運命から逃げたいと思っていた人なんて、これまでたくさんいたはずだわ。でも、その人たちは逃げることすらできなかった。自分の運命から逃げる勇気がなかったから」

「そう、なのかな……」

「ええ。これも母から聞いたことですけれど、パロのラーナ大公妃――あの方だってそうじゃありませんか。そんなに掟に従って、甥と結婚するのが嫌だったのなら、さっさと逃げてしまえばよかったんだわ。そのときの恋人と一緒に、マリウスさまのようにすべてを捨てて。でも、あの方にはそんな勇気がなかった。そしてそんな自分の弱さを逆恨みして、マリウスさまのお母さまとか、私の祖母を苦しめた。それこそただの意気地なしよ」

「イェン・リェン……」

マリウスはちょっと感心して遊女を見た。

「きみは、なんていうか……やっぱり大人になったんだね」

「当たり前です。もう十九なんですよ、私。それもいまや最高遊女《ハオターリャン》なんですからね。――そういえばマリウスさま、気がつきました？　西の廓ではいま、キタラが凄く流行っているんです」

「ああ、うん。驚いたよ。あのころはほとんどキタラなんて聞こえなかったのに」

「あれを流行らせたのも私なんですよ。覚えてますか？　マリウスさまに初めてキタラを教えていただいたとき、筋がいい、って褒めていただいたこと。それが私、とても嬉しくて、廓に戻ってから、ずっと稽古してきたんです。ヨー・ハンさまに、ヨウィスのいい先生を見つけていただいて。それで遊女見習《イェリャン》いのころからたまにお客さまに頼まれて、キタラをお聞かせしていたら、それがいつしかずいぶんと評判になって。私が最高遊女《ハオター》になってからは、キタラを習う遊女《リャン》や芸妓がどんどん増えたんです。いまでは、キタラといえばワン・イェン・リェンだ、といってくださるかたも多いんですよ」

「へえ」

マリウスは本気で感心した。

「やっぱり、きみもヨウィスなんだね。きみにもちゃんと、ぼくの祖母から伝わる血が流れているんだな」

「ええ」

「いつか、エッナに会いたいな。きみと一緒に」

マリウスは微笑んだ。

「そして聞かせてあげたい。いろんな歌を——きみがキタラを弾いて、ぼくが歌って。そしてエッナもいれて、その家族も集めて、みんなで歌うんだ。ねえ、イェン・リェン。素敵だと思わない？」

「ええ、ほんとうに」

ワン・イェン・リェンはそっとうなずいた。その目にはかすかに涙が浮かんでいた。

「そうできたら、ほんとうに幸せ。いえ、絶対にそうしましょう。いつか、私がこの廓を出る日が来たら。それまで、私もキタラの腕を磨いておかなくちゃ」

「うん。楽しみにしてるよ」

「ええ、楽しみにしていてください。——あ、そうそう。もうひとつ、大事なことを忘れていました」

遊女は突然、思い出したように小さく手を打ち、ふところから小さな包みを取り出した。

「チェン・リー兄さんからマリウスさまに預かり物があったんです。このあいだ、渡しそびれたからって。——はい、これ」

「——なに？」

マリウスは包みを開けた。なかには小さなペンダントが入っていた。それを見て、マリウスははっとした。

「これ！　これ、ぼくの——ぼくと母さまのペンダント！　いったい、どうして？」

「あの闇妓楼の焼け跡からみつかったものだそうです」

ワン・イェン・リェンがそっと云った。

「ピュロス道場のかたたちが火事の始末を手伝ったそうなんですけれど、そのとき兄さんの後輩にあたる方がそれをみつけて——亡くなった遊女らしい娘さんが、それを大事そうに抱えていたんですって」

「遊女……」

「もう体はすっかり焼けてしまって、身元もわからなかったそうなんですけれど、でもそのペンダントを両手に包んで、胸に抱えて、まるで炎から守るようにしているようにみえたそうです。それで、きっとその娘さんの大事な遺品なんだと思って、家族がみつかったら返してあげようと、道場で預かっていたそうなんです。それをあとでチェン・リー兄さんがみかけて……兄さんは、それがマリウスさまのペンダントだってすぐにわかったそうです。それで、いつかマリウスさまに返そうと、ずっと大切に保管していたんですって」

「そう……ありがとう。ありがとう、ほんとうに……」

マリウスはペンダントをそっと抱きしめた。もう遠くなりかけた記憶のなかから、美しい黒い瞳の少女の笑顔が浮かんでくる。

(タオ……タオ……ごめんね……助けてあげられなくて、ごめん)

(ほんとうに……ほんとうに、ごめん。そして、ありがとう)

(どうか、どうかタオ、安らかに……)

マリウスはそっと目を閉じ、ヤヌスの印を切って、少女の魂に祈りを捧げた。焼けるように熱い涙が頬をつたって流れてゆく。ワン・イェン・リェンがそっと声をかけた。

「マリウスさま。そろそろパレードが始まるようですよ。——ほら、みんな動きだしました」

マリウスは、涙に濡れた顔をあげた。控室はにわかに騒がしくなり、係のものたちが受賞者たちを馬車へ次々と誘導していた。彼らのほうへもひとり、係のものが近づいてくる。遊女はマリウスに微笑みかけた。

「私たちは先頭の馬車に乗るみたい。さあ、もういちど、素敵な歌とキタラを存分にきかせてくださいませ。私、それをずっと心から楽しみにしていたのですから。さあ、いきましょう。マリウスさま」

マリウスはそっと涙をぬぐうと、小さくうなずき、遊女のあとについて歩きだした。握りしめた小さなペンダントからは、不思議な温もりが伝わってくる。あるいはそれは、ペンダントを彼に与えたエリサが、炎からペンダントを守ったタオが、そしてペンダントを彼のもとへ帰したワン・イェン・リェンが、それぞれにマリウスに届けたいと願った愛そのものであったのやもしれぬ。

その優しい温もりは、マリウスの手のうちから徐々に、ゆっくりとひろがっていった。それはまるで干天《かんてん》に神が与えた慈雨《じう》のように体に染みわたり、心に凝っていた澱《おり》をやわらかく溶かしながら、あたたかな甘露《かんろ》と化して彼の魂をあまねく満たしていったのだった。

エピローグ――サリア遊廓の聖女

（――だから　旅芸人に恋をしちゃいけない　泣いちゃいけない　町の娘よ　旅芸人は必ずいってしまうもの　あとには何ものこらない）

パレードの先頭をゆく無蓋馬車から、吟遊詩人の奏でるキタラと澄んだ歌声が伸びやかに響いていた。

大通りを埋めつくした観客は、その歌声に誰もが陶然とし、あるものはリズムにあわせて体を揺らし、あるものは胸に手を組んで歌い手をうっとりとみつめながら、詩人が歌いあげる切ない物語にひたりきっていた。

（だけど　泣かないでおくれ　エミーリア　きっとまた　何年かしたら　戻ってくるよ）

水神祭りの優勝者たちによるパレードの列は、マイヨーナ神殿から大闘技場までを結ぶいくつもの通りをゆっくりと進みながら、集まった市民たちに優勝者たちの芸を次々と披露していた。太陽《ルアー》はようやく少し傾きかけてはいたが、その炎の槍はいまだ鋭く、観客たちと芸人を容赦なく貫き、焦がしていた。彩りあざやかに塗りあげられた馬車から立ちのぼる、溶けた塗料の匂いが鼻をつく。だが、パレードの参加者たちはそんなことにはかまいもせず、観客たちの熱狂に負けぬくらいに熱く、自慢の芸を披露していたのだった。

（そのときにはまた　きみの一夜の愛をおくれ　ぼくは一夜の歌と夢を　きみたちみんなにあげるから……）

マリウスが《旅芸人の歌》の最後の一節を歌い終え、美しいキタラの和音でしめくくると、観客からいっせいに歓声があがり、紙吹雪《コンチー》が舞い、大きな拍手が湧いた。マリウスは大きく手を振ってそれに応えると、手を胸にあてて深々と礼をした。その姿にまた割れんばかりの拍手と歓声が鳴り響く。

マリウスがキタラをいったん降ろすと、すかさず今度は俺たちの番、とばかりに隣の無蓋馬車からキタリオンとキタール、パーン、ショーム、ジャランボンが陽気に鳴りひびき、それにあわせて女神劇場の美しい踊り子たちがきらびやかな衣装をひらめかせて踊りはじめた。たちまち観客の目がそちらに向き、歓声と拍手、指笛がいっせいに飛んだ。「ラヴィエラ！」「ヴァルーサ！」「シャオ・ロウ！」などと、贔屓の踊り子の名を叫ぶ声があちらこちらからかかり、そこらじゅうに情熱的な踊りの輪ができている。水神祭りの燃える夏はまさに頂点に達しようとしていた。

パレードは、センダ通りをゆっくりと進んでいた。広い通りをびっしりと埋めつくした人々だけではなく、建ちならぶ商店の二階の窓やバルコニーからも、それぞれの店のものたちが笑顔をならべて手を振っている。無蓋馬車の芸人たちとはちょうど目があう高さだから、そこがいわば特等席だというわけだろう。

(やっぱり、祭りはいいな。好きだな、ぼくは)

マリウスは流れ落ちる汗をぬぐいながら、観客にこたえてにこやかに手を振り続けていた。と、そばからふわりと柑橘《かんきつ》の香がただよってきた。

「おつかれさま」

ワン・イェン・リェンはマリウスに水筒を手渡すと、その隣にならんだ。その姿をめざとく見つけた男たちから、大きな歓声と口笛が飛ぶ。彼女も観客の声援にこたえて手を振りながら、マリウスにそっと話しかけた。

「私、廓の外に出るのって久しぶりなんです」

「え？」

マリウスは一瞬驚いたが、すぐに合点した。

「ああ、そうか。そうだよね。もしかして、闇妓楼の事件以来？」

「ええ。もちろん、湖でのお遊びなんかにお客様にお呼ばれすることはありますけれど、こんな日のあたるなかに出るのはあれ以来。特にこんな街なかに出たことは一度もなくて——このセンダ通りも、ヨー・ハンさまからお話はうかがっていますけれど、訪れるのも、見るのもこれが初めて」

「そうかあ……」

「センダ通り、いらしたことがあるのですよね、確か。ヨー・ハンさまのお店に」

「うん。まあ、あのときは朝早かったから、こんなににぎやかではなかったけれど、でもあんまり変わってないね。相変わらず派手だし、タイスらしいなあ、って思うよ」

マリウスは水筒に口をつけながら、その街並みを見まわして云った。通りのそこかしこに立ちならぶ商店の看板には、目に鮮やかな赤や金、緑がふんだんにあしらわれている。むろん、歓楽街たるロイチョイに比べれば、派手さでは見劣りするが、それでもここが他ならぬタイスであることを高らかに主張するかのようだ。

懐かしいハン商会も例外ではない。ひときわ大きく、高々とかかげられた極彩色の看板は、センダ通りの名物といってもいい。だが、他を圧するその偉容とは裏腹に、ハン商会は妙にひっそりとしていた。この暑さのなかというのに店の戸や窓はすべて締め切られ、二階から身を乗りだす人のすがたもない。

「でも、ハン商会はずいぶんと静かだね。どうしたんだろう」

「ヨー・ハンさまはミロクの徒でいらっしゃいますから」

ワン・イェン・リェンは胸もとのミロク十字をそっと押さえた。

「水神祭りのとき、特に後夜祭とパレードのときには、いつもこうしてご家族とともに、喧噪から身を避けて過ごされるようですよ」

「そうなのか」

マリウスは少し気落ちした。

「もしかしたら、挨拶くらいはできるかなと楽しみにしていたんだけれど」

実はマリウスはタイスに戻ってから、ひそかにヨー・ハンに文を送っていた。過日に資金を融通してもらったことの礼と、ジャスミンを救えなかったことの詫びを添え、大当たりした旅芸人稼業での稼ぎのなかから、借りた二十ランに少し礼金を加えたものを人に頼んで送っていたのだ。

だが、その金はすぐにヨー・ハンから、丁重な断り文とともにそのまま送りかえされてきた。あれはマリウスに進呈したものであって、返してもらういわれはない、というのが、相変わらず鷹揚な大商人の云い分だった。そのうえ、その後にマリウス一行がタイスからのひそかな脱出を目論んだ際にも手を差し伸べようとしてくれたのだから、マリウスはまことにもって彼には頭のあがらぬ思いであった。

（せめて、気持ちだけでも伝えられればいいんだけどな）

そう思いながら、マリウスを乗せた先頭の馬車がハン商会の前にさしかかったときだった。馬車を引いていたウマがふいになにかに怯えたように激しくいななき、前脚を高々とあげて立ち止まった。あわてた御者がブレーキを引き、馬車が大きく揺れた。車上から悲鳴があがる。

「うわっ！」

マリウスも驚き、とっさにワン・イェン・リェンを支えながら、かろうじてたたらを踏んで転倒を免れた。これもまた椅子からあやうく転げ落ちそうになったタイ・ソン伯から、御者に向かってすかさず怒号が飛んだ。続くパレードの馬車も次々と急停車し、あちこちから踊り子や芸人たちの悲鳴が聞こえてきた。周囲を埋めつくした観客たちも騒ぎだし、あたりはちょっとしたパニックになった。

「だいじょうぶ？」

マリウスの声に、ワン・イェン・リェンは微笑んでうなずいた。

「ええ、私はなんとも。それに――」

遊女は、目の前のハン商会に目をくれながら、マリウスにそっとささやいた。

「これ、もしかしたら、いいチャンスかもしれませんよ」

「――え？」

「キタラ、ちょっとお借りしますね」

　ワン・イェン・リェンは、マリウスの自慢のキタラを抱えると前に出て、ざわついている観客を見下ろしながら、いくつかの和音を大きくかき鳴らした。じゃじゃん、と響いた音に驚いた近くの観客が馬車を見あげ、キタラを抱えたワン・イェン・リェンを認めて歓声をあげた。

「ワン・イェン・リェンだ！　最高遊女《ハオターリャン》のキタラだぞ！」

「イェン・リェン！　こっちを向いて！」

「噂のキタラ、俺たちにも聞かせてくれ！」

　その声に、周囲もワン・イェン・リェンに気づき、にわかに歓声や指笛、手拍子がおこった。先ほどのパニックが嘘のように収まってゆく。ワン・イェン・リェンはマリウスにちらりと笑みをおくると、観客に向かって大きく手を振り、耳に馴染んだ旋律を奏ではじめた。マリウスははっとした。

（サリアの娘、か）

「マリウスさま」

　遊女がささやくように云った。

「歌ってくださいませんか？」

「うん」

　マリウスはうなずき、ワン・イェン・リェンのキタラにあわせ、中原に知らぬものとてない恋の唄を歌いはじめた。その伸びやかな美しい声が夏の風に乗って流れはじめたとたん、観客からほおっ、といっせいにため息が漏れた。

(きみはサリアの娘　あかね色の髪)
(好きなひとはいるの　好きなひとはだれ)
(そっと教えておくれ　風にのせてその名を)
(きみはサリアの娘　きみはわたしのもの)

最初の一節を歌い終えたマリウスに、ワン・イェン・リェンがキタラを奏でながら、流し目をよこして微笑んだ。マリウスもまた、若く美しい遊女に笑みをかえした。と、目の前で閉ざされていたハン商会の窓がすっと開いた。その向こうからかっぷくのいい、大きな二皮目《ふたかわめ》の優しげな初老の男がそっと顔をみせた。男は懐かしげに笑みを浮かべて、小さく手を振りながらマリウスたちを見つめていた。

「あ、ほら。ヨー・ハンさま」

ワン・イェン・リェンが得たりとばかりに微笑みながら、少し得意げに云った。

「やっぱり顔を見せてくださった。きっと私のキタラに気づいてくださると思ったもの」

「ヨー・ハンさま……」

思わぬ邂逅《かいこう》に、マリウスはあわててそっと会釈をした。ヨー・ハンはにこやかにうなずくと、うしろを軽く振りかえり、誰かを手招きすると脇へ避けた。その陰から、ひとりの女性が現れた。はにかむような笑みを浮かべたその顔を見て、ワン・イェン・リェンがはっと息をのんだ。キタラの音がわずかに乱れる。

「まさか――まさか、そんな……なぜ？」

呆然とするイェン・リェンの声はかすかに震えていた。

「なぜ、ここに――？　嘘でしょう？」

「――イェン・リェン？」

マリウスは驚いて遊女をのぞきこんだ。

「どうした？」

「ほんとうなの？　夢じゃないの？」

ワン・イェン・リェンは問いには答えず、ふいの涙にむせびながら、そっとささやくように云った。

「ほんとうに来てくれたの？　お母さん……お母さん！」

「え――？」

マリウスは驚いて、その女性を見つめた。かつて高々と結いあげられていた黒髪は、肩のあたりでふつりと切られ、その美しい顔立ちをかたちよく縁取っていた。化粧っけはまったくなく、身に付けているものも、タイスには似つかわしくないような質素で清楚な薄桃のシャツと、ふわりとした白いスカートだった。その胸にはワン・イェン・リェンのものと同じ、ミロク十字がかかっていた。

その姿は、マリウスの記憶に鮮明に残るかつての姿——きらびやかな衣装と化粧に身をつつんでいたころの姿とは大きく異なっていた。だが、それでもよく見れば、彼女が一夜だけ、地下の宮殿の一部屋で激しく愛を交わした従姉のエッナ——最高遊女《ハオターリャン》として西の廓に君臨したジャスミン・リーであることは間違いようがなかった。

（エッナ……エッナ——！）

驚きのあまりに声も出ないマリウスたちに向かい、エッナは少しおかしそうに微笑むと、そっとかがみこみ、なにかを抱きあげた。それはまだ小さな子——不思議そうな顔をして、親指を軽く吸いながらマリウスをじっと見つめる六歳くらいの男の子であった。まるで野原を舞う綿毛のようなふんわりとした茶色い巻き毛が、吹きこんでくるそよ風にさやさやと揺れている。

（あれは……あの子は——！）

マリウスはまだ少し呆然としながら、涙を浮かべて母を見つめているワン・イェン・リェンにささやいた。

「ねえ、イェン・リェン。あの子はもしかして……」

「ええ。母さまの子。わたしの弟です。たぶん」

「たぶん？」

「ええ。だって、わたしも会うのはこれがはじめてなんですもの」

ワン・イェン・リェンは泣き笑いしながら云った。

「それにしてもそっくり。びっくりした」

「ああ、そうだね」

マリウスはうなずいた。

「きみにも、エッナにもほんとうにそっくりだ」

「え？」

遊女はマリウスを振りかえり、ふきだした。

「もう、やだ。マリウスさまったら。そうじゃなくって」

「――え？」

マリウスはきょとんとした。

「どういうこと？」

「おわかりになりませんの？　やだわ、もう。ほんとに」

「なにが？」

「もう、いいわ。わからなければ」

ワン・イェン・リェンはあきれたように云った。

「母さまも、それは絶対の秘密なんだっていってたし」

「秘密？——もしかして」

マリウスははっとした。

「あの子は、ぼくの——？」

「だめ。教えない。秘密だから」

遊女はつんと顔をそむけた。

「ほら、とにかくマリウスさま、歌って。みんな待ってるわ」

「あ？　ああ」

マリウスは、あわてて次の一節を歌い出しながら、息子を愛しげに、しかし誇らしげに抱きあげているエッナの姿をみつめていた。

（なんだか、このふたりって、まるで……）

マリウスは思わず、首に掛けたペンダント——先ほどワン・イェン・リェンがわたしてくれた、母と自分の似姿が描かれたペンダントを右手で握りしめた。

（母さまと、ぼくのこの絵のようだ。ぼくを心から愛してくれた、優しい母さまとぼくの……）

そのとき、マリウスは天啓のようにひらめいた。

（そうだ。エッナはいま別の名を名乗っているっていっていた。洗礼で、ミロク教の聖

女の名前をもらったって。その名前をとても気に入っているんだって）

（そういえば、フロリーに聞いたことがある。そう、ふたりの身の上話をしているときに。フロリーはちょっと嬉しそうに教えてくれたんだ。ミロク教の聖女のなかには、ぼくの母と同じ名前の人がいる、って）

（ということは……もしかして、エッナがいま名乗っている名前って……）

「イェン・リェン」

歌い終えたマリウスは、観客に手を振りながらワン・イェン・リェンにささやいた。

「エッナはいま、ミロク教の聖女の名を名乗っているっていっていたよね」

「はい」

「その名前って、もしかして――エリサ？」

「ええ」

ワン・イェン・リェンはまだ涙に濡れた瞳で、マリウスに微笑みかけて云った。

「そのとおりです」

「エリサ……」

（やっぱり……）

マリウスの胸を、柔らかな日だまりのような温もりが心地よく満たしてゆく。

（やっぱり、そうだったんだ。エッナは、ほんとうにぼくの母さまのことを――）

マリウスの脳裏に、かつて従姉が強い決意を込めて語った言葉がよみがえる。

(なにに代えても、なんとしても、わたくしは娘を守らなければならない。そのためならば、わたくしの命など惜しくはありません)

(どんな厳しい責めを受けようが、拷問を受けようが、無残な屍をさらすことになろうが、わが子を守るためなら何も辛いことなどない)

(それをわたくしはかつて、そのことを身をもって示したかたから学んだのですわ)

(あなたの……あなたのお母さま、デビ・エリサさまから)

その言葉にたがうことなく、彼の愛した従姉は奇跡のようにさずかった子を、文字通り、その身をもって、自らの手のもとで守り抜いたのだ。

(だったら——)

マリウスはぼんやりと思った。

(もしかして、あの子は——あの男の子の名前は……)

「イェン・リェン。もうひとつ教えてくれないか」

「ええ」

「あの子の名は?」

「もちろん」

遊女は少しいたずらそうに微笑んで云った。

「ディーンです」

「ああ……」

マリウスの目から微笑みとともに涙があふれた。

「ディーン……そうか、そうなのか。あの子もまたエリサの息子、ディーンなのか……

……」

マリウスの脳裏を遠い記憶がよぎる。

（我が名はアル・ディーン）

（父の名はアルシス。母の名はデビ・エリサ）

（それがぼくだ。それが、まことのわが名なのだ！）

あれは、いつのことだっただろうか——

もはや二度と名乗るまい、と思っていた名をかつての恋人に告げたとき、マリウスは自分の魂に刻みこまれた運命を確かに感じたのだった。そして、初めて思ったのだ——自分にとって呪いのようなものでしかなかったその運命は、時として人を救い、自分を救う恩寵となりうることもあるのだと。そしてその恩寵を与えてくれたのは、互いに愛しあい、その結晶としての自分を慈しんでくれた父であり、母であるのだと。それは愛をもって紡がれる命の系譜であり、その系譜は確かにいま、彼の魂を経て脈々と次の世代へ、そしてさらに遠い未来まで、つながれていこうとしている。遥か昔に世を去った父アルシス、母エリサ――離れて久しい娘マリニア、そしてエッナの息子ディーン。互いに顔をあわせたこともない彼らのあいだに受け継がれた命をつないだのは、確かに自分であったのだ――マリウスはふいに身内を風が吹き抜けていくのを感じた。

（母さま……ぼくのことを心から愛してくださった母さま……）

（そして、エッナ……そして、小さなディーンよ）

（ぼくは……ぼくは……ぼくも――！）

「――エッナ！　これを！」

マリウスはとっさに首からペンダントを外すと、それを窓ごしにエッナに向かって放った。エッナはあわててペンダントを受け取ると、それを見て驚いたようにマリウスを見た。マリウスはそれに向かって手を振りながら叫んだ。

「エッナ！　それを持っていて！　ぼくはいつかきっと、きみたちに会いにいく。そしたら一緒に旅をしよう！　必ず、かならず！」

エッナはペンダントを握りしめたまま、なんどもなんどもうなずいていた。その笑顔がふいにゆがみ、黒い瞳から涙があふれ出した。その顔を小さな息子が心配そうにみあげ、そっと手を伸ばして涙をぬぐった。エッナは泣き笑いしながら息子を強く抱きしめ、その頭に優しく口づけした。

マリウスの頬にも、とめどなく涙が流れていた。彼は涙を手の甲でぐいっと拭き取ると、ワン・イェン・リェンからキタラを受け取り、陽気な和音をたてつづけにかき鳴らした。たちまち周囲の観客から歓声が飛ぶ。マリウスはそれに手を振って応えながら云った。

「じゃあ、こんどはぼくが弾くよ！　みんな手拍子を！　そして踊って！」

たんたんたん、とキタラを叩いてリズムを取り、観客をあおる。すかさず隣でワン・イェン・リェンも、あちらこちらに目をくれながら、頭上で大きくリズムに合わせて手を叩く。それをみた隣の馬車の踊り子たちも、腰を振りながら手を叩き、軽やかに足を踏みならした。窓の向こうではエッナに抱かれた子が、満面に笑みを浮かべながら小さな手を叩いている。マリウスは破顔して叫んだ。

「さあ、知ってる人はみんな歌って！　〈踊る踊るよ、娘たちは踊る〉！」

——踊る踊るよ、娘たちは踊る。サリアの祭りの歌をうたうよ……

マリウスの歌声とともに、観客たちの歓声と手拍子がいちだんと大きくなった。あちらこちらから歌声が響き、踊りの輪が次々とできていった。先ほどまでいらいらと御者を怒鳴っていたタイス伯も、たちまち機嫌を直して笑いながら拍手を送っている。ようやくウマを落ちつかせた御者がそっと鞭をくれると、マリウスたちを乗せた馬車がまたゆっくりと動きはじめた。それとともにエッナと息子の姿が、少しずつ遠ざかってゆく。

（ああ、エッナ。そしてディーン……）

マリウスは二人を見つめながら、そっと胸のうちで語りかけていた。

(よかった……君たちと会えて良かった。ほんとうによかった)

(エッナ、きみはあのころの母さまにそっくりで——そしてディーン、きみはまるであのころのぼくのようで……)

(あれは——あの子は、遠い日のぼくなのだろうか。ほんとうは母とともにずっとあるべきだったぼくの姿なのだろうか)

(ならば——ならば、お前は……)

陽気な踊りの歌を歌い終えたマリウスは、キタラを静かにかかえなおした。そしてこんどはゆっくりとしたテンポで、荘厳な生命の讃歌を歌いはじめた。

(いのちなるものよ——母より継がれし神秘なるものよ)

(この茫漠たる空を、海を、大地を満たす、脆《もろ》くかよわきものたちよ)

(そはなにゆえに、小さな炎を身にやどし、はかなき刹那を生きるのか)

美しいキタラの和音に乗せたマリウスの声は、静かに熱をおびていった。その優しく伸びやかな声が、タイスの通りに朗々と響いてゆく。いつしか周囲の人々の歓声は静まり、皆がマリウスの歌声に耳を傾けていた。

(悠久の時よ——曠《こう》然《ぜん》たる大地よ——永遠に受け継がれ、無限にひろがる生命よ)

(ああ……)

マリウスの瞳から、また一筋の涙があふれだした。

（そう……ぼくもまた、母から継いだ永遠の生命の系譜のなかに確かにあるのだ。そして小さなディーン、きみもまた同じ系譜のなかにある）

（強く生きるがいい。そして自由に生きるがいい。エリサという名の母をもつ、ディーンという名の男の子よ。お前にどんな運命が待っていようとも、決して運命に負けることなく……）

マリウスの心のうちで、従姉の胸に抱かれた小さな子の姿が、かつて母に抱かれた幼い自分にかさなってゆく。

（我が名はアル・ディーン……母の名はデビ・エリサ……）

（そう、ぼくは……ぼくもいつかきっと、自分の運命との決着をつけなければならないときがくるのだろう）

（それは、それほど遠くないうちに訪れるのかもしれない。そのとき、ぼくはこんどこそ、運命とまともに向きあい、しかも負けずにいることができるのだろうか）

（母さま……父さま……ぼくは……）

生まれ故郷を遠く離れた異国の地、真夏の祭りの喧噪のなかで――

マリウスは、自らのうちに新たに生まれた思いを静かに見つめながら、母を讃え、子を愛で、命を寿《ことほ》ぐ歌を、大切な人たちが見守っている遙かな高みまで届けとばかりに、祈るように歌いつづけていた。

あとがき

ようやく二度目のあとがきを書くはこびとなった。

　はじめてあとがきを書いてから――ということは、ひとつ前の外伝である『黄金の盾』が世に出てから、気づけばもう八年になる。もし、ぼくの作品を待っていた、というありがたい方がいたならば、大変お待たせして申し訳ない、とお詫びするしかない。ともあれ、単巻の外伝としては異例の長さになったこの物語をお楽しみいただけただろうか。ぼくとしては、どうかそうであってほしい、と祈るばかりだ。

　もっとも、この物語の構想自体は、『黄金の盾』を書いていたころにはすでに生まれていた。というよりも、次にぼくがグイン・サーガの外伝を描くとしたら、それはこの話だ、と決めていたのだ。なぜなら、正篇九巻『紅蓮の島』で祖国からの二度目の出奔を果したマリウスが、外伝二巻『イリスの石』の冒頭、タイスの郊外の街道脇で死にかけていたところをグインに助けられるまで、いったいどのように過ごしていたのかというのは、ぼくにとって長年の謎だったからだ。『イリスの石』からうかがいしれるのは、どうやらマリウスはタイスで博打で勝負し、身ぐるみ剝がれたらしい、ということくらいだった。が、それにしても街道脇で彼がなぜ死にかけていたのか、というのが疑問だった。なにしろマリウスときたら、その直後にグインと出会って元気を取り戻すやいなや、見も知らぬ土地で誰かを相手に何曲か歌い、女の子といちゃついてくるだけで、あっという間に大量の食物と古いキタラを手に入れてきてしまうような、とんでもない生活力の持ち主なのである。そんな彼がなにもできずに死にかけていたのだから、タイスでは博打に負けただけにはとどまらない、よほどひどい目に遭ったに違いない——というのがぼくの推論だった。だから今度はその謎を解いてみたい、と思ったわけだ。

少し気になったのは、その物語の舞台が『黄金の盾』に続き、必然的にタイスになってしまうことだった。だがすぐに、それも悪くない、と思いなおした。というのも、『黄金の盾』では剣闘士の日常をじっくりと描くことができた反面、タイスを象徴するもうひとつの存在といっていいロイチョイの遊廓にはほとんど触れることができなかったことが心残りだったからだ。だから、もしまたタイスを舞台にするならば、ぜひとも遊廓を描いてみたいものだと思っていた。そういう意味では、無類の女好きとして知られるマリウスは、その主人公としてもまさにうってつけだった。

　そんなわけで、さっそくぼくは少しずつ、物語の構想を練りはじめた。幸い、その物語を構築するための鍵となりそうな要素は、栗本先生が描いた物語のなかにいくつも転がっていた。ロイチョイの遊廓――西と東、南の廓とサール通りの特徴については、百十巻『快楽の都』のなかで詳しく語られていたし、そのなかには闇妓楼のヒントとなった記述もあった。加えて物語のあちらこちらには、世界最高の美女とうたわれる最高娼婦ジャスミン・リー、西ロイチョイのうら若き遊女ワン・イェン・リェン、毒使いの名手である娼婦メッサリナ、悲劇の歌姫ルー・エイリン、となにやらさまざまな魅力を秘めていそうなクムの娼婦や遊女たちも、名前だけではあったが登場していた。さらに『黄金の盾』でなにげなく書いた西の廓の大火事のエピソードも、この物語に思いがけぬインスピレーションを与えてくれた。それに物語の時期を考えれば、あの男がタイスを訪れていてもおかしくはないし、当然、あの事件もマリウスに大きく関わってくるに違いない。あのころならば、マリウスとの因縁も浅からぬ、悪役としてうってつけのあいつもタイスにいたはずだ。もちろん、地下の闇にひろがる巨大な水路のことも、その支配者のことも忘れてはいけない。そしてどうせマリウスを主人公にするならば、ぼくの心にずっとひっかかっていた彼の母エリサの不自然な「緩慢な自死」とはなんだったのか、ということも考えてみたい。そう、これほどの材料があるのだから、もし、これらがうまく組み上がれば、なかなかわくわくするような物語が生まれるのではないか――そんな期待にどきどきしながら、ぼくは頭のなかで、ああでもない、こうでもない、とアイデアを毎日ひねくりまわしていた。

そんな混沌とした、いわば物語のタネのごった煮のなかから、ふいに視界が開けるかのように物語が動きはじめたのは、百十六巻『闘鬼』に記されていた一節をあらためて目にしたときのことだった。直接の記述はなかったが、マリウスにとって二度目のタイス滞在も終わりに近づいたあのころ、遊女ワン・イェン・リェンとマリウスが間違いなく、マイヨーナ神殿で顔を合わせていたはずであることに気づいたのだ。ならば、もし一度目のタイス滞在のときにもふたりが出会っていたとしたら、この神殿での出会いは思いがけぬ劇的な再会となったに違いない――その瞬間、ぼくの脳裏に鮮やかに浮かんだのは、物語の最後の場面、水神祭りのパレードで懐かしげに肩を並べる二人の姿だった。

すると驚くことがおこった。それまでごちゃごちゃと無秩序に浮かんでいたさまざまなピースがふいに次々と組みあがり、時間がまるで逆戻りするかのように、エピローグからプロローグに向かって物語が頭のなかで一気にできあがっていったのだ。それはとても不思議な体験だった――もともとは互いにかかわりもないはずのいくつもの物語のタネたちが、急に自ら手を取りあい、整列し、ひとつの美しいかたちとして、ぼくの目の前にあらわれてきたような、そんな実に奇妙な気分だった。ぼくは夢中になって、次々と目の前を流れていくイメージを書き留めていった。まるで最初からそこにあった物語を、ただ無心に書き写していくかのように。そして、あっという間に——実のところ『黄金の盾』が出版されるころにはもう、物語全体のプロットがほぼ完全にできあがっていたのだ。

かくして、ぼくは『黄金の盾』を書きあげた高揚感もそのままに、意気揚々として『サリア遊廓の聖女』と題した物語を書きはじめた。誤算だったのは、なかなか思うようには筆が進んでくれず、完成までにずいぶんと時間がかかってしまったことだ。少し張り切っていろいろなものを好き放題に物語に盛り込んでしまったし、数年前には栗本先生にかかわる別の大きな仕事が入って忙しくなり、しばらく執筆を中断せざるを得なくなったという事情もあった。まあ、それでも八年というのは、いくらなんでも時間がかかりすぎだ。だがそのぶん、家族や友人たちの励ましのおかげもあって、ようやく書きあげたときの感慨は、初めて書いた作品のときに感じたものに劣らぬものがあった。

ともあれ、自分の頭のなかの漠然としたイメージが、指先とキーボードを通して少しずつ、具体的なかたちになっていく作業というのは、やっぱりとても楽しく、幸せな時間だった。そのあいだには、栗本先生がよくおっしゃっていたように、物語が思っていたものとは違う方向へ転がっていったり、あるいははじめのころになにげなく書いたひと言が思わぬ伏線になっていたり、と、自分が紡いだはずの物語に驚かされるような経験もいくつもあった。実のところ、ほとんどラストシーンに近くなってもなお、「え？こうなるの？」と意表を突かれるようなことがいくつもあったのだ。にもかかわらず、プロットの大筋からはほとんど外れることなく、最後には思い描いていたラストシーンへと物語が収斂していったのだから、ほんとうに不思議なものだ。

おそらくはそれこそが、栗本先生が魂を込めて生みだしたグイン・サーガという物語が持っている、なにものにも揺るがぬ自律性なのだ。あるいは物語そのものが持つ意思、といってもいい。すべては運命神ヤーンの御心のままに、というわけだ。ぼくはただヤーンの見えざる手に身をゆだね、グイン・サーガの世界が持つエネルギーとパワーを全身に受け入れながら、マリウスがあの日たどった運命を少しずつなぞり、書き留めていっただけだったのだろう。そう、この物語のほんとうの語り部は、きっとぼくではない。栗本先生が遺したグイン・サーガという物語世界そのものが、ぼくの手を通してこの物語を語ってみせたに違いないのだ。

それはたぶん、どこぞの木っ端魔道師が、豹頭王グインから無尽蔵のエネルギーを分け与えられ、それがあたかも自分自身の魔力であるかのようにみせかけて、夜空に炎の指で神の啓示めいた文字を描いてみせたようなもの、だったのだろう。『黄金の盾』もこの物語も、ほんとうはすでにグイン・サーガの世界に存在していたものなのであり、ぼくはそれを掘り起こして世に送り出すための役割をたまたま与えられたのにすぎないのだ。その役割を上手く務められたかどうかは自分では判らないが、もしそうだったのなら、とても幸せなことだ。そしてかなうならば、またその役割を担ってみたいものだと強く思う。いまだ語られざる物語は、グイン・サーガ世界の過去にも、現在にも、そしてもちろん未来にも、いくらでも眠っているはずなのだから。

最後に『サリア遊廓の聖女』を執筆し、出版していただくにあたってお世話になった方々にお礼を申し上げたい。天狼プロダクションの今岡清さんには、本書の出版をご快諾いただいたばかりか、恐縮するほどに過分な励ましのお言葉までいただいた。早川書房の阿部毅さん、小塚麻衣子さんには、いまだにいろいろ勝手がわからずにおたおたしているぼくに、手取り足取り丁寧にご指導いただいた。いつも変わらぬご厚情に心より御礼申し上げる。

丹野忍さんには、とても美しい三連の表紙を描いていただいた。初めてこの表紙をみせていただいたとき、ぼくはあまりに感動してしまい、しばらく鳥肌がおさまらなかったものだ。自分の頭のなかにしかなかった少々ぼんやりとしたイメージを、こうして想像以上の美しさで、まるで物語絵巻のようにくっきりとかたちにしていただけるというのは、ほんとうに冥利に尽きる、としかいいようがない。深く感謝申し上げる。

　また今回もぼくの挑戦を陰になり、日向になって支えてくれた愛する家族に。あなたからはいつも勇気と、元気と、幸せをもらっています。本当にありがとう。ぼくもまた、あなたの挑戦を心から応援しています。

　そしてもちろん、栗本薫先生へ。先生が遺された数々の言葉は、いまでも常に道しるべとなって、ぼくの行く手を照らしてくださっています。仕事でも、プライベートでも、そしてこの物語を書いているあいだも、道に迷いかけるたびに、先生のおかげで原点に立ち戻ることができました。だから、やっぱりありったけの尊敬と感謝をこめて、この作品を先生に捧げます。ありがとうございました。

　この『サリア遊廓の聖女』の最終巻が書店に並ぶころ、奇しくも十五回目の梓薫忌が訪れます。この物語が先生の御元まで届きますように。そしてこの物語をどうか、笑って楽しんでいただけますように。